U0133121

普通高等教育机械类国家级特色专业系列规划教材

机械工程控制基础
学习辅导与习题解答

罗　忠　王　菲　柳洪义　编

科学出版社

北　京

内 容 简 介

　　本书是针对"机械工程控制基础"机械类专业平台课程,为学生复习和考研编写的学习辅导书。全书共 8 章,包括绪论,自动控制系统的数学模型,控制系统的时域分析法,控制系统的频域分析法,控制系统的稳定性,控制系统的根轨迹分析法,控制系统的误差分析和计算,控制系统性能校正。每章包括内容提要、基本要求、重点与难点、习题与解答 4 个板块的内容。

　　本书内容全面、重点突出、分析透彻、理论联系实际,可帮助学生理清思路、掌握重点、突破难点,从而提高分析和解决实际工程控制问题的能力。

　　本书可作为课程学习或硕士研究生入学考试的复习用书,也可作为普通高等院校"机械工程控制基础"课程的教师教学参考书,也可供有关机械工程技术人员参考。

图书在版编目(CIP)数据

机械工程控制基础学习辅导与习题解答/罗忠,王菲,柳洪义编.—北京:科学出版社,2011.6
　(普通高等教育机械类国家级特色专业系列规划教材)
　ISBN 978-7-03-031461-1

Ⅰ.①机⋯　Ⅱ.①罗⋯②王⋯③柳⋯　Ⅲ.①机械工程-控制系统-高等学校-教学参考资料　Ⅳ.①TP273

中国版本图书馆 CIP 数据核字(2011)第 107704 号

责任编辑:毛　莹　张丽花/责任校对:李　影
责任印制:张克忠/封面设计:迷底书装

科 学 出 版 社出版
北京东黄城根北街 16 号
邮政编码:100717
http://www.sciencep.com

骏 走 印 刷 厂 印刷
科学出版社发行　各地新华书店经销

*

2011 年 6 月第　一　版　开本:720×1000 1/16
2011 年 6 月第一次印刷　印张:13 1/4
印数:1—3 500　　　　字数:260 000

定价:26.00 元
(如有印装质量问题,我社负责调换)

前　言

　　随着人类社会的发展,机械出现在人们日常生活、生产、交通运输、军事和科研等各个领域。人们希望机械可以最大限度地代替人的劳动,并产生更多、更好的劳动成果,这就要求机械不断地向自动化和智能化方向发展。"机械工程控制基础"是机械类专业的专业平台课,该课程的理论性和实践性很强,学生理解起来比较困难,另外随着教学改革的深入,教学学时越来越短。为了做到"学时减,学习效果不能减",使学生能够在有限的教学学时内,理清课程体系结构、掌握重点、突破难点、有效地提高解题水平,从而提高分析和解决实际工程控制问题的能力,满足课程学习和复习迎考(课程考试和研究生入学考试)的需要,我们结合多年的教学实践经验,并吸取兄弟院校有关教材和资料的精华,编写了这本《机械工程控制基础学习辅导与习题解答》。

　　本书力求通过对各章基本内容、重点难点和基本要求的归纳,以及精选例题的分析解答,帮助读者正确理解和应用机械工程自动控制理论的基本理论和基本方法。本书内容全面,例题丰富,注重理论与实践相结合,重点培养和提高学生的知识综合应用能力、分析问题和解决问题的能力,以及创新能力。

　　本书由罗忠博士、王菲博士和柳洪义教授共同编写,协助本书编写工作的还有研究生杨书仙、薛冬阳、史志勇、李玉洁等。另外,课程组的张健成教授、郝丽娜教授和胡明副教授对本书的编写也给予了大力支持和帮助,在此一并表示感谢。

　　由于时间仓促及作者水平有限,书中难免存在错误和不当之处,恳请读者批评指正。

编　者

2011 年 3 月于东北大学

目　　录

第1章 绪 论

一、内 容 提 要

1.机械工程的发展与控制理论的应用

1)机械工程的发展

人类最初使用的机械是杠杆,通过杠杆,人可以移动直接用手不能移动的重物;发明利用自然力(如风车和水车的使用)是人用机械动力把自己从繁重的体力劳动中解脱出来的开始,机械开始不断地由简单变复杂;蒸汽机和电动机的发明,为机械提供了有效并且使用方便的动力,同时也提出了机械自动化问题。机械系统自动化程度如表1.1所示。

表1.1 各个发展阶段的机械系统自动化程度

发展阶段	使用目的	传感与检测	决策与控制	发展程度	典型例子
简单工具	工作方便、提高效率、省力	人的五官	人	单一操作	扳手、锤子
简单机械	完成简单工作	人的五官	操作者	简单机械化	小型提升机、除草机
复杂机械	完成复杂工作	人的五官	技术工人	复杂机械化	普通机床
自动机器	自动完成确定工作	传感器	人与控制器	自动机器	数控机床、工业机器人
智能机器	无人操作,自主完成任务	多种传感器	智能控制器	自主机器	各类智能机器人

2)控制理论的发展及分类

控制理论的发展及分类如图1.1所示。

2.机械工程自动控制系统的基本结构及工作原理

所谓自动控制,是指在没人直接参与的情况下,利用外加设备或装置使被控对象或过程按照预定的规律运行。能够实现自动控制任务的系统称为自动控制系统。简单的自动控制系统通过机械系统自身的机构实现检测调节功能,如水位控制系统、蒸汽机转速控制系统等。但随着科学技术的发展,机械系统越来越复杂,将机械与电子融合在一起逐渐产生了机电一体化系统。反馈控制系统是完整而典型的自动控制系统,图1.2所示为典型反馈控制系统的组成。由各种功能不同的元件构成一个系统来完成一定的任务。

被控对象:在控制系统中,其运动规律或状态需要控制的装置称为被控对象,如教材中位置控制系统中的工作台。

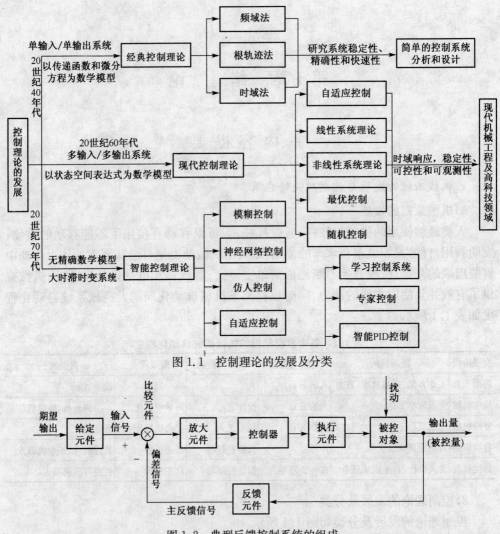

图 1.1　控制理论的发展及分类

图 1.2　典型反馈控制系统的组成

被控量:表征被控对象运动规律或状态的物理量,即输出量,如位置控制系统中工作台的位移。

执行元件:控制系统中直接对被控对象进行操作的元件,如位置控制系统中的伺服电动机、减速器、滚珠丝杠和直线导轨等。

控制器:接受偏差信号,通过转换和运算产生控制量的元件,如位置控制系统中的 PI(Proportion-Integration,比例-积分)控制器。

控制量:为控制输出量按预定规律变换必须提供给系统的物理量,通常为电压或电流。

放大元件:控制系统中对偏差信号进行幅值放大或功率放大的元件,如位置控制系统中的前置放大器。

比较元件:控制系统中用以比较输入信号与反馈信号,而输出偏差信号的元件,如位置控制系统中的比较器。

给定元件:控制系统中主要用于产生给定信号(输入信号)的元件,如位置控制系统中的给定电位器。

反馈元件:控制系统中用于测量输出量,产生反馈信号的元件,如位置控制系统中的反馈电位器。

偏差:系统输入量与反馈量之差,位置控制系统中比较环节的输出,如位置控制系统中给定电位器输入 u_a 与检测电位器输出 u_b 的差。

干扰:偶然的、无法加以人工控制的信号。

3. 机械自动控制系统的分类

机械自动控制系统可按照控制系统有无反馈环节、控制系统中的信号类型、控制变量的多少、系统参数变化规律、系统本身的动态特性和系统采用的控制方法等进行分类,如表 1.2 所示。

表 1.2 机械自动控制系统的分类

分类特征	系统类型	特 点	应 用
有无反馈	开环控制系统	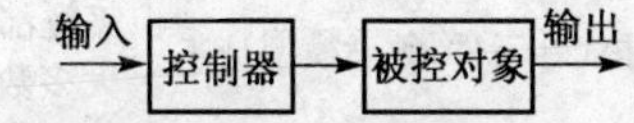 输入→控制器→被控对象→输出 只有顺向作用而无反向联系,即控制是单方面进行的。	洗衣机:按照时顺进行浸湿、洗涤、漂洗等过程的控制
	闭环控制系统	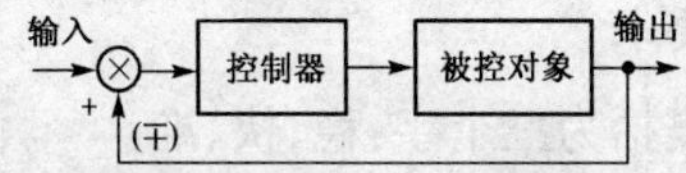 输入→⊗→控制器→被控对象→输出（干） 系统被控对象的输出(被控制量)会反馈回来影响控制器的输出,形成一个或多个闭环,即根据被控量与给定值的偏差进行控制的系统	自动温控系统:当环境温度高于设定温度时,空调制冷系统自动开启,调定温度到设定值自动关闭,如教材中的工作台位置控制系统
信号类型	连续控制系统	控制系统中各部分的信号均为时间的连续函数	电冰箱、洗衣机、电风扇等电压、电流、温度等信号的控制系统
	离散控制系统	控制系统中有脉冲序列或数码形式的信号	计算机控制系统:计算机根据控制规律进行运算,然后将结果经过程输出通道,作用到被控对象,从而使被控变量符合要求的性能指标。与模拟系统不同之处在于,在模拟系统中,信号的传送不需要数字化;而数字系统必须先进行模/数转换,输出控制信号也必须进行数/模转换,然后才能驱动执行机构

续表

分类特征	系统类型	特点	应用
控制变量数量	单变量控制系统	系统的输入和输出变量都是单个的	水位控制系统、温度控制系统、位置控制系统等,经典控制理论的研究对象均为单变量控制系统
	多变量控制系统	系统有多个输入和输出变量	高档数控车床、多自由度机器人臂系统等
控制量变化规律	恒值系统	系统调节目标是控制量为一常量,输出量基本保持为常量	蒸汽机转速控制、常见的恒温恒压控制
	随动系统	很大范围内,系统的输出能以一定精准度随输入的改变而变化	火炮自动瞄准系统、液压仿形刀架系统
	程序控制系统	系统控制量按预定的程序变化	数控机床、工业机器人及自动生产线等
系统本身动态特性	线性系统	系统数学模型为线性微分方程	通常,大部分控制系统都被认为是线性控制系统,如工作台位置控制系统、温度控制系统等
	非线性系统	系统中存在非线性元件,数学模型是非线性方程	实际上,现实生活中几乎所有的控制系统都存在一定的非线性,只不过在大多数情况下都按线性控制系统看待。典型的非线性控制系统如运载火箭,质量随时间而变化

4. 对自动控制系统的基本要求

对控制系统的要求可简要概括为三个字:稳、快、准。

1) 稳:稳定性

稳定性是指系统在受到外部作用之后的动态过程的倾向和恢复平衡状态的能力。不稳定的系统是无法工作的。因此,控制系统的稳定性是控制系统分析和设计的首要内容。

2) 快:快速性

系统在稳定的前提下,响应的快速性是指系统消除实际输出量与稳态输出量之间误差的快慢程度。反映系统敏捷性:动态过程要短且震荡要适中。

3) 准:准确性

准确性是指在系统达到稳定状态后,系统实际输出量与给定的输出量之间的误差大小,它又称为稳态精度。系统的稳态精度不但与系统有关,而且与输入信号的类型有关。

5. 课程结构及主要研究任务

1) 建立系统数学模型

研究机械自动控制系统,首先要建立系统的数学模型。找出需要反映和确定的系统属性并确定它们之间的数学关系是建立数学模型的关键。单输入单输出控制系统的数学模型主要有两种形式:时域下的微分方程和频域下的传递函数。具体建立数学模型的过程,微分方程和传递函数之间的变换关系将在第 2 章着重介绍。

2)系统分析

在建立数学模型后,要对系统性能进行分析。在经典控制理论中,常用的系统分析方法有时域分析法、频域分析法和根轨迹分析法。

时域分析法主要是分析输入一个典型信号时系统的时间响应。包括系统快速性(对于二阶系统包括上升时间、峰值时间、调整时间等)及稳定性(最大超调量等),属于定量分析。一阶系统和二阶系统典型信号的时间响应特性、系统性能指标的定义及关系、高阶系统时域分析方法等将在第 3 章中重点介绍。

频域分析法主要建立系统时间响应与其频谱之间的关系,特别适合机械系统动态特性的研究。频域分析法将传递函数从复数域引到频率域,建立起系统的时间响应与其频谱之间的关系,主要包括典型环节频率特性的 Nyquist 图和 Bode 图,表示系统输入、输出幅值和相位之间的关系等内容。两种频率特性图的绘制以及系统频域性能指标将在第 4 章进行介绍。

稳定性是系统最重要的性能指标,系统稳定性的判定以及稳定程度的衡量是一项十分重要的工作,稳定性判据主要有赫尔维茨判据、劳斯判据等代数判据和 Nyquist 稳定性判据、Bode 稳定性判据等几何判据。系统的相对稳定性主要由相位稳定裕度和幅值稳定裕度来衡量,这些内容将在第 5 章进行详细介绍。

根轨迹法是通过分析闭环极点随开环参数变化时在复平面上的曲线来分析系统的性能。如确定系统稳定性和稳定域,简化高阶系统,分析系统的过渡过程运动形式和零、极点对系统的影响等。绘制根轨迹的方法主要有手工绘制和利用 MATLAB 绘制,将在第 6 章介绍。

对于稳定的控制系统,只有在满足要求的控制精度的前提下才有工程意义,系统的准确度用误差大小来衡量,具体内容在第 7 章介绍。

3)系统设计

当一个系统不能满足期望的性能时,需要对系统进行校正、调节来改变原系统的特性,使其满足要求,这就涉及控制系统的设计。要设计一个控制系统,首先必须要了解系统的性能指标,掌握它与系统传递函数之间的关系;其次,确定校正方式,系统的校正主要有并联校正和串联校正两种方式;再次,确定控制器的类型,主要有比例控制器、比例积分控制器、比例微分控制器、比例积分微分控制器等;最后,进行控制器的设计,主要有图解法和直接法两种方法。关于这些内容将在第 8 章进行详细介绍。

二、基 本 要 求

(1)了解学习本课程的目的和任务,能正确分析经常接触的实际控制系统的工作原理和控制过程。

(2)正确理解反馈控制系统的概念,了解机械自动控制系统的分类。

(3)掌握闭环控制系统的工作原理和基本组成,熟悉控制系统中的基本名词及其含义。

(4)掌握机械自动控制系统基本要求的内涵。

三、重点与难点

(1)自动控制与机械自动控制系统的含义。

(2)控制系统的基本概念、基本组成和工作原理。

(3)开环控制系统与闭环控制系统的区别及实际应用。

四、习题与解答

1.1　什么是反馈? 什么是负反馈? 负反馈在自动控制系统中有什么重要意义?

解:(1)将系统(或环节)的输出信号直接或经过一些环节重新引回到输入端,与输入信号进行比较的做法叫做反馈。

(2)反馈信号与给定信号比较后产生的偏差信号为两者之差,这种反馈叫做负反馈。

(3)负反馈是自动控制系统的一个重要特征。若被控变量在扰动的作用下升高,则反馈信号也升高,经过比较,由于是负反馈,则偏差信号降低,于是控制器将发出信号而使执行器动作,施加控制作用,其作用方向与扰动对被控变量的作用方向相同,因而使被控变量下降,这样就达到了控制的目的。

1.2　机械自动控制系统有许多类型及分类方法,试简要说明。

解:(1)按控制系统有无反馈分 $\begin{cases} 开环控制 \\ 闭环控制 \end{cases}$;

(2)按控制系统中的信号类型分 $\begin{cases} 连续控制系统 \\ 离散控制系统 \end{cases}$;

(3)按控制变量的多少分 $\begin{cases} 单变量控制系统 \\ 多变量控制系统 \end{cases}$;

(4)按控制系统输出变化规律分 $\begin{cases} 恒值调节系统 \\ 随动系统 \\ 程序控制系统 \end{cases}$;

(5)按控制系统本身的动态特性分 $\begin{cases} 线性系统 \\ 非线性系统 \end{cases}$;

$$\text{(6)按控制系统采用的控制方法分}\begin{cases}\text{模糊控制系统}\\\text{最优控制系统}\\\text{神经元网络控制系统}\\\cdots\cdots\end{cases}$$

1.3 控制系统的基本要求是什么?

解: "稳定性"——基本要求:系统首先必须具有稳定性才能正常工作。

"快速性"——动态要求:调节时间要短,超调量要小。

"准确性"——稳态要求:稳态误差要小。

1.4 试用框图说明反馈控制系统的基本组成。

解: 反馈控制系统是完整而典型的自动控制系统,题图 1.1 说明了典型反馈控制系统的组成图。一个系统的主反馈回路(或通道)只有一个。而局部反馈可能有几个,图中只画出一个。各种功能不同的元件,从整体上构成一个系统来完成一定的任务。

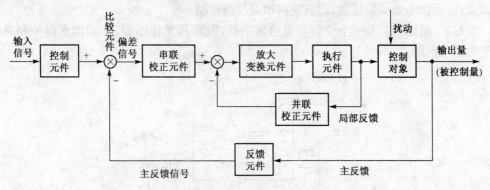

题图 1.1 典型反馈控制系统的组成

1.5 通过实际应用例子说明开环控制系统和闭环控制系统的原理、特点及适应范围。

解: (1)开环控制系统是指控制器与被控对象之间只有顺向控制而没有反馈联系的控制系统,即操纵变量通过被控对象去影响被控变量,但被控变量的变化并没有通过反馈作用去改变控制作用。从信号传递关系上看,并没有形成闭合回路,故称为开环控制系统。一般来说,开环控制结构简单、成本低廉、工作稳定。因此,当系统的输入信号及扰动作用能预先知道且要求精度不高时,可以采用开环控制。由于开环控制不能自动修正被控量的偏离,所以系统的元件参数变化以及外来的未知扰动对控制精度的影响较大,如全自动洗衣机、电风扇、电动搅拌机等。

(2)闭环控制系统是指控制器与被控对象之间既有顺向控制又有反馈联系的控制系统。控制器的输出(控制)信号改变后,通过执行器会影响被控对象的被控变量,而被控变量改变后,又会通过反馈通道去改变控制器的输入信号,进而改变了控制器的输出信号。所以,从信号传递关系来看,形成一个闭合回路,故称为闭环控制系统。

它具有自动修正被控量出现偏离的能力,可以修正元件参数变化以及外界扰动引起的误差,其控制精度较高。但是存在反馈,闭环控制也有其不足之处,如被控制量可能出现振荡,严重时会使系统无法工作。这是由于被控制量出现偏离之后,经过反馈使形成一个修正偏离的控制作用,这个控制作用和它所产生的修正偏离的效果之间,一般是有时间延迟的,使被控制量的偏离不能立即得到修整,从而有可能使被控制量处于振荡状态。因此,如果系统参数选择不当,不仅不能修正偏离,反而会使偏离越来越大,系统无法工作,如电冰箱、电热水器以及教材中的位置控制系统等。

1.6 在下列这些运动中,都存在信息的传输。试说明哪些运动是利用反馈来进行控制的,哪些不是,为什么?

(1)司机驾驶汽车;(2)篮球运动员投篮;(3)人骑自行车。

解:(1)和(3)是利用反馈来控制的。因为虽然这三项运动都有测量器,那就是眼睛,但是,对于篮球运动员投篮这项运动来讲,投出去后就无法控制了,也就是没有反馈元件,所以不是反馈控制,而其他两项是反馈控制。

1.7 题图 1.2 是一个全自动电热淋浴器,说明其工作原理,并画出水温控制系统的原理框图。

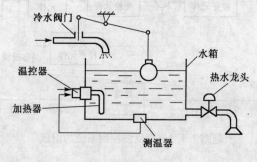

题图 1.2

解:该系统的控制任务有两个:一个是保持水箱的水位不变,一个是保持水箱的水温不变。

(1)对于水箱的水位控制,水箱是被控对象,水位高度是被控量。其工作原理是:设系统原来处于进、出水量相等,水位高度等于给定值的工作状态下,若出水量增大(而进水量一时没有改变),水位高度下降,使浮子下移,产生水位偏差,冷水阀门开度增大,进水量增大,直至使水位高度又恢复到或接近希望高度。

(2)对于水箱水温的控制,水箱中的水是被控对象,水温是被控量。其工作原理是:设系统原来处于设定温度和实际温度相等,若由于热水出水量增大,而冷水进水量增多,水温下降,产生水温偏差,这时加热器开始加热,水温升高,直至使水温又恢复到或接近希望温度。

由以上对水温的分析可画出系统的方框图,如题图 1.3 所示。

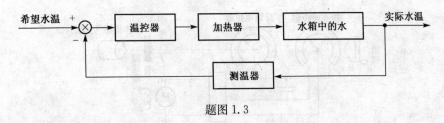

题图 1.3

1.8 题图 1.4 所示为一个压力控制系统。炉内压力由挡板位置控制,并由压力测量元件测量,说明其控制原理。

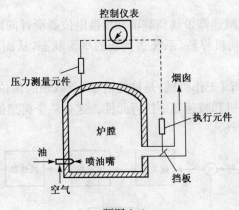

题图 1.4

解: 该系统的控制任务是保持炉腔压力不变,其中炉腔是被控对象,炉内压力(设为 P)是被控量,而设 P_r 是炉内压力的期望值。其工作原理是:设系统原来处于炉内设定压力和实际压力相等,即 $P = P_r$ 的工作状态下,若由于喷油嘴进油燃烧而使炉内压力增大(而挡板位置一时没有改变,处于闭合状态),压力测量元件测量炉内压力,将 P 值传给控制仪表,产生压力偏差 $P - P_r > 0$,控制仪表依据偏差大小控制执行元件进行对挡板的位置控制,挡板开口增大,烟囱排烟,直至使炉内压力 P 又恢复到或接近期望值 P_r,挡板再次闭合。

1.9 某角位移随动系统如题图 1.5 所示,试分析系统的工作原理,画出系统的方块图。

解: 系统的任务是使负载 L(工作机械)的角位移 θ_c 跟随滑臂给定角度 θ_r 的变化而变化,即要求被控量 θ_c 随给定量 θ_r 之动而动,简称“随动”。

指令电位器和反馈电位器组成的电桥电路是测量、比较元件,其作用是测量给定量(即输入角度 θ_r)和被控量(即输出角度 θ_c),即将它们分别转换成与之成正比的输入电压 u_r 和输出电压 u_c,并产生与偏差角度 $\Delta\theta = \theta_r - \theta_c$ 成正比的偏差电压 $\Delta u = u_r - u_c$。

当负载轴的实际位置 θ_c 与给定位置 θ_r 相同时,则 $\Delta u = 0$,电动机不转动。当负载轴的实际位置 θ_c 与给定位置 θ_r 不同时,$\Delta u \neq 0$,偏差电压 Δu 经放大器放大,使执

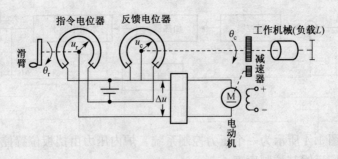

题图 1.5

行电动机转动,再通过减速器带动负载轴和反馈电位器滑臂向减小偏差的方向转动,最终当 $\theta_c = \theta_r$ 时,电动机停转,系统达到新的平衡状态,从而实现了角位移跟踪的目的。

在该系统中,负载 L(工作机械)是被控对象,负载轴的角位移 θ_c 是被控量,放大器是放大元件,而电动机和减速器是执行元件。这是一个典型的位置随动系统,系统的方块图如题图 1.6 所示。

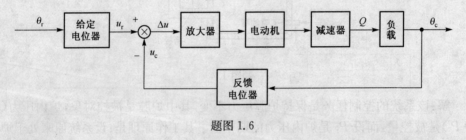

题图 1.6

1.10 试说明如题图 1.7 所示电阻炉微型计算机温度控制系统的工作原理。

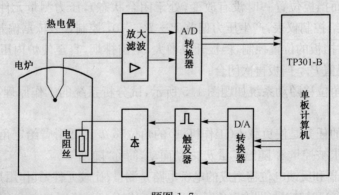

题图 1.7

解: 题图 1.7 中,电阻丝通过晶闸管主电路加热,炉温期望值由计算机预先设置,炉温实际值由热电偶检测,并转换成电压,经放大、滤波后,由 A/D 转换器将模拟量转换为数字量送入计算机,在计算机中与所设置的温度期望值比较后产生偏差信号,计算机便根据预定的控制算法(即控制规律)计算出相应的控制量,再经 D/A 转换器转换成电流,通过触发器控制晶闸管导通角,从而改变电阻丝中电流大小,达到控制炉温的目的。

1.11 题图 1.8 为一工作台位置液压控制系统。该系统可以使工作台按照控制电位器给定的规律变化。要求:

(1) 指出系统的被控对象,被控量和给定量,画出系统方框图。

(2)说明控制系统中控制装置各组成部分。

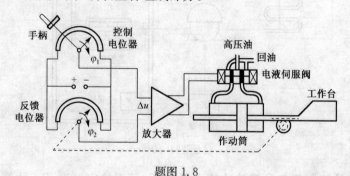

题图 1.8

解:(1)控制系统的功能是使工作台随控制电位器给定规律移动,所以被控对象是工作台,被控量是工作台的位移,给定量是控制电位器滑臂的转角(表征工作台的希望位置)。系统方框图如题图 1.9 所示。

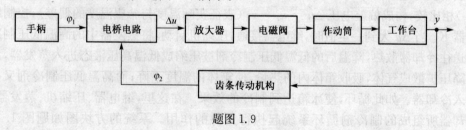

题图 1.9

(2)控制装置的各组成部分如下:

手柄是给定元件,给出表征工作台希望位置的转角信号 φ_1。齿条齿轮传动机构完成测量元件测量实际转角 φ_2 的功能。由控制电位器、反馈电位器组成的电桥电路完成 φ_1 和 φ_2(表征工作台实际位置)的比较,给出偏差电压 Δu。放大器是放大元件。电磁阀、作动筒组成执行机构,推动工作台移动。

当工作台处于希望位置时,反馈电位计滑臂偏角 φ_2 与给定电位器滑臂偏角一致,电桥输出电压 Δu 为 0。此时电磁阀位于零位,工作台保持在希望位置上。当操纵手柄转动(如顺时针转动)时,$\varphi_2 \neq \varphi_1$,$\Delta u \neq 0$,放大器输出电压驱动电液伺服阀左移,高压油从作动筒左侧压入,推动工作台右移,带动齿轮顺时针转动。当 $\varphi_2 = \varphi_1$

时,系统又在新的条件下达到平衡,工作台又处于新的希望位置上。操作手柄逆时针转动时的调节过程则正好相反,从而实现了工作台位置跟随手柄转角规律而变化的控制目的。该系统属于闭环随动控制系统。

1.12 电冰箱制冷系统工作原理如题图 1.10 所示。试简述系统的工作原理,指出系统的被控对象、被控量和给定量并画出系统方块图。

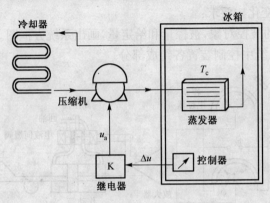

题图 1.10

解:系统的控制任务是保持冰箱内温度 T_c 等于给定温度 T_r,冰箱体是被控对象,箱内温度是被控量,希望的温度 T_r 为给定量(由电位器的输出电压 u_r 对应给出)。

工作原理:温度控制器中的双金属温度传感器(测量元件)感受冰箱内的温度并将其转换为电压信号 u_c,与控制器旋钮设定的电位器输出电压 u_r(对应于希望温度 T_r)相比较,构成偏差电压 $\Delta u = u_r - u_c$(表征实际温度与希望温度的偏差),控制继电器 K。当 Δu 大到一定值时,继电器接通,压缩机启动,将蒸发器中的高温低压制冷剂送往冷却器散热,降温后的低温低压制冷剂被压缩成低温高压液态进入蒸发器,急速降压扩散成气体,吸收箱体内的热量,使箱体的温度下降;而高温低压制冷剂又被吸入冷却器。如此循环,使冰箱达到制冷的效果。在这里,继电器、压缩机、蒸发器、冷却器所组成的制冷剂循环系统起执行元件的作用。系统的方块图如题图 1.11 所示。

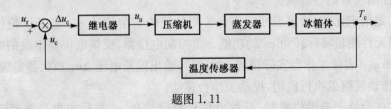

题图 1.11

1.13 题图 1.12 所示为仓库大门自动控制系统原理示意图。试说明自动控制大门开关的工作原理,并画出系统原理方框图。

解:当合上开门开关时,电位器桥式测量电路产生偏差电压,经放大器放大后,驱

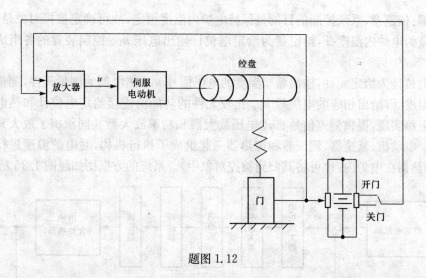

题图 1.12

动伺服电动机带动绞盘转动,使大门向上提起。与此同时,与大门连在一起的电位器电刷上移,直到桥式测量电路达到平衡,电动机停止转动,开门开关自动断开。反之,当合上关门开关时,伺服电动机反向转动,带动绞盘使大门关闭,从而实现了远距离自动控制大门开闭的要求。

大门自动开闭控制系统的原理方框图如题图 1.13 所示。

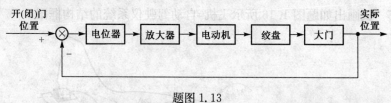

题图 1.13

1.14 题图 1.14 所示为炉温自动控制系统示意图,其中热电偶是温度检测元件,它的输入量是温度,输出量为电压。试说明此系统的工作原理,画出原理框图。

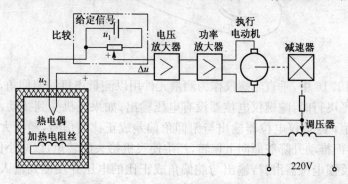

题图 1.14

解:依题意,系统控制的目的是保持电炉内温度恒定,故可确定被控对象是电炉,被控量为电炉内温度 T,给定量为给定电位计输出电压 u_1。控制装置的各组成部分如下:

电位计为给定元件,输出希望温度的电压信号 u_1。热电偶为测量元件,测量炉内实际温度 T,给出相应的电信号 u_2。比较元件的功能由连接给定电位计和热电偶的串联电路实现,提供偏差信号 Δu。电压放大器和功率放大器共同承担了放大元件的功能。电动机、减速器、调压器和加热器一起组成了执行机构,对电炉温度进行调节(因加热器在电炉内,也可将其归到被控对象中)。系统的方框图如题图 1.15 所示。

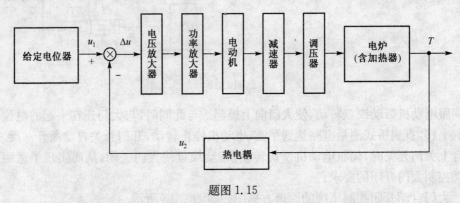

题图 1.15

1.15 试画出如题图 1.16 所示飞机-自动驾驶仪系统的结构框图。

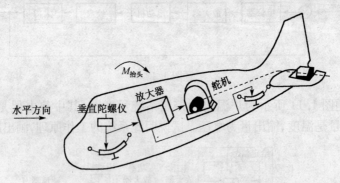

题图 1.16

解:题图 1.16 中,垂直陀螺仪作为测量元件用以测量飞机的俯仰角,当飞机以给定俯仰角水平飞行时,陀螺仪电位器没有电压输出;如果飞机受到扰动,使俯仰角向下偏离期望值,陀螺仪电位器输出与俯仰角偏差成正比的信号,经放大器放大后驱动舵机,一方面推动升降舵面向上偏转,产生使飞机抬头的转矩,以减小俯仰角偏差;同时还带动反馈电位器滑臂,输出与舵偏角成正比的电压并反馈到输入端。随着俯仰角偏差的减小,陀螺仪电位器输出信号越来越小,舵偏角也随之减小,直到俯仰角回到期望值,这时,舵面也恢复到原来状态。

题图 1.17 所示为飞机-自动驾驶仪系统稳定俯仰角的系统方块图,图中的飞机是被控对象,俯仰角是被控量,放大器、舵机、垂直陀螺仪、反馈电位器等是控制装置,即自动驾驶仪。参考量是给定的常值俯仰角,控制系统的任务就是在任何扰动(如阵风或气流冲击)作用下,始终保持飞机以给定俯仰角飞行。

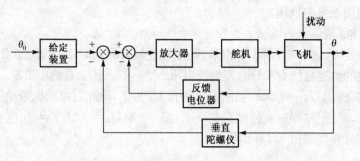

题图 1.17

1.16 试画出如题图 1.18 所示位置随动系统的结构框图。

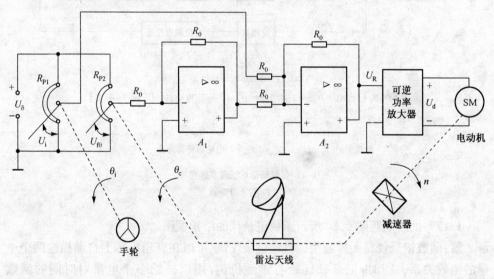

题图 1.18

解:(1)系统组成。

题图 1.18 所示为一位置随动系统的示意图。由图中可以看出,系统的控制目标是让雷达天线跟随手轮的转动而转动,被控制量是雷达天线转动的角位移 θ_c。控制对象为雷达天线。而驱动雷达天线转动的是永磁式直流伺服电动机,因此永磁式直流伺服电动机 SM 及减速器是执行元件。为电动机提供电能的可逆直流调压电路为功率放大器。图中的 A_2 为由运算放大器构成的反相加法器,它在系统中起比较器和电压放大作用(对其输入端给定量和反馈量进行比较叠加)。该系统的给定指令 θ_i 由手轮转动给出,它通过与之联动的给定电位器 R_{P1} 转为电压信号 U_i,因此, R_{P1} 是给定元件。图中电位器 R_{P2} 与雷达天线联动,将被控量 θ_c 转换成与之成比例的反馈电压信号 $U_{f\theta}$,所以电位器 R_{P2} 是检测元件。 A_1 是反相器,它的作用是将反馈电压变成与给定电压极性相反的电压信号,以构成负反馈。根据以上分析就可绘出题图 1.19(a)所示的位置随动系统的框图。

(2)工作原理。

系统稳定时, $\theta_i = \theta_c$,即 $U_i = U_{f\theta}$。当手轮逆时针转动时,设 θ_i 增加,此时,通过电位器转换成的给定电压 U_i 减小,则偏差电压 $\Delta U = U_i - U_{f\theta}$ 必然小于零。由于 A_2 为反相输入,其输出 $U_K \to U_c$ 将为正值,从而使 U_d 为正,设此时电动机带动雷达天线作逆时针转动。这一过程一直持续到 $\theta_i = \theta_c$, $\Delta U = 0$, $U_K = 0$, $U_d = 0$,电动机停转为止。其控制过程如题图 1.19(b)所示。

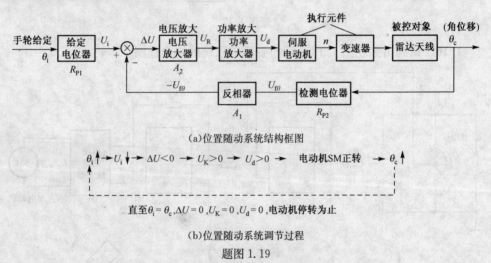

(a)位置随动系统结构框图

(b)位置随动系统调节过程

题图 1.19

1.17　试绘制题图 1.20 所示函数记录仪的结构框图。

解:函数记录仪是一种通用的自动记录仪,它可以在直角坐标上自动描绘两个电量的函数关系。同时,记录仪还带有走纸机构,用以描绘一个电量对时间的函数关系。

函数记录仪由衰减器、测量元件、放大元件、伺服电动机-测速机组、齿轮系及绳轮等组成,采用负反馈控制原理工作。系统的输入是待记录电压,被控对象是记录笔,其位移即为被控量。系统的任务是控制记录笔位移,在记录纸上描绘出待记录的电压曲线。

在题图 1.20 中,测量元件是由电位器 R_Q 和 R_M 组成的桥式测量电路,记录笔就固定在电位器 R_M 的滑臂上,因此,测量电路的输出电压与记录笔位移成正比。当有输入电压 u_r 时,在放大元件输入口得到偏差电压 $\Delta u = u_r - u_p$,经放大后驱动伺服电

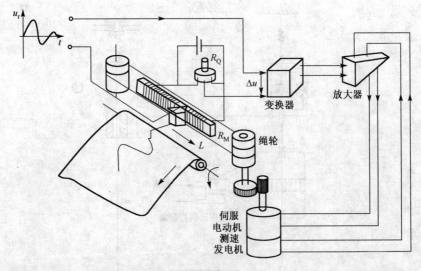

题图 1.20

动机,并通过齿轮系及绳轮带动记录笔移动,同时使偏差电压减小。当偏差电压 $\Delta u = 0$ 时,电动机停止转动,记录笔也静止不动。此时,$u_\mathrm{p} = u_\mathrm{r}$,表明记录笔位移与输入电压相对应。如果输入电压随时间连续变化,记录笔便描绘出随时间连续变化的相应曲线。函数记录仪方块图如题图 1.21 所示,图中测速发电机反馈与电动机速度成正比的电压,用以增加阻尼,改善系统性能。

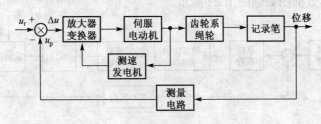

题图 1.21

1.18　题图 1.22 所示为是一角速度控制系统原理图。离心调速器的轴由内燃发动机通过减速齿轮获得角速度为 ω 的转动,旋转的飞锤产生的离心力被弹簧力抵消,所要求的速度 ω 由弹簧预紧力调准。当 ω 突然变化时,试说明控制系统的作用情况。

解: 发动机无外来扰动时,离心调速器的旋转角速度基本为一定值,此时,离心调速器与液压比例控制器处于相对平衡状态;当发动机受外来扰动,如负载的变化,使 ω 上升,此时离心调速器的滑套产生向上的位移 e,杠杆 a、b 的作用使液压比例控制器的控制滑阀阀芯上移,从而打开通道 1 使高压油通过该通道流入动力活塞的上部,迫使动力活塞下移,并通过活塞杆使发动机油门关小,使 ω 下降,以保证角速度 ω 恒

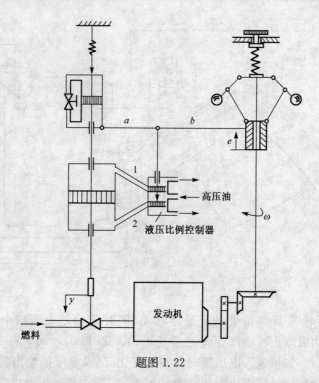

题图 1.22

定。当下降到一定值,即 e 下降到一定值时,液压滑阀又恢复到原位,从而保持了转速 ω 的恒定,其方框图如题图 1.23 所示。

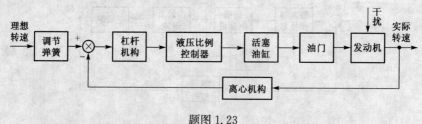

题图 1.23

1.19 说明蒸汽机离心调速器的工作原理,如题图 1.24 所示。

解: 如题图 1.24 所示,由离心机构、比较机构、转换机构等组成的离心调速器。通过调节进入蒸汽机的蒸汽量 Q,使得蒸汽机的工作负荷(输出轴转矩 M)不同时,输出(输出轴转速 n)保持不变。例如,当外界负荷变化使 M 减小时,由于蒸汽带入的功率未变,输出轴转速 n 上升,而 n 上升,离心机构就以 O 点为支点进一步张开(即比较机构的滑套上升),通过转换机构的杠杆,使调节阀的阀门下降,减小 Q,使 n 下降逐渐趋向原值(给定值);反之,当外界负荷变化使 M 加大时,n 下降。此时,离心调速器可使转速 n 回升并逐渐趋向原值。显然,蒸汽机输出轴的转速 n 通过离心调速器调节蒸汽量 Q,进而调节转速 n 本身。蒸汽机离心调速器的工作原理方框图如题图 1.25 所示。

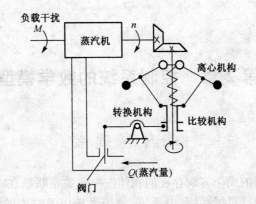

题图 1.24

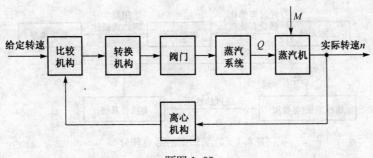

题图 1.25

第2章 控制系统的数学模型

一、内 容 提 要

为了实现某种目的而把客观存在的物体按一定关系联系在一起的集合称为物理系统,而工程系统(包括机械系统、电系统、液压系统以及它们的综合系统,即机电一体化系统)是物理系统的一个分支。图 2.1 所示为系统数学模型的形成和分类。

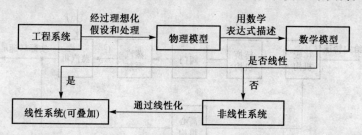

图 2.1 数学模型的形成和分类

本书配套的主教材在第 2 章中,首先介绍控制系统微分方程的建立方法和非线性系统的线性化方法;其次,介绍了线性系统传递函数分析方法的数学基础——拉普拉斯变换,在给出传递函数定义的基础上,介绍了典型环节的传递函数;最后,介绍了控制系统的方框图和信号流图的简化方法及应用实例。

1. 系统的微分方程

1)建立控制系统微分方程的步骤

(1)根据物理系统的特点将系统划分为若干个环节,确定各个环节的输入输出信号和输入输出关系。

(2)根据物理定律或通过实验等方法得出物理规律,对各个环节分别建立方程,并考虑适当简化,线性化;不同系统所依据定理或原理如表 2.1 所示。

(3)将各环节的方程式联立,消去中间变量,得出只含输入变量、输出变量以及系统参量的系统微分方程数学模型。

分析法建立系统微分方程的一般步骤:首先根据系统物理模型应用有关的科学定律和技术理论列出描述系统内部所有变量间物理关系的数学关系式;然后通过适当的数学运算,消去中间变量,再把输出量及其各阶导数项放在等式的左端,把输入量及其各阶导数项放在等式的右端,得到描述系统输入量与输出量之间关系的微分方程。在此过程中,必要时还要对非线性变量关系进行线性化处理,得到描述输入量增量与输出量增量之间的线性化微分方程。

表 2.1 建立数学模型时所使用的定理或原理

物理模型	所用原理
机械系统	牛顿第二定律:物体的加速度跟物体所受的合外力成正比,跟物体的质量成反比,加速度的方向跟合外力的方向相同。 达朗贝尔原理:作用于每一个质点上的合力,同质点的惯性力形成平衡力系
电学系统	基尔霍夫电流定律:汇聚到电路节点的所有电流之代数和等于零。 基尔霍夫电压定律:点网络闭合回路中电势的代数和等于沿回路的电压降的代数和
机电一体化系统	除应用上述原理外,还用到电动机特性方程:包括机械特性方程和调节特性方程等,主要用到电磁转矩方程(即输入电流与转矩的关系,输入电压与转速的关系),不同类型的电动机有不同的特性方程

单输入、单输出线性定常系统的微分方程为

$$a_n x_o^{(n)}(t) + a_{n-1} x_o^{(n-1)}(t) + \cdots + a_1 \dot{x}_o(t) + a_0 x_o(t)$$
$$= b_m x_i^{(m)}(t) + b_{m-1} x_i^{(m-1)}(t) + \cdots + b_1 \dot{x}_i(t) + b_0 x_i(t) \tag{2.1}$$

式中,$n \geqslant m$,$x_o(t)$ 和 $x_i(t)$ 分别为系统的输出和输入。

2)非线性系统的线性化

(1)非线性系统线性化方法。

切线法:系统在通常情况下,都有一个正常的稳定的工作状态,称为平衡工作点。从图像上看,线性化的实质是在工作点附近用切线来代替原来的曲线。

数学方法:在系统平衡位置附近展开成泰勒级数,分解成这些变量在该位置附近的为增量表达式,略去高于一阶增量的那些项,再用增量方程的形式写出。

无论哪种方法都必须首先明确平衡工作点的位置。

(2)非线性系统的线性化条件。

如果非线性系统在工作点附近都存在着不连续直线、跳跃、折线,以及非单值关系等严重非线性,属于本质非线性。其函数是不连续的,在不连续点附近不能得到收敛的泰勒级数,所以只能采用复杂的非线性处理方法。因此线性化只适用于变量偏离预定工作点很小的情况,即非本质性非线性系统。

2. 拉普拉斯变换与反变换

系统的微分方程是对系统动态特性的时域描述,传递函数则是复数域的描述。拉普拉斯变换及其反变换是系统由时域到频域,由频域到时域的变换手段。

1)拉普拉斯变换

(1)拉普拉斯变换定义。

时间函数 $x(t)$,当 $t < 0$ 时,$x(t) = 0$;在 $t \geqslant 0$ 时,定义函数 $x(t)$ 的拉氏变换为

$$X(s) = L[x(t)] = \int_0^\infty x(t) e^{-st} \mathrm{d}t \tag{2.2}$$

式中，L 为拉氏变换算符，$s = \sigma + j\omega$ 是一个复数，$x(t)$ 称为原函数，$X(s)$ 为象函数。只有式中积分收敛时，拉氏变换存在。即 $x(t)$ 满足下面条件，则拉氏变换存在。

①当 $t \geqslant 0$ 时，$x(t)$ 分段连续，只有有限个间断点；

②当 $t \to \infty$ 时，$x(t)$ 的增长速度不超过某一指数函数，即满足

$$|x(t)| \leqslant Me^{at}$$

式中，M、a 为实常数。在复平面上，对于 Re $(s) > a$ 的所有复数 s（Re (s) 表示 s 的实部）都使积分绝对收敛，故 Re $(s) > a$ 是拉普拉斯变换的定义域，a 称为收敛坐标。

（2）常用拉氏变换性质如表 2.2 所示。

表 2.2　常见拉氏变换性质

定　理	内　容
加法定理	若 $L[f_1(t)] = F_1(s)$，$L[f_2(t)] = F_2(s)$，则 $L[af_1(t) + bf_2(t)] = aF_1(s) + bF_2(s)$
微分定理	$L\left[\dfrac{\mathrm{d}}{\mathrm{d}t}f(t)\right] = sF(s) - f(0)$
积分定理	$L\left[\int f(t)\mathrm{d}t\right] = \dfrac{F(s)}{s} + \dfrac{f^{-1}(0)}{s}$，其中：$f^{-1}(0) = \int f(t)\mathrm{d}t$ 在 $t=0$ 时的值
延迟定理	$L[f(t-a)] = e^{-as}F(s)$，$a > 0$
初值定理	$f(t)$ 和 $\dfrac{\mathrm{d}f(t)}{\mathrm{d}t}$ 存在拉氏变换，而且 $\lim\limits_{s \to \infty} sF(s)$ 也存在，则 $f(0) = \lim\limits_{s \to \infty} sF(s)$
终值定理	如果 $f(t)$ 和 $\dfrac{\mathrm{d}f(t)}{\mathrm{d}t}$ 存在拉氏变换、$\lim\limits_{t \to \infty} f(t)$ 存在且唯一，则 $\lim\limits_{t \to \infty} f(t) = \lim\limits_{s \to 0} sF(s)$
衰减定理	$L[e^{-at}f(t)] = F(s+a)$
相似定理	$L\left[f\left(\dfrac{t}{a}\right)\right] = aF(as)$
卷积的拉氏变换	$L[f_1(t)] = F_1(s)$，$L[f_2(t)] = F_2(s)$，则 $L[f_1(t) * f_2(t)] = F_1(s)F_2(s)$

2）拉氏反变换

（1）拉氏反变换定义。

当已知函数 $x(t)$ 的拉普拉斯变换 $X(s)$，求函数 $x(t)$，称为拉普拉斯反变换。拉普拉斯反变换可以表示为已知函数 $f(t)$ 的拉氏变换 $F(s)$，求原函数 $f(t)$ 的运算为拉氏反变换。其公式为

$$f(t) = \frac{1}{2\pi j} \int_{a-j\infty}^{a+j\infty} F(s)e^{st}\mathrm{d}s \tag{2.3}$$

简写为 $f(t) = L^{-1}[F(s)]$。

（2）拉氏反变换的应用。

拉氏反变换可求解微分方程。通常用部分分式展开法将复变函数展开成有理分式函数之和，再由拉式变换简表 2.3，查出对应的反变换函数。

表 2.3　拉普拉斯变换简表

1	1	单位脉冲 $\delta(t)$ 在 $t = 0$ 时
2	$\dfrac{1}{s}$	单位阶跃 $1(t)$ 在 $t = 0$ 时
3	$\dfrac{K}{s}$	K
4	$\dfrac{1}{s^{r+1}}$	$\dfrac{1}{r!}t^r$
5	$\dfrac{1}{s}\mathrm{e}^{-as}$	$u(t-a)$ 在 $t = a$ 开始的单位阶跃
6	$\dfrac{1}{s-a}$	e^{at}
7	$\dfrac{1}{s+a}$	e^{-at}
8	$\dfrac{1}{(s+a)^n}$	$\dfrac{1}{(n-1)!}t^{n-1}\mathrm{e}^{-at}$
9	$\dfrac{\omega}{s^2+\omega^2}$	$\sin \omega t$
10	$\dfrac{s}{s^2+\omega^2}$	$\cos \omega t$
11	$\dfrac{1}{s(s+a)}$	$\dfrac{1}{a}(1-\mathrm{e}^{-at})$
12	$\dfrac{s+a_0}{s(s+a)}$	$\dfrac{1}{a}\left[a_0-(a_0-a)\mathrm{e}^{-at}\right]$
13	$\dfrac{1}{s^2(s+a)}$	$\dfrac{1}{a^2}(at-1+\mathrm{e}^{-at})$
14	$\dfrac{s+a_0}{s^2(s+a)}$	$\dfrac{a_0t}{a}+\left(\dfrac{a_0}{a^2}-t\right)(\mathrm{e}^{-at}-1)$
15	$\dfrac{s^2+a_1s+a_0}{s^2(s+a)}$	$\dfrac{1}{a^2}\left[a_0at+a_1a-a_0+(a_0-a_1a+a^2)\mathrm{e}^{-at}\right]$
16	$\dfrac{\omega}{(s+a)^2+\omega^2}$	$\mathrm{e}^{-at}\sin \omega t$
17	$\dfrac{s+a}{(s+a)^2+\omega^2}$	$\mathrm{e}^{-at}\cos \omega t$

　　用直接法求解线性定常非齐次微分方程的方法还有拉氏变换法，一般步骤如下：

　　第一步，应用拉氏变换的有关定理和运算方法对微分方程进行拉氏变换，把描述输入量 $x_\mathrm{i}(t)$ 与输出量 $x_\mathrm{o}(t)$ 间关系的时域微分方程变为复域 $X_\mathrm{i}(s)$ 与 $X_\mathrm{o}(s)$ 间的线性关系式；

　　第二步，求出输出量的拉氏变换式 $X_\mathrm{o}(s)$；

　　第三步，对 $X_\mathrm{o}(s)$ 进行拉氏逆变换，便得到输出量的时域表达式。

3. 传递函数

复杂的高阶微分方程求解起来非常困难，如果通过拉氏变换的手段将其转化成复域上的方程,即求出传递函数,将会大大降低系统的设计和计算难度。

1)传递函数的定义

线性定常系统传递函数的定义为:在零初始条件下,系统输出的拉氏变换 $X_o(s)$ 与输入拉氏变换 $X_i(s)$ 之比,用 $G(s)$ 表示,即

$$G(s) = \frac{X_o(s)}{X_i(s)} \tag{2.4}$$

单输入、单输出线性定常系统的传递函数为

$$G(s) = \frac{X_o(s)}{X_i(s)} = \frac{b_m s^m + b_{m-1} s^{m-1} + \cdots b_1 s + b_0}{a_n s^n + a_{n-1} s^{n-1} + \cdots a_1 s + a_0} \tag{2.5}$$

因此,系统输出的拉氏变换可写为

$$X_o(s) = G(s) X_i(s) \tag{2.6}$$

系统在时域中的输出为

$$x_o(t) = L^{-1}[G(s) X_i(s)] \tag{2.7}$$

其中,传递函数零初始条件有两方面含义:①指输入 $x_i(t)$ 在 $t = 0^-$ 时刻开始作用于系统,该初始时刻输入及其各阶导数皆为零。②指 $t = 0^-$ 时刻系统处在相对静止状态,即系统在工作点上运行,因此该时刻系统输出 $x_o(t)$ 及其各阶导数皆为零。

2)传递函数性质

(1)传递函数的分母是由系统结构和参数决定的系统的固有特性;分子代表输入与系统的关系,而与输入量无关,反映了系统与外界的联系。

(2)传递函数不说明被描述系统的具体物理结构,不同的物理系统可能具有相同的传递函数。传递函数的量纲取决于系统输入与输出的量纲。

(3)传递函数比微分方程简单,通过拉氏变换将时域内复杂的微积分运算转化为简单的代数运算;传递函数分子中 s 的阶次不会大于分母中 s 的阶次。

(4)当系统输入典型信号时,输出与输入有对应关系。特别地,当输入是单位脉冲信号时,传递函数就表示系统的输出函数。因而,也可以把传递函数看成单位脉冲响应的象函数;

(5)如果将传递函数进行代换 $s = j\omega$,可以直接得到系统的频率特性函数。

(6)传递函数非常适合描述单输入、单输出线性定常系统的动态特性。但多输入、多输出系统必须对不同的输入、输出分别求出传递函数。

(7)传递函数是在零初始条件下定义的,因此,传递函数原则上不能反映系统在非零初始条件下的运动规律。

(8)局限性:拉氏变换是一种线性积分运算,因此传递函数只适用于线性定常系统。传递函数只表示系统输入输出之间的关系,不能表示系统中间变量之间的关系,即只能描述系统外表特性而不能描述系统的内部特性。

典型环节的传递函数如表 2.4 所示。

表 2.4　典型环节的传递函数

典型环节	微分方程	传递函数	特　点	典型应用
比例环节	$x_o(t) = Kx_i(t)$ 输出变量 $x_o(t)$，输入变量 $x_i(t)$	$G(s) = \dfrac{X_o(s)}{X_i(s)} = K$	输出量与输入量成正比；不失真，不延迟	例：运放器和电阻构成的比例环节 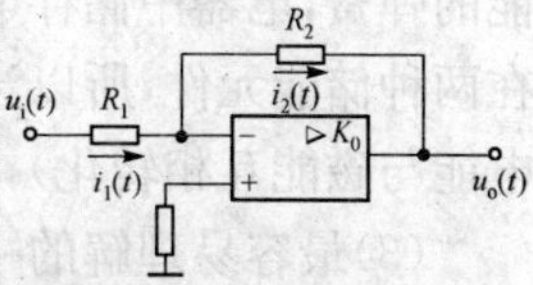
惯性环节	$T\dot{x}_o(t) + x_o(t) = Kx_i(t)$ T 称为惯性环节的时间常数，K 称为惯性环节的放大系数	$G(s) = \dfrac{K}{Ts+1}$	存在储能组件和耗能组件；在阶跃输入下，输出不能立即达到稳态值	例：低通滤波电路 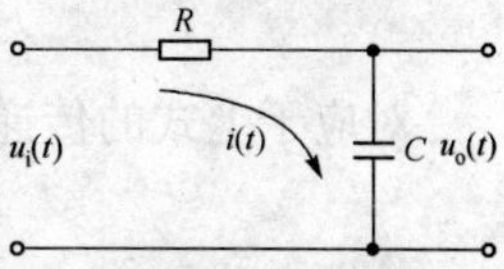
微分环节	$x_o(t) = T\dot{x}_i(t)$ T 为微分时间常数	$G(s) = \dfrac{X_o(s)}{X_i(s)} = Ts$	不能单独存在；反映输入的变化趋势；增加系统阻尼；抗高频干扰能力弱	例：他激直流发电动机 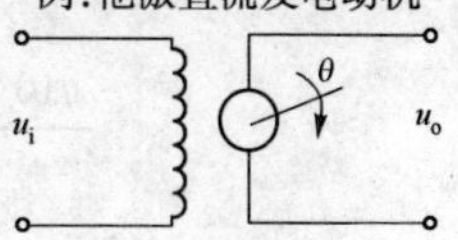
积分环节	$x_o(t) = K\displaystyle\int x_i(t)\mathrm{d}t$	$G(s) = K\dfrac{1}{s}$	输出累加特性；输出的滞后作用；记忆功能	例：运放器积分环节 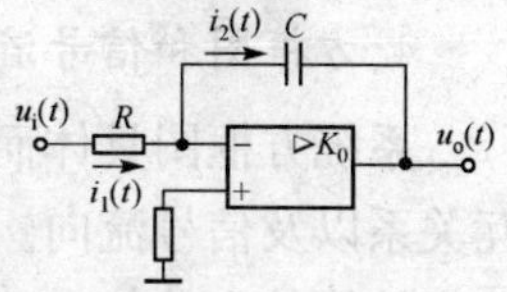
振荡环节	$\ddot{x}_o(t) + 2\xi\omega_n\dot{x}_o(t)$ $+\omega_n^2 x_o(t) = \omega_n^2 x_i(t)$	$G(s) =$ $\dfrac{\omega_n^2}{s^2 + 2\xi\omega_n s + \omega_n^2}$ ω_n 为振荡环节的无阻尼固有振荡频率，ξ 称为阻尼系数或阻尼比。	存在振荡，ξ 越小振荡越剧烈	例：无源 RCL 网络 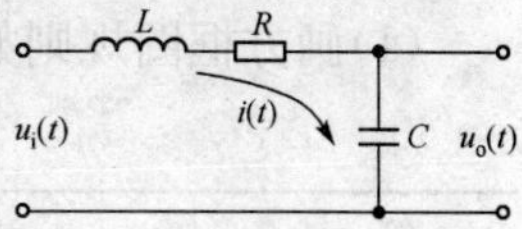
延时环节	$x_o(t) = x_i(t-\tau)$	$G(s) = \dfrac{X_o(s)}{X_i(s)}$ $= \mathrm{e}^{-\tau s}$ τ 为延迟时间	输出是输入的简单滞后	$\Delta h_2 = \Delta h_1(t-\tau)$ $G(s) = \mathrm{e}^{-\tau s}$ 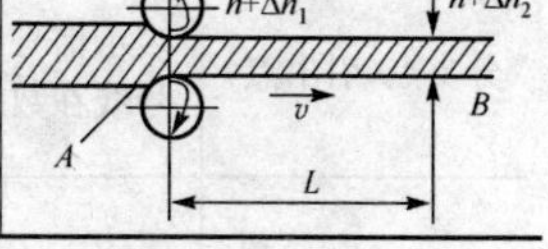

重点说明：

（1）惯性环节一般由一种储能元件和一种耗能元件组成。常见的机械储能元件有质量或惯量（储存动能）、弹簧（储存位能）；常见的电器储能元件有电容（储存电能）、电感（储存磁能）等。耗能元件有机械中的阻尼器和电器中的电阻等。由于储能元件内能量的储存和释放需要一个过程,所以当输入信号变化时,输出信号不能即时随之变化,这种现象类似于惯性现象。

(2)振荡环节一般由两种形式的储能元件(如机械中储存动能的质量块和储存位能的弹簧,电器中储存电能的电容和储存磁能的电感)和一种耗能元件组成。由于存在两种储能元件,所以当输入量变化时,两种能量会互相转化(动能与位能互相转化,电能与磁能互相转化),从而造成运动振荡。

(3)最容易理解的一个延滞环节的实例如图 2.2 所示,长距离液体输送管道上入口处的流量 $q_i(t)$ 与出口处的流量 $q_o(t)$ 之间的关系由液体连续性方程可得

$$q_o(t) = q_i(t - \tau)$$

对应于上式的传递函数为

$$G(s) = \frac{Q_o(s)}{Q_i(s)} = e^{-\tau s}$$

式中,τ 为液体从管道入口处流至出口处所用的时间。

图 2.2　液体管道流量关系示意图

4.方框图和信号流图

系统方框图具体而形象地表示了系统内部各环节的数学模型,各变量之间的相互关系以及信号流向。它是系统数学模型的一种图解表示方法。它提供了关于系统动态性能的有关信息,并且可以提示和评价每个组成环节对系统的影响。

1)系统方框图画法和简化

(1)画方框图规则如表 2.5 所示。

表 2.5　画方框图原则

符　号	说　　明	图　解
信号线	带箭头的直线,线上字母标记信号的时间函数或象函数	$X(s)$
分支点(引出点)	表示信号引出或测量的位置,从同一位置引出的信号线在数据和性质方面是完全相同的	$X_1(s)$ $X_2(s) = X_1(s)$
相加点(比较点)	圆圈表示两个以上信号进行加减运算,"+"号表示相加,"-"号表示相减。"+"号可以省略	$X_1(s)$　$E(s) = X_1(s) - X_2(s)$ $X_2(s)$

续表

符　号	说　明	图　解
方框	箭头进入方块的信号称为输入信号,箭头离开方块的信号称为输出信号。方框图中的每个方块为系统或元件的传递函数,它反映了各个环节间的因果关系	$X_1(s) \rightarrow \boxed{G(s)} \rightarrow X_2(s) = G(s)X_1(s)$

　　(2)方框图的简化,关键是解除交叉结构,形成无交叉的多回路结构。利用等效变换原则将相加点或分支点位置作适当的移动,求出总的传递函数。

　　方框图简化的步骤:①确定输入量和输出量。如果图中有多个输入输出,应逐个简化求得传递函数。②如果方框图中无交叉,按照由里到外的原则逐个简化。如果方框图中有交叉,则按照表 2.6 中简化原则,将其化成无交叉,再求总的传递函数。任何一种复杂的方块图都是由串联、并联、反馈这三种基本形式组成的。方框图基本连接形式及其等效变换如表 2.6 所示。

表 2.6　方块图基本连接的等效变换

典型环节	说　明	变　换　前	变　换　后
串联环节	方框串联后的总传递函数等于每个方框传递函数的乘积	$X_i(s) \rightarrow \boxed{G_1(s)} \rightarrow \boxed{G_2(s)} \rightarrow \boxed{G_3(s)} \rightarrow X_o(s)$	$X_i(s) \rightarrow \boxed{G_1(s)G_2(s)G_3(s)} \rightarrow X_o(s)$
并联环节	方框并联后总的传递函数等于所有并联方框传递函数之和	$X_i(s)$ 分支到 $\boxed{G_1(s)}$、$\boxed{G_2(s)}$、$\boxed{G_3(s)}$,经比较点 $\pm$ 得 $X_o(s)$	$X_i(s) \rightarrow \boxed{G_1(s) \pm G_2(s) \pm G_3(s)} \rightarrow X_o(s)$
反馈环节	系统或环节的输出量反馈到输入端,与输入量进行比较	$X_i(s) \xrightarrow{} \otimes \xrightarrow{E(s)} \boxed{G(s)} \xrightarrow{} X_i(s)$,反馈 $\pm B(s)$ 经 $\boxed{H(s)}$	$X_i(s) \rightarrow \boxed{\dfrac{G(s)}{1 \mp G(s)H(s)}} \rightarrow X_o(s)$
相加点移动	相加点后移:须在相加点移动支路中,串接入一个与相加点所越过的方框具有相同传递函数的函数方框	$X_1 \rightarrow \otimes \xrightarrow{} \boxed{G(s)} \rightarrow X$,$X_2$ 相加 $\pm$	$X_1 \rightarrow \boxed{G(s)} \rightarrow \otimes \rightarrow X$,$X_2 \rightarrow \boxed{G(s)} \rightarrow \otimes$ $\pm$
	相加点前移:须在相加点移动支路中,串接入一个与相加点所越过的方框具有相同传递函数成倒数的函数方框	$X_1 \rightarrow \boxed{G(s)} \rightarrow \otimes \rightarrow X$,$X_2$ 相加 $\pm$	$X_1 \rightarrow \otimes \rightarrow \boxed{G(s)} \rightarrow X$,$X_2 \rightarrow \boxed{\dfrac{1}{G(s)}} \rightarrow \otimes$ $\pm$

续表

典型环节	说　明	变　换　前	变　换　后
分支点移动	分支点前移:须在分出支路中串接入具有相同传递函数的函数方框	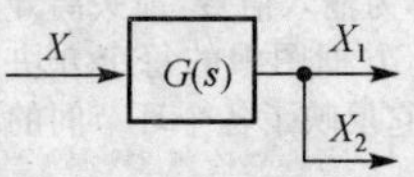 $X \to G(s) \to X_1$，X_2	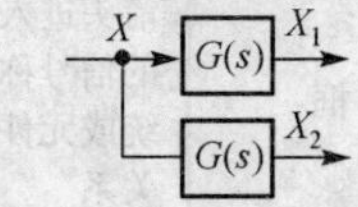 $X \to G(s) \to X_1$；$G(s) \to X_2$
	分支点后移:须在分出支路中串接入具有相同传递函数倒数的函数方框	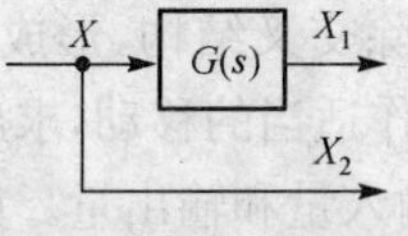 $X \to G(s) \to X_1$，X_2	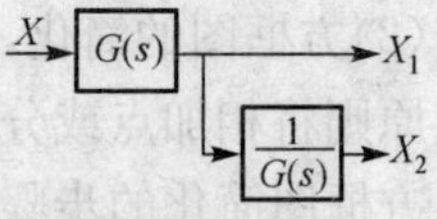 $X \to G(s) \to X_1$；$\dfrac{1}{G(s)} \to X_2$

（3）多回路系统方框图的等效变换方法总结。

多回路系统有两种类型,一种是回路间无信号交叉关系的多回路系统,另一种是回路间有信号交叉关系的多回路系统。

①回路间无信号交叉关系的多回路系统,其方框图的等效变换比较简单,主要是应用串联、并联及反馈连接方块图的等效变换法则,逐步将其化简。

②回路间存在信号交叉关系的多回路系统,其方框图的等效变换比较复杂,一般方法是通过比较点和引出点的等效变换消除不同反馈回路之间的信号交叉关系,再应用串联、并联及反馈连接方块图的等效变换法则,逐步将其化简。在此过程中,合理选择、恰当移动比较点和引出点最为重要,这不仅关系到变换过程的正确性,还关系到变换过程的简单与否。为保证变换的正确性,比较点和引出点的移位除了遵循上述变换法则外,还必须遵循以下两条基本原则:一是须保证移位前后每条前向通路上各环节的传递函数的乘积不变;二是须保证移位前后每个回路上各环节的传递函数的乘积不变。

下面举例说明多回路系统方框图的等效变换方法,如图 2.3 所示。

在图 2.3(a)中,有三个反馈回路,回路之间信号的引出和比较存在交叉关系,为消除后两个反馈回路之间的信号交叉关系,可将信号 I_2 处的引出点等价后移至传递函数为 $1/c_2 s$ 的方块图的后面。引出点后移之后,为保证所引出的信号仍为 I_2,须对新引出信号除以 $\dfrac{1}{c_2 s}$（即实施 $\dfrac{1}{\frac{1}{c_2 s}} = c_2 s$ 变换）,如图 2.3(b)所示。

在图 2.3(b)中,最后一个局部反馈回路为独立反馈回路,与其他回路无信号交叉关系,可按反馈连接等效变换法则将该回路化简为一个方块图,如图 2.3(c)所示。该局部反馈回路的等效方块图的传递函数为

$$G_1(s) = \frac{\dfrac{1}{R_2}\dfrac{1}{c_2 s}}{1+\dfrac{1}{R_2}\dfrac{1}{c_2 s}} = \frac{1}{R_2 c_2 s + 1}$$

在图 2.3(c)中有两个交叉回路,为消除回路间的信号交叉关系,可将信号 U_1 处的引出点等效后移至传递函数为 $G_1(s)$ 的方块图的后面。同样,引出点后移之后,为保证引出信号仍为 U_1,须对新引出信号除以 $G_1(s)$(即实施 $1/G_1(s)$ 变换),如图 2.3(d)所示。

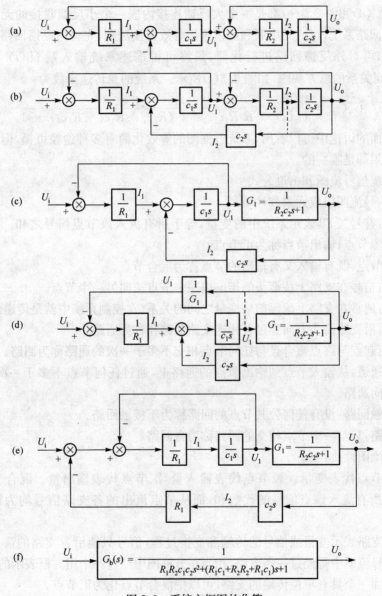

图 2.3 系统方框图的化简

还有一种方法可消除图 2.3(c)中两个回路的信号交叉关系,即先把信号 I_1 与信

号 I_2 的比较点等效前移至传递函数为 $\dfrac{1}{R_1}$ 的方块图的前面(此时,需对信号 I_2 除以

$\dfrac{1}{R_1}$,即实施 $\dfrac{1}{\frac{1}{R_1}} = R_1$ 变换),再将两相邻比较点位置互换,如图 2.3(e)所示。

图 2.3(d)和图 2.3(e)都是一个大反馈连接内嵌一个小反馈联接的无信号交叉关系的多回路系统,可应用串联和反馈连接等效变换法则,先将内反馈回路简化为一个方块图,再对外反馈回路进行化简,最终可得描述系统输入量 $U_i(s)$ 与输出量 $U_o(s)$ 之间关系的总方块图,如图 2.3(f)所示。系统的总传递函数为

$$G_b(s) = \frac{U_o(s)}{U_i(s)} = \frac{1}{R_1 R_2 c_1 c_2 s^2 + (R_1 c_1 + R_2 c_2 + R_1 c_2)s + 1}$$

从上面的讨论中可以看出,系统方框图的等效化简有多种途径可循,但不同化简过程的结果却是唯一的。

2)系统信号流图和梅逊公式

(1)信号流图组成元素和性质。

节点:符号"○",表示系统中的变量,等于所有流入该节点信号之和。其中输入节点称为源节点;输出节点称为汇节点。

混合节点:既有输入又有输出的节点称为混合节点。

支路:信号在支路上按箭头的指向由一个节点流向另一个节点。

传输:通常在支路上编码前后变量之间的关系(在控制系统中就是传递函数)。

通路:沿支路箭头方向穿过各相连支路的路径称为通路。

回路:起点与终点重合且与任何节点相交不多于一次的通路称为回路。

前向通道:从输入节点到输出节点的通路上,通过任何节点不多于一次,则称该通路为前向通路。

不接触回路:没有任何公共节点的回路称为不接触回路。

自回路:只与一个节点相交的回路称为自回路。

信号流图性质:

①以节点代表变量。源节点代表输入量,汇节点代表输出量。混合节点表示的变量是所有流入该点信号的代数和,而从节点流出的各支路信号均为该节点的信号。

②以支路表示变量或信号的传输和变换过程,信号只能沿着支路的箭头方向传输。在信号流图中每经过一条支路,相当在方框图中经过一个用方框表示的环节。

③增加一个具有单位传输的支路,可以把混合节点化为汇节点。

④对于同一个系统,信号流图的形式不是唯一的。

(2)信号流图的简化。

信号流图的简化规则可扼要归纳如表 2.7 所示。

表 2.7　信号流图的简化规则

简化规则	简化前	简化后
串联支路的总传输等于各支路传输之乘积	$X_0 \xrightarrow{a_1} X_1 \xrightarrow{a_2} X_2 \cdots \cdots X_{n-1} \xrightarrow{a_n} X_n$	$X_0 \xrightarrow{\prod\limits_{i=1} a_i} X_n$
并联支路的总传输等于各支路传输之和	$X_1 \Rightarrow X_2$（$a_1, a_2, \cdots, a_{n-1}, a_n$）	$X_1 \xrightarrow{\sum\limits_{i=1}^{n} a_i} X_2$
混合节点可以通过移动支路的方法消去	$X_1 \xrightarrow{a_1} X_3,\ X_2 \xrightarrow{a_2} X_3,\ X_3 \xrightarrow{a_3} X_4$	$X_1 \xrightarrow{a_1 a_3} X_4,\ X_2 \xrightarrow{a_2 a_3} X_4$
回环可以根据反馈连接的规则式化为等效支路	$X_1 \xrightarrow{a} X_2$（反馈 b）	$X_1 \xrightarrow{\ } X_2,\quad \dfrac{a}{1-ab}$

(3)梅逊公式的定义。

对于比较复杂的控制系统,方框图或信号流图的变换和简化方法都显得烦琐费时,这时可以根据梅逊公式直接求系统的传递函数。梅逊公式为

$$T = \frac{1}{\Delta} \sum_{k=1}^{n} P_k \Delta_k \tag{2.8}$$

式中,T 为系统的传递函数,P_k 为第 k 条前向通道的传递函数,n 为从输入节点到输出节点向前通道总数,Δ 为信号流图的特征式。

$$\Delta = 1 - \sum L_1 + \sum L_2 - \sum L_3 + \cdots + \sum (-1)^m L_m \tag{2.9}$$

式中,$\sum L_1$ 为所有不同回路的传递函数之和,$\sum L_2$ 为任何两个互不接触回路传递函数的乘积之和,$\sum L_3$ 为任何三个互不接触回路传递函数的乘积之和,L_m 为任何 m 个互不接触回环传输的乘积之和,Δ_k 为特征式的余子式,即从 Δ 中除去与第 k 条前向通道相接触的回路后,余下部分的特征式。

分析系统数学模型时可用很多方法,微分方程、传递函数、方框图、信号流图和梅逊公式之间的关系如图 2.4 所示。

在具体求解时,可先将能直接用简单结构变换法则合并和简化的部分进行合并和简化;再将交叉比较严重的部分列线性方程求解,保留与前面、后面部分连接需要用的变量,消去不必要的变量;当方框图化简到比较简单即容易看出回路与前向通道时,使用梅逊公式求解。总之解方程、结构变换和梅逊公式三者要灵活地综合运用。

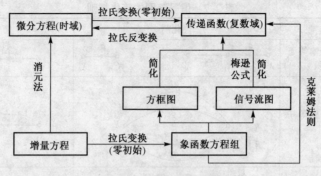

图 2.4　各方法之间关系

二、基 本 要 求

(1)了解数学模型的基本概念;运用动力学、电学及其他专业知识和定理,列机械系统、电网络的微分方程。

(2)了解非线性方程线性化的方法。

(3)熟练掌握拉氏变换、反变换定义和主要定理,能够用拉氏变换的方法解线性微分方程。

(4)理解传递函数的定义、性质和意义。熟练掌握由传递函数派生出的典型环节形式及各参数意义。

(5)掌握系统方框图和信号流图的定义和绘制方法。熟练掌握系统方框图的简化方法。了解梅逊公式的意义,并能利用其求解系统的传递函数。

三、重点与难点

(1)掌握建立系统微分方程的步骤方法。

① 明确输入量与输出量。输入量是加到系统中的外来变量,它不受系统中的各变量的影响。输出量是要研究的系统中的变量。

② 列原方程(组)。当系统较复杂时,可以设中间变量,并按照由输入量到输出量或输出量到输入量的顺序列出。

③ 消去中间变量,仅剩下输入量和输出量及其各阶导数。

④ 将微分方程整理成标准形式。

(2)了解传递函数的概念、使用条件和求传递函数的方法和典型环节的传递函数。

概念:在零初始条件下,系统输出量的拉氏变换与输入量的拉氏变换之比称为传递函数。

适用:线性定常单输入、单输出系统。

求解方法：对系统的微分方程取拉氏变换，或简化系统的方框图。

（3）明确系统方框图的表示方法。掌握对系统方框图的变化和化简。

对方框图进行变化和化简时要遵循等效原则：对任意环节进行变换时，变换前后该环节的输入量、输出量及其相互关系应保持不变。化简方框图的主要方法就是将串联环节、并联环节和基本反馈环节用一个等效环节代替。其关键是解除交叉结构，即移动分支点或相加点，使被简化的环节中不存在与外部直接相连的分支点和相加点。

四、习题与解答

2.1　什么是系统的数学模型？常用的数学模型有哪些？

解：数学模型是描述系统内部各物理量之间动态关系的数学表达式。

常用的数学模型有：微分方程、传递函数、频率特性、差分方程以及状态空间表达式等。

2.2　传递函数的定义和性质是什么？

解：1）定义：传递函数是初始条件全为零的条件下，系统输出信号的拉氏变换与输入信号的拉氏变换之比（初始条件全为零是指当 $t < 0$ 时，系统的输入、输出信号以及它们的各阶导数全为零）。

2）性质：

①传递函数只适用于线性定常系统；

②传递函数表达式中分子、分母多项式各项系数的值完全取决于系统的结构和参数，所以它是系统的动态数学模型；

③系统的传递函数与该系统的微分方程相联系，两者可以相互转换；

④实际物理系统分母多项式的阶数 n 总是大于或等于分子多项式的阶数 m，即 $n \geqslant m$，并且将分母多项式的阶数为 n 的系统称为 n 阶系统；

⑤传递函数是一个单输入、单输出函数；

⑥传递函数可以用零、极点形式来表示。

2.3　什么是线性系统？其最重要的特性是什么？

解：凡是能用线性微分方程描述的系统就是线性系统。

线性系统的一个最重要的特性是满足叠加原理。

2.4　试求下列函数的拉氏反变换：

(1) $F(s) = \dfrac{4}{s(s+5)}$；(2) $F(s) = \dfrac{s+1}{(s+2)(s+3)}$；

(3) $F(s) = \dfrac{s}{(s+1)^2(s+2)}$；(4) $F(s) = \dfrac{s^2+5s+2}{(s+2)(s^2+2s+2)}$。

解：(1)因为 $F(s) = \dfrac{4}{s(s+5)} = \dfrac{4}{5}\left(\dfrac{1}{s} - \dfrac{1}{s+5}\right)$，查拉普拉斯变换表得

$$f(t) = L^{-1}[F(s)] = \frac{4}{5}(1 - e^{-5t})1(t)$$

(2)因为 $F(s) = \dfrac{s+1}{(s+2)(s+3)} = \dfrac{2}{s+3} - \dfrac{1}{s+2}$，查拉普拉斯变换表得

$$f(t) = L^{-1}[F(s)] = (2e^{-3t} - e^{-2t})1(t)$$

(3)因为 $F(s) = \dfrac{s}{(s+1)^2(s+2)} = \dfrac{-1}{(s+1)^2} + \dfrac{-2}{s+2} + \dfrac{2}{s+1}$，查拉普拉斯变换表得

$$f(t) = L^{-1}[F(s)] = (-te^{-t} + 2e^{-t} - 2e^{-2t})1(t)$$

(4)因为 $F(s) = \dfrac{s^2+5s+2}{(s+2)(s^2+2s+2)} = \dfrac{-2}{s+2} + \dfrac{3s+3}{s^2+2s+2}$，查拉普拉斯变换表得

$$f(t) = L^{-1}[F(s)] = (-2e^{-2t} + 3e^{-t}\cos t)1(t)$$

(补充：$L^{-1}\left[\dfrac{s+a}{(s+a)^2+b^2}\right] = e^{-at}\cos bt$)

2.5 由转动惯量为 $J(\text{kg} \cdot \text{m}^2)$ 的飞轮和质量相对较小的轴及支撑轴承组成的机械回转系统，如题图 2.1(a) 所示。给飞轮施加激励力矩 $T(t)(\text{N} \cdot \text{m})$，它即产生回转运动。试建立以 $T(t)$ 为输入量，以飞轮回转运动角位移为输出量的运动微分方程。

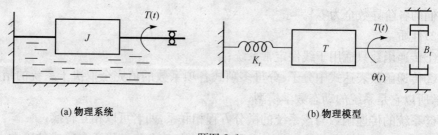

(a) 物理系统　　　　　　　　　　　　(b) 物理模型

题图 2.1

解：(1)建立系统的物理模型。

就本题的回转运动来说，由于轴的转动惯量比飞轮的转动惯量小得多，可忽略不计。轴对飞轮回转运动的作用可抽象为一扭转弹簧，其扭转弹簧刚度系数可由材料力学方法求得，设为 $K_t(\text{N} \cdot \text{m/rad})$；润滑油和轴承对飞轮回转运动的作用可抽象为一回转阻尼器，设其阻尼系数为 $B_t(\text{N} \cdot \text{m} \cdot \text{s/rad})$。这样，题图 2.1(a)所示实际系统可抽象简化为题图 2.1(b)所示物理模型。

(2)建立系统的数学模型。

比较题图 2.1(b)和题图 2.1(a)，容易看出，该机械回转系统与前述机械平移系统两种物理模型在形式上非常相似：惯量和质量相对应，拉压弹簧与扭转弹簧相对应，平移相对运动阻尼器和回转相对运动阻尼器相对应。因此，不难推得以激励力矩 $T(t)$ 为输入量，以飞轮回转角位移 $\theta(t)$ 为输出量的系统运动微分方程，即

$$J\ddot{\theta}(t) + B_t\dot{\theta}(t) + K_t\theta(t) = T(t)$$

2.6 列出题图 2.2 所示机械系统的运动微分方程,并求出传递函数。假设杆是刚性无质量杆,并且位移都很小。

解:引入中间变量 $x_1(t)$,如题图 2.3 所示。分别对质量块 m 和弹簧与阻尼器的中间点进行受力分析如题图 2.4(a)、(b)所示。

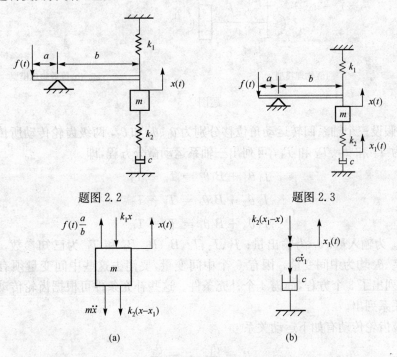

题图 2.2   题图 2.3

(a)   (b)

题图 2.4

列出运动微分方程为

$$f(t)\frac{a}{b} = m\ddot{x} + k_1 x + k_2(x - x_1)$$

$$c\dot{x} + k_2(x_1 - x) = 0$$

分别对其进行拉式变换,进而求出

$$\frac{X(s)}{F(s)} = \frac{ac(s + k_2)}{b[mcs^3 + mk_2 s^2 + (k_1 + k_2)cs + k_1 k_2]}$$

2.7 题图 2.5(a)所示为某机器的传动示意图,已知电动机输出扭矩为 T_m,工作机负载扭矩为 T_L,两级齿轮传动的传动比分别为 i_1 和 i_2。假设各轴系的等效转动惯量分别为 J_1、J_2 和 J_3,各轴均为绝对刚性(扭转变形为零),各轴系回转运动所受阻尼作用的阻尼系数分别为 B_1、B_2 和 B_3。试建立以电动机输出扭矩 T_m 为输入量,以电动机轴角位移 θ_1 为输出量的系统运动微分方程。

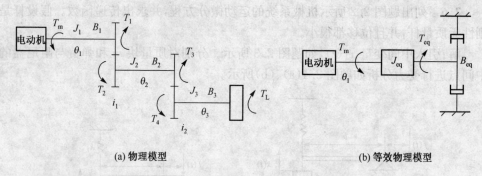

(a) 物理模型   (b) 等效物理模型

题图 2.5

解：假设三个轴系回转运动角位移分别为 θ_1、θ_2 和 θ_3，两级齿轮传动所传递的扭矩分别为 T_1 和 T_2、T_3 和 T_4，可列出三轴系运动微分方程，即

$$J_1\ddot{\theta}_1 + B_1\dot{\theta}_1 = T_m - T_1$$

$$J_2\ddot{\theta}_2 + B_2\dot{\theta}_2 = T_2 - T_3$$

$$J_3\ddot{\theta}_3 + B_3\dot{\theta}_3 = T_4 - T_L$$

式中，T_m 为输入量；θ_1 为输出量；J_1、J_2、J_3、B_1、B_2、B_3 和 T_L 为已知参数，T_1、T_2、T_3、T_4、θ_2、θ_3 均为中间变量。因有 6 个中间变量，要消去这些中间变量须有 7 个方程，现只列出了 3 个方程，尚需 4 个补充条件。这些补充条件可根据齿轮传动的运动和动力关系列出。

两级齿轮传动有如下运动关系

$$i_1 = \frac{\dot{\theta}_1}{\dot{\theta}_2} \quad i_2 = \frac{\dot{\theta}_2}{\dot{\theta}_3}$$

若不计齿轮传动功率损失，则其动力传递关系为

$$T_1\dot{\theta}_1 = T_2\dot{\theta}_2 \quad T_3\dot{\theta}_2 = T_4\dot{\theta}_3$$

以上这 4 个描述齿轮运动和动力关系的方程加上三轴系运动微分方程共有 7 个方程，联立这 7 个方程，可消去 T_1、T_2、T_3、T_4、θ_2 和 θ_3 这 6 个中间变量，从而可得所求系统运动微分方程，即

$$J_{eq}\ddot{\theta}_1 + B_{eq}\dot{\theta}_1 = T_m - T_{eq}$$

式中，$J_{eq} = J_1 + \dfrac{1}{i_1^2}J_2 + \dfrac{1}{i_1^2 i_2^2}J_3$，$B_{eq} = B_1 + \dfrac{1}{i_1^2}B_2 + \dfrac{1}{i_1^2 i_2^2}B_3$，$T_{eq} = \dfrac{1}{i_1^2 i_2^2}T_L$。

根据上式，可将题图 2.5(a)物理模型抽象化为题图 2.5(b)所示的效物理模型。图中 J_{eq}、B_{eq} 和 T_{eq} 分别为将整个传动系统折合到轴系 I 上时的等效转动惯量、等效阻尼系数即等效负载扭矩。

2.8 试求题图 2.6 所示的机械系统的微分方程和传递函数。

解：(a)由图中系统可列方程如下：

$$f_1(\dot{x}_i - \dot{x}_o) - f_2\dot{x}_o = m\ddot{x}_o$$

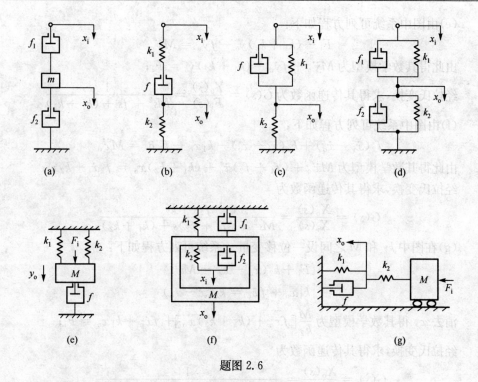

题图 2.6

由此得其数学模型为 $m\ddot{x}_o + (f_1 + f_2)\dot{x}_o = f_1\dot{x}_i$；

经拉氏变换，求得其传递函数为 $G(s) = \dfrac{X_o(s)}{X_i(s)} = \dfrac{f_1}{ms + (f_1 + f_2)}$。

(b)在图中 k_1 与 f 之间设一位移变量 x，系统可列方程如下：

$$\begin{cases} k_1(x_i - x) = f(\dot{x} - \dot{x}_o) \\ k_2 x_o = f(\dot{x} - \dot{x}_o) \end{cases}$$

消去 x，整理得其数学模型为 $f(k_1 + k_2)\dot{x}_o + k_1 k_2 x_o = f k_1 \dot{x}_i$；

经拉氏变换，求得其传递函数为 $G(s) = \dfrac{X_o(s)}{X_i(s)} = \dfrac{f k_1 s}{f(k_1 + k_2)s + k_1 k_2}$。

(c)由图中系统可列方程如下：

$$f(\dot{x}_i - \dot{x}_o) + k_1(x_i - x_o) - k_2 x_o = 0$$

由此得其数学模型为 $f\dot{x}_o + (k_1 + k_2)x_o = f\dot{x}_i + k_1 x_i$；

经拉氏变换，求得其传递函数为 $G(s) = \dfrac{X_o(s)}{X_i(s)} = \dfrac{fs + k_1}{fs + (k_1 + k_2)}$。

(d)由图中系统可列方程如下：

$$f_1(\dot{x}_i - \dot{x}_o) + k_1(x_i - x_o) - f_2\dot{x}_o - k_2 x_o = 0$$

由此得其数学模型为 $(f_1 + f_2)\dot{x}_o + (k_1 + k_2)x_o = f_1\dot{x}_i + k_1 x_i$；

经拉氏变换，求得其传递函数为 $G(s) = \dfrac{X_o(s)}{X_i(s)} = \dfrac{f_1 s + k_1}{(f_1 + f_2)s + (k_1 + k_2)}$。

(e)由图中系统可列方程如下：

$$F_i - (k_1 + k_2)y_o - f\dot{y}_o = M\ddot{y}_o.$$

由此得其数学模型为 $M\ddot{y}_o + f\dot{y}_o + (k_1 + k_2)y_o = F_i$；

经拉氏变换，求得其传递函数为 $G(s) = \dfrac{Y_o(s)}{F_i(s)} = \dfrac{1}{Ms^2 + fs + (k_1 + k_2)}$。

(f)由图中系统可列方程如下：

$$f_2(\dot{x}_i - \dot{x}_o) + k_2(x_i - x_o) - k_1x_o - f_1\dot{x}_o = M\ddot{x}_o.$$

由此得其数学模型为 $M\ddot{x}_o + (f_1 + f_2)\dot{x}_o + (k_1 + k_2)x_o = f_2\dot{x}_i + k_2x_i$；

经拉氏变换，求得其传递函数为

$$G(s) = \frac{X_o(s)}{X_i(s)} = \frac{f_2s + k_2}{Ms^2 + (f_1 + f_2)s + (k_1 + k_2)}$$

(g)在图中 k_2 和 M 之间设一位移变量 x 系统可列方程如下：

$$\begin{cases} F_i + k_2(x_o - x) = M\ddot{x} \\ k_1x_o + f\dot{x}_o = k_2(x - x_o) \end{cases}$$

消去 x，得其数学模型为 $\dfrac{M}{k_2}[f\dddot{x}_o + (k_1 + k_2)\ddot{x}_o] + f\dot{x}_o + k_1x_o = F_i$；

经拉氏变换，求得其传递函数为

$$G(s) = \frac{X_o(s)}{F_i(s)} = \frac{1}{\dfrac{Mf}{k_2}s^3 + \dfrac{M(k_1 + k_2)}{k_2}s^2 + fs + k_1}$$

2.9 试求题图 2.7 所示无源网络的微分方程和传递函数。

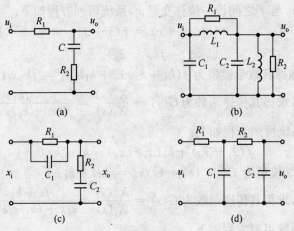

题图 2.7

解：(a)由图可得

$$u_i(t) = R_1i(t) + u_o(t), \quad u_o(t) = \frac{1}{C}\int i(t)dt + R_2i(t)$$

对上面两式分别进行拉氏变换,得

$$U_i(s) = R_1 I(s) + U_o(s), \quad U_o(s) = \frac{1}{Cs}I(s) + R_2 I(s)$$

消去 $I(s)$,得此电路的传递函数 $G(s) = \dfrac{U_o(s)}{U_i(s)} = \dfrac{R_2 Cs + 1}{(R_1 + R_2)Cs + 1}$。

(b)由图可得

$$R_1 i_{R1} + R_2 i_{R2} = u_i, \quad R_1 i_{R1} = L_1 \frac{di_{L1}}{dt}, \quad \frac{1}{C_2}\int i_{C2} dt = u_o$$

$$L_2 \frac{di_{L2}}{dt} = u_o, \quad R_2 i_{R2} = u_o, i_{R1} + i_{L1} = i_{C2} + i_{L2} + i_{R2}$$

对上面两式分别进行拉氏变换,得

$$R_1 I_{R1} + R_2 I_{R2} = U_i, \quad R_1 I_{R1} = L_1 s I_{L1}, \quad \frac{1}{C_2 s}I_{C2} = U_o$$

$$L_2 s I_{L2} = U_o, \quad R_2 I_{R2} = U_o, \quad I_{R1} + I_{L1} = I_{C2} + I_{L2} + I_{R2}$$

消去 I_{R1}、I_{L1}、I_{C2}、I_{L2}、I_{R2},得此电路的传递函数为

$$G(s) = \frac{X_o(s)}{X_i(s)} = \frac{L_1 L_2 s + L_2 R_1}{L_1 L_2 R_1 C_2 s^2 + (R_1 + R_2)R_1 L_1 L_2 s + (L_1 + L_2)R_1}$$

(c)由图可得

$$x_i(t) = R_1 i_R(t) + x_o(t), \quad R_1 i_R(t) = \frac{1}{C_1}\int i_C(t)dt$$

$$x_o(t) = \frac{1}{C_2}\int [i_R(t) + i_C(t)]dt + R_2[i_R(t) + i_C(t)]$$

对上面三式分别进行拉氏变换,得

$$X_i(s) = R_1 I_R(s) + X_o(s), \quad R_1 I_R(s) = \frac{1}{C_1 s}I_C(s)$$

$$X_o(s) = \frac{1}{C_2 s}[I_R(s) + I_C(s)] + R_2[I_R(s) + I_C(s)]$$

消去 $I_R(s)$、$I_C(s)$,得此电路的传递函数为

$$G(s) = \frac{X_o(s)}{X_i(s)} = \frac{R_1 R_2 C_1 C_2 s^2 + (R_1 C_1 + R_2 C_2)s + 1}{R_1 R_2 C_1 C_2 s^2 + (R_1 C_1 + R_2 C_2 + R_1 C_2)s + 1}$$

(d)由图可得

$$u_i(t) = R_1[i_1(t) + i_2(t)] + \frac{1}{C_1}\int i_1(t)dt$$

$$R_2 i_2(t) + \frac{1}{C_2}\int i_2(t)dt = \frac{1}{C_1}\int i_1(t)dt$$

$$u_o(t) = \frac{1}{C_2}\int i_2(t)dt$$

对上面三式分别进行拉氏变换,得

$$U_i(s) = R_1[I_1(s) + I_2(s)] + \frac{1}{C_1 s}I_1(s)$$

$$R_2 I_2(s) + \frac{1}{C_2 s}I_2(s) = \frac{1}{C_1 s}I_1(s)$$

$$U_o(s) = \frac{1}{C_2 s}I_2(s)$$

消去 $I_1(s)$、$I_2(s)$，得此电路的传递函数为

$$G(s) = \frac{X_o(s)}{X_i(s)} = \frac{1}{R_1 R_2 C_1 C_2 s^2 + (R_1 C_1 + R_2 C_2 + R_1 C_2)s + 1}$$

2.10 试证明题图 2.8(a)所示的电学网络与题图 2.8(b)所示的机械系统有相同的数学模型。

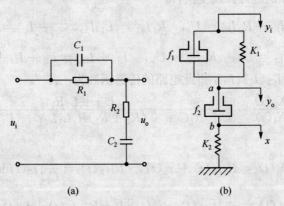

(a)　　　　　　　　　　　　(b)

题图 2.8

解：(1)题图 2.8(a)所示的电学网络。

本题可利用复阻抗的概念，直接求取系统的传递函数。根据电路中的有关知识，有

$$\frac{U_o(s)}{U_i(s)} = \frac{R_2 + \frac{1}{sC_2}}{R_1 \mathbin{/\mkern-3mu/} \frac{1}{sC_1} + R_2 + \frac{1}{sC_2}} = \frac{R_1 R_2 C_1 C_2 s^2 + (R_1 C_1 + R_2 C_2)s + 1}{R_1 R_2 C_1 C_2 s^2 + (R_1 C_1 + R_2 C_2 + R_1 C_2)s + 1}$$

令 $\tau_1 = R_1 C_1$，$\tau_2 = R_2 C_2$，$\tau_{12} = R_1 C_2$，则有电路的传递函数为

$$\frac{U_o(s)}{U_i(s)} = \frac{\tau_1 \tau_2 s^2 + (\tau_1 + \tau_2)s + 1}{\tau_1 \tau_2 s^2 + (\tau_1 + \tau_2 + \tau_{12})s + 1}$$

(2)题图 2.8(b)所示的弹簧-阻尼器机械位移系统。设 b 点的位移为 x。根据牛顿第二定律，对于 a 点有

$$K_1(y_i - y_o) + f_1 \frac{\mathrm{d}(y_i - y_o)}{\mathrm{d}t} = f_2 \frac{\mathrm{d}(y_o - x)}{\mathrm{d}t}$$

对于 b 点，有

$$K_2 x = f_2 \frac{\mathrm{d}(y_\mathrm{o} - x)}{\mathrm{d}t}$$

消去中间变量 x，可得系统微分方程

$$f_1 f_2 \ddot{y}_\mathrm{o} + (f_1 K_2 + f_2 K_1 + f_2 K_2)\dot{y}_\mathrm{o} + K_1 K_2 y_\mathrm{o}$$
$$= f_1 f_2 \ddot{y}_\mathrm{i} + (f_1 K_2 + f_2 K_1)\dot{y}_\mathrm{i} + K_1 K_2 y_\mathrm{i}$$

对微分方程进行拉普拉斯变换，整理后有

$$\frac{Y_\mathrm{o}(s)}{Y_\mathrm{i}(s)} = \frac{f_1 f_2 s^2 + (f_1 K_2 + f_2 K_1)s + K_1 K_2}{f_1 f_2 s^2 + (f_1 K_2 + f_2 K_1 + f_2 K_2)s + K_1 K_2}$$

令 $T_1 = \dfrac{f_1}{K_1}$，$T_2 = \dfrac{f_2}{K_2}$，$T_{12} = \dfrac{f_2}{K_1}$，则有弹簧-阻尼器机械位移系统的传递函数为

$$\frac{Y_\mathrm{o}(s)}{Y_\mathrm{i}(s)} = \frac{T_1 T_2 s^2 + (T_1 + T_2)s + 1}{T_1 T_2 s^2 + (T_1 + T_2 + T_{12})s + 1}$$

比较以上两式，显见两个系统具有相同的数学模型，命题得证。

2.11 化简题图 2.9 中的方框图，并确定其传递函数。

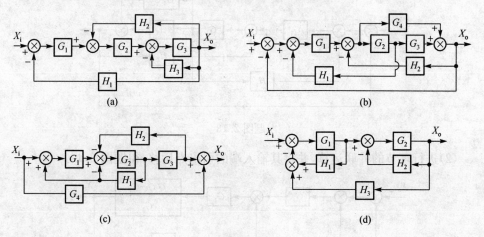

题图 2.9

解：(a)：

(1)将环节 $G_2(s)$ 输出端的比较环节前移，并进行反馈环节并联运算，得题图 2.10。

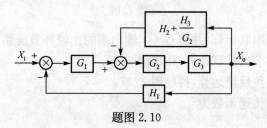

题图 2.10

（2）将环节 $G_1(s)$ 输出端的比较环节前移，并进行反馈环节的并联运算，得题图 2.11。

（3）进行串联运算与环节的（负）反馈运算，得题图 2.12。

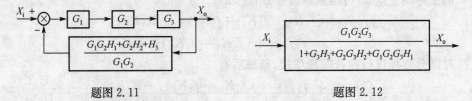

题图 2.11　　　　　　　　　　　　　　　　题图 2.12

所以，该系统的传递函数为

$$G(s) = \frac{X_o(s)}{X_i(s)} = \frac{G_1 G_2 G_3}{1 + G_3 H_3 + G_2 G_3 H_2 + G_1 G_2 G_3 H_1}$$

（b）：

（1）将环节 $G_2(s)$ 输入端的引出点后移，得题图 2.13。

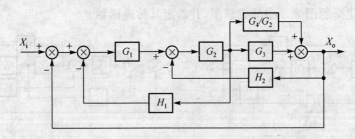

题图 2.13

（2）进行环节的并联运算，并将其输入端的引出点后移，得题图 2.14。

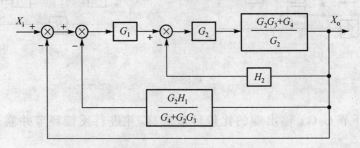

题图 2.14

（3）进行环节的串联运算，并将 $G_1(s)$ 输出端的比较环节前移，得题图 2.15。

（4）进行反馈环节的并联运算，得题图 2.16。

（5）进行环节的负反馈运算，得题图 2.17。

所以，该系统的传递函数为

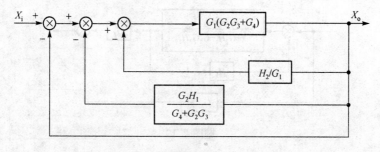

题图 2.15

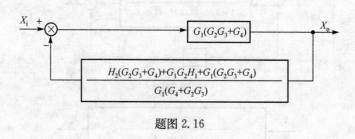

题图 2.16

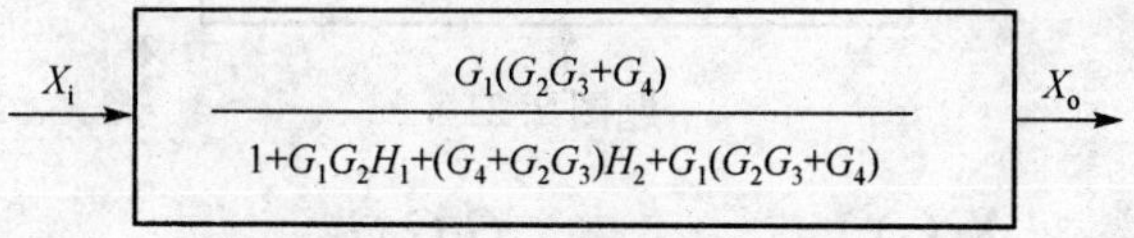

$$\begin{array}{c} X_i \\ \hline \end{array} \boxed{\dfrac{G_1(G_2G_3+G_4)}{1+G_1G_2H_1+(G_4+G_2G_3)H_2+G_1(G_2G_3+G_4)}} \begin{array}{c} X_o \\ \hline \end{array}$$

题图 2.17

$$G(s) = \frac{X_o(s)}{X_i(s)} = \frac{G_1(G_2G_3 + G_4)}{1 + G_1G_2H_1 + (G_4 + G_2G_3)H_2 + G_1(G_2G_3 + G_4)}$$

(c)：

(1)将环节 $G_3(s)$ 输出端的引出点前移，并将反馈环节合并，得题图 2.18。

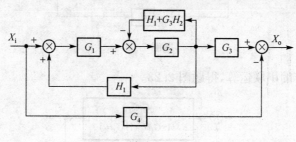

题图 2.18

(2)利用环节的负反馈运算，并进行串联运算，得题图 2.19。

(3)利用环节的正反馈运算，并进行串联运算，得题图 2.20。

(4)根据题图 2.20，进行并联运算，得题图 2.21。

所以，系统的传递函数为

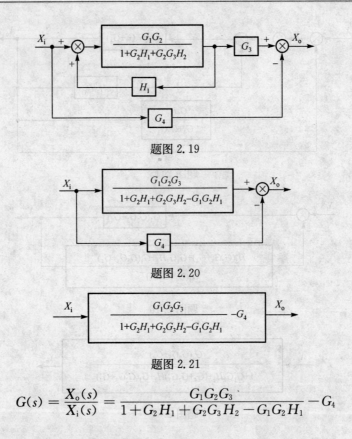

题图 2.19

题图 2.20

题图 2.21

$$G(s) = \frac{X_o(s)}{X_i(s)} = \frac{G_1 G_2 G_3}{1 + G_2 H_1 + G_2 G_3 H_2 - G_1 G_2 H_1} - G_4$$

(d)：

(1)进行两个环节的负反馈运算,得题图 2.22。

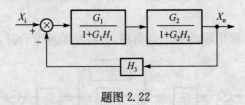

题图 2.22

(2)利用环节的串联运算,得题图 2.23。

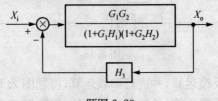

题图 2.23

(3)根据题图 2.23,做负反馈运算,得题图 2.24。

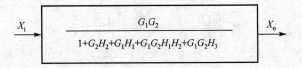

题图 2.24

所以,该系统的传递函数为

$$G(s) = \frac{X_o(s)}{X_i(s)} = \frac{G_1 G_2}{1 + G_2 H_2 + G_1 H_1 + G_1 G_2 H_1 H_2 + G_1 G_2 H_3}$$

2.12 试求题图 2.25 所示有源网络的传递函数。

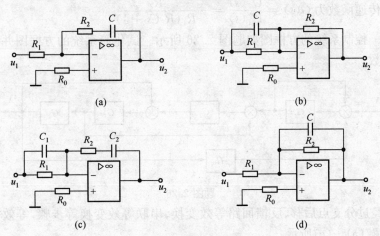

(a)　　　　　　　　　　　(b)

(c)　　　　　　　　　　　(d)

题图 2.25

解:(a)由于 $i_1(t) = i_2(t)$(运算放大器的特性),所以

$$\frac{u_1(t)}{R_1} = -C \frac{d\left[u_2(t) + \dfrac{u_1(t)}{R_1} R_2\right]}{dt}$$

经拉氏变换,得 $(1 + R_2 Cs)U_1(s) = -R_1 Cs U_2(s)$;

则其传递函数为 $G(s) = \dfrac{U_2(s)}{U_1(s)} = -\dfrac{1 + R_2 Cs}{R_1 Cs}$。

(b)由于 $i_1(t) = i_2(t)$(运算放大器的特性),所以

$$\frac{u_2(t)}{R_2} = -\frac{u_1(t)}{R_1} - C \frac{du_1(t)}{dt}$$

经拉氏变换,得 $U_2(s) = -\left(\dfrac{R_2}{R_1} + R_2 Cs\right)U_1(s)$;

则其传递函数为 $G(s) = \dfrac{U_2(s)}{U_1(s)} = -\dfrac{R_2 + R_1 R_2 Cs}{R_1}$。

(c)由于 $i_1(t) = i_2(t)$(运算放大器的特性),电压比等于电阻比,所以

$$\frac{U_2(s)}{U_1(s)} = -\frac{R_2 + \dfrac{1}{C_2 s}}{R_1 // \dfrac{1}{C_1 s}}$$

则其传递函数为 $G(s) = \dfrac{U_2(s)}{U_1(s)} = -\dfrac{R_1(R_2 C_2 s + 1)}{C_2 s(R_1 C_1 s + 1)}$。

(d) 由于 $i_1(t) = i_2(t)$（运算放大器的特性），电压比等于电阻比，所以

$$\frac{U_2(s)}{U_1(s)} = -\frac{R_2 // \dfrac{1}{Cs}}{R_1}$$

则其传递函数为 $G(s) = \dfrac{U_2(s)}{U_1(s)} = -\dfrac{R_2}{R_1(R_2 Cs + 1)}$。

2.13 控制系统的方框图如题图 2.26 所示。试化简系统的方框图并求出系统的传递函数。

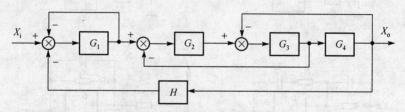

题图 2.26

解： 经过分支点后移、反馈回路等效变换、串联等效变换等步骤，等效变换过程如题图 2.27(a)～(c) 所示。

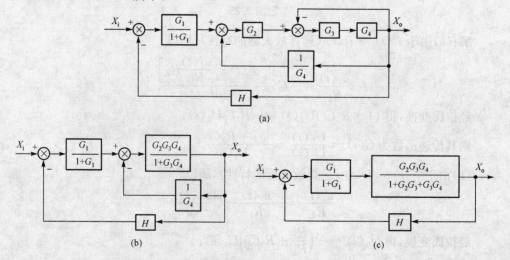

题图 2.27

可得出系统的传递函数 $G(s)$ 为

$$G(s) = \frac{X_o(s)}{X_i(s)}$$

$$= \frac{G_1(s)G_2(s)G_3(s)G_4(s)}{[1+G_1(s)][1+G_2(s)G_3(s)+G_3(s)G_4(s)]+G_1(s)G_2(s)G_3(s)G_4(s)H(s)}$$

2.14 化简题图 2.28 所示系统,求出系统的传递函数。

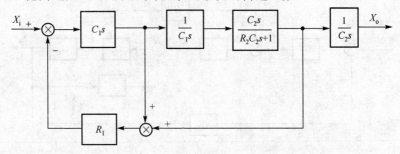

题图 2.28

解:化简过程如题图 2.29(a)~(c)所示。

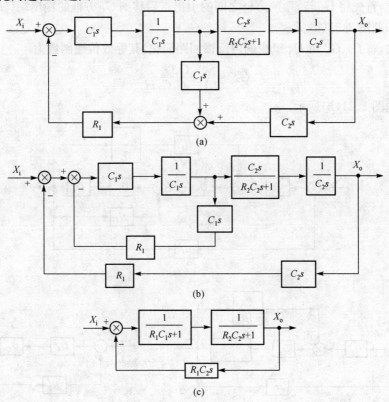

题图 2.29

系统的传递函数为

$$G(s) = \frac{X_o(s)}{X_i(s)} = \frac{1}{R_1C_1R_2C_2s^2 + (R_1C_1 + R_2C_2 + R_1C_2)s + 1}$$

2.15　试简化题图 2.30 系统方框图,并求系统传递函数 X_o/X_i。

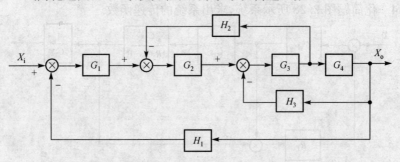

题图 2.30

解:在题图 2.30 中,若不移动比较点或引出点的位置就无法进行方框的等效运算。为此,首先将 G_3 与 G_4 两方框之间的引出点后移到 G_4 方框的输出端(注意,不宜前移),如题图 2.31(a)所示。

其次,将 G_3、G_4 和 H_3 组成的内反馈回路简化,其等效传递函数为

$$G_{34} = \frac{G_3G_4}{1 + G_3G_4H_3}$$

如题图 2.31(b)所示。

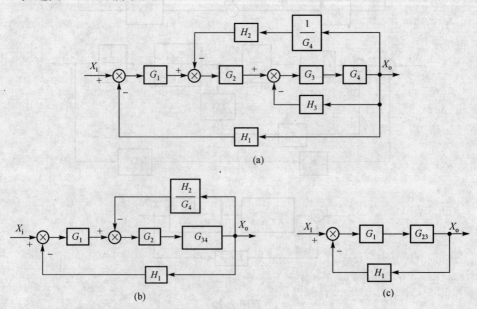

题图 2.31

然后,再将 G_1、G_{34},H_2 和 $1/G_4$ 组成的内反馈回路简化,其等效传递函数为

$$G_{23} = \frac{G_2 G_3 G_4}{1 + G_3 G_4 H_3 + G_2 G_3 H_2}$$

如题图 2.31(c)所示。

最后,将 G_1、G_{23} 和 H_1 组成的反馈回路简化,便求得系统的传递函数为

$$G(s) = \frac{X_o}{X_i} = \frac{G_1 G_2 G_3 G_4}{1 + G_3 G_4 H_3 + G_2 G_3 H_2 + G_1 G_2 G_3 G_4 H_1}$$

2.16　求题图 2.32 所示系统的传递函数 $G(s) = C(s)/R(s)$,要求用三种不同的化简方法。

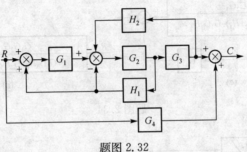

题图 2.32

解:方法①:将环节 G_3 输出端的分支点前移,并将反馈环节合并。简化过程如题图 2.33(a)～(d)所示。

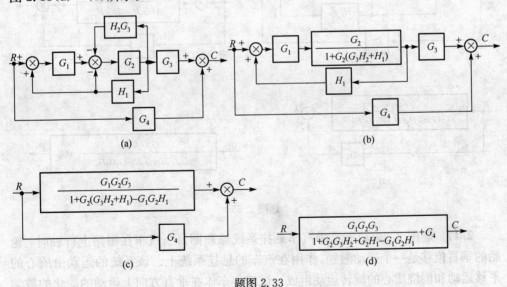

题图 2.33

方法②:将环节 G_2 输出端的引出点后移简化过程如题图 2.34(a)～(d)所示。

方法③:将环节 G_2 输入端的比较点前移,输出端的引出点后移,简化过程如题图 2.35(a)～(d)所示。

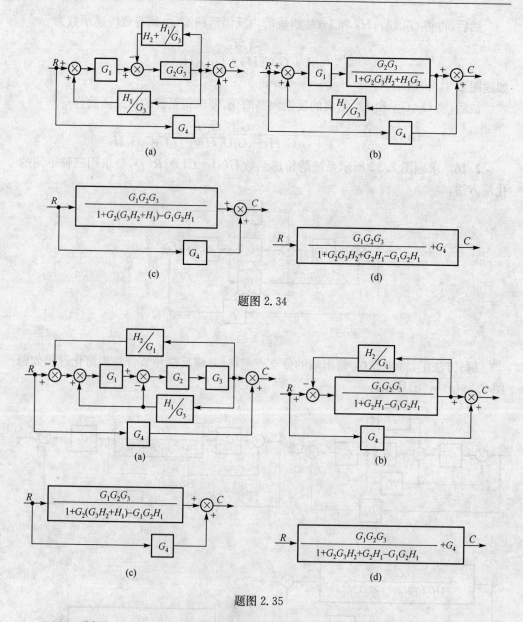

题图 2.34

题图 2.35

2.17 题图 2.36(a)所示为汽车悬挂系统原理图。当汽车在道路上行驶时,轮胎的垂直位移是一个运动激励,作用在汽车的悬挂系统上。该系统的运动由质心的平移运动和围绕质心的旋转运动组成。试建立车体在垂直方向上运动的简化的数学模型,如题图 2.36(b)所示。设汽车轮胎的垂直运动 x_i 为系统的输入量,车体的垂直运动 x_o 为系统的输出量。

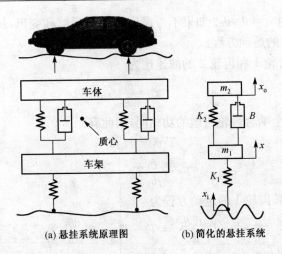

(a) 悬挂系统原理图　　　　(b) 简化的悬挂系统

题图 2.36

解: 根据牛顿第二定律,得到系统运动方程为

$$m_1\ddot{x} = B(\dot{x}_\mathrm{o} - \dot{x}) + K_2(x_\mathrm{o} - x) + K_1(x_\mathrm{i} - x)$$

$$m_2\ddot{x}_\mathrm{o} = -B(\dot{x}_\mathrm{o} - \dot{x}) - K_2(x_\mathrm{o} - x)$$

因此

$$m_1\ddot{x} + B\dot{x} + (K_1 + K_2)x = B\dot{x}_\mathrm{o} + K_2 x_\mathrm{o} + K_1 x_\mathrm{i}$$

$$m_2\ddot{x}_\mathrm{o} + B\dot{x}_\mathrm{o} + K_2 x_\mathrm{o} = B\dot{x} + K_2 x$$

假设初始条件为零,对上两式进行拉氏变换,得到

$$[m_1 s^2 + Bs + (K_1 + K_2)]X(s) = (Bs + K_2)X_\mathrm{o}(s) + K_1 X_\mathrm{i}(s)$$

$$[m_2 s^2 + Bs + K_2]X_\mathrm{o}(s) = (Bs + K_2)X(s)$$

消去中间变量 $X(s)$,整理后即得简化的汽车悬挂系统的传递函数为

$$\frac{X_\mathrm{o}(s)}{X_\mathrm{i}(s)} = \frac{K_1(Bs + K_2)}{m_1 m_2 s^4 + (m_1 + m_2)Bs^3 + [K_1 m_2 + (m_1 + m_2)K_2]s^2 + K_1 Bs + K_1 K_2}$$

画出系统方框图,如题图 2.37 所示。

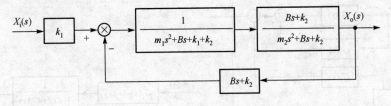

题图 2.37

2.18　设齿轮系如题图 2.38 所示。其中 J_1 和 J_2 为齿轮和轴的转动惯量,f_1 和 f_2 为齿轮轴与轴承的黏性摩擦系数,θ_1 和 θ_2 为各齿轮轴的角位移,T 为电动机的输出转矩,T_1 和 T_2 分别为轴 1 传送到齿轮上的转矩和传送到轴 2 上的转矩,齿轮 1 和

齿轮 2 的减速比为 $i = \theta_1/\theta_2$。如果不考虑齿轮啮合间隙和变形，试求输入量是 T 转矩、输出是转角 θ_2 的运动方程。

解:由已知,齿轮 1 和齿轮 2 的减速比为

$$i = \frac{\theta_1}{\theta_2}$$

在齿轮传动中,两个啮合齿轮所做的功相同,因此有

$$T_1\theta_1 = T_2\theta_2$$

$$T_2 = \frac{\theta_1}{\theta_2}T_1 = iT_1$$

根据牛顿第二定律,齿轮 1 的运动方程为

$$J_1 \frac{\mathrm{d}^2\theta_1}{\mathrm{d}t^2} = T - T_1 - f_1 \frac{\mathrm{d}\theta_1}{\mathrm{d}t}$$

齿轮 2 的运动方程为

$$J_2 \frac{\mathrm{d}^2\theta_2}{\mathrm{d}t^2} = T_2 - f_2 \frac{\mathrm{d}\theta_2}{\mathrm{d}t}$$

由上式,消去中间变量 T_1、T_2、θ_1,得系统的运动方程为

$$\left(J_1 + \frac{J_2}{i^2}\right)\frac{\mathrm{d}^2\theta_2}{\mathrm{d}t^2} + \left(f_1 + \frac{f_2}{i^2}\right)\frac{\mathrm{d}\theta_2}{\mathrm{d}t} = \frac{1}{i}T$$

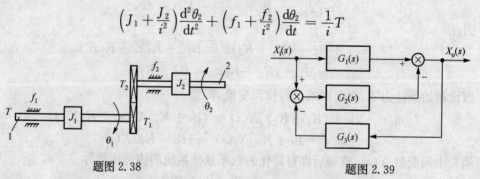

题图 2.38　　　　　　　　　　　　　　　　题图 2.39

2.19　用框图等效变换求题图 2.39 所示系统的传递函数。

解:将比较点后移消除交叉,化简过程如题图 2.40(a)、(b)所示。

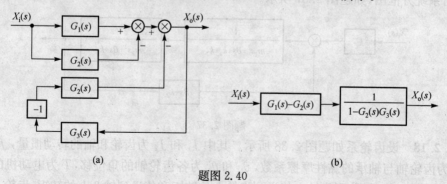

(a)　　　　　　　　　　　　　　　　(b)

题图 2.40

由题图 2.40 的系统的传递函数

$$G(s) = \frac{X_\mathrm{o}(s)}{X_\mathrm{i}(s)} = \frac{G_1(s) - G_2(s)}{1 - G_2(s)G_3(s)}$$

2.20　控制系统的方框图如题图 2.41 所示，请求出传递函数 $\dfrac{C(s)}{R(s)}$ 和 $\dfrac{C(s)}{D(s)}$。

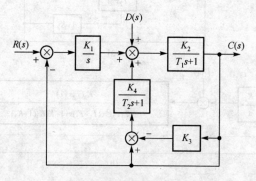

题图 2.41

解：方框图等效变换过程如题图 2.42(a)～(d)所示。

由题图 2.42 知

$$\frac{C(s)}{R(s)} = \frac{K_1 K_2 (T_2 s + 1)}{T_1 T_2 s^3 + (T_1 + T_2)s^2 + [1 - K_2 K_4 (1 - K_3) + K_1 K_2 T_2]s + K_1 K_2}$$

$$\frac{C(s)}{D(s)} = \frac{K_2 (T_2 s + 1)s}{T_1 T_2 s^3 + (T_1 + T_2)s^2 + [1 - K_2 K_4 (1 - K_3) + K_1 K_2 T_2]s + K_1 K_2}$$

2.21　已知系统的微分方程组如下：

$$\begin{cases} x_1(t) = r(t) - c(t) + n_1(t) \\ x_2(t) = K_1 x_1(t) \\ x_3(t) = x_2(t) - x_5(t) \\ T\dfrac{\mathrm{d}x_4(t)}{\mathrm{d}t} = x_3(t) \\ x_5(t) = x_4(t) - K_2 n_2(t) \\ K_0 x_5(t) = \dfrac{\mathrm{d}^2 c(t)}{\mathrm{d}t^2} + \dfrac{\mathrm{d}c(t)}{\mathrm{d}t} \end{cases}$$

式中，K_0、K_1、K_2、T 均为大于零的常数。试建立系统的方框图，并求传递函数 $\dfrac{C(s)}{R(s)}$、

$\dfrac{C(s)}{N_1(s)}$ 及 $\dfrac{C(s)}{N_2(s)}$。

解： 此题主要是要明确微分方程组、传递函数及方框图之间的转换关系，方法较多，需灵活运用。本例按照绘制系统方框图的步骤求解。

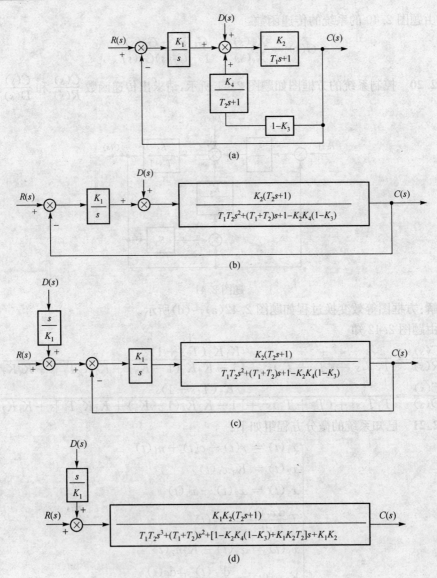

题图 2.42

(1)将微分方程组取拉氏变换,得如下方程组:

$$\begin{cases} X_1(s) = R(s) - C(s) + N_1(s) \\ X_2(s) = K_1 X_1(s) \\ X_3(s) = X_2(s) - X_5(s) \\ Ts X_4(s) = X_3(s) \\ X_5(s) = X_4(s) - K_2 N_2(s) \\ K_0 X_5(t) = s^2 C(s) + s C(s) \end{cases}$$

　　(2)画出每个子方程的方框图,如题图 2.43(a)所示。这里应按系统中各元部件的相互关系,分清其输入和输出量。

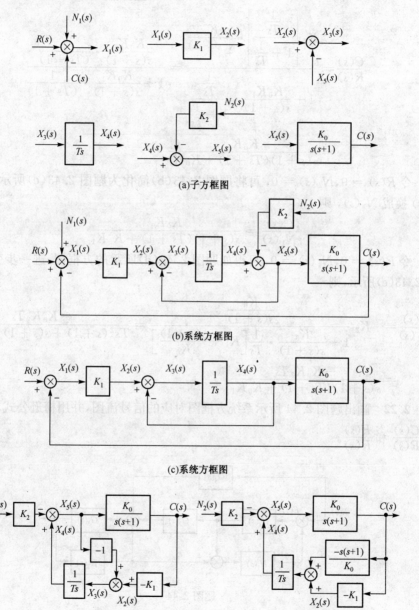

(a)子方框图

(b)系统方框图

(c)系统方框图

(d)系统方框图　　　　　　　　　　　　(e)系统方框图

题图 2.43

　　(3)按照信号的传递顺序,将各元部件方框图连接起来,可得如题图 2.43(b) 所示系统的方框图。

　　求系统的传递函数。令 $N_1(s) = 0, N_2(s) = 0$，可将题图 2.43(b)简化为题图 2.43(c)所示，则

$$\frac{C(s)}{R(s)} = \frac{K_1\left[\dfrac{\frac{1}{Ts}}{1+\frac{1}{Ts}}\right] \cdot \dfrac{K_0}{s(s+1)}}{1+\dfrac{K_0 K_1}{s(s+1)} \cdot \dfrac{\frac{1}{Ts}}{1+\frac{1}{Ts}}} = \frac{\dfrac{K_0 K_1}{s(s+1)} \cdot \dfrac{1}{(Ts+1)}}{1+\dfrac{K_0 K_1}{s(s+1)} \cdot \dfrac{1}{(Ts+1)}}$$

$$= \frac{K_0 K_1}{s(s+1)(Ts+1) + K_0 K_1}$$

　　令 $R(s) = 0, N_2(s) = 0$，可将题图 2.43(b)简化为题图 2.43(c)所示，只是将 $R(s)$ 换成 $N_1(s)$，则

$$\frac{C(s)}{N_1(s)} = \frac{K_0 K_1}{s(s+1)(Ts+1) + K_0 K_1}$$

　　令 $R(s) = 0, N_1(s) = 0$，可得如题图 2.43(d)所示的方框图，进一步变换为题图 2.43(e)所示，则

$$\frac{C(s)}{N_2(s)} = -K_2 \frac{\dfrac{K_0}{s(s+1)}}{1+\dfrac{K_0}{s(s+1)} \cdot \dfrac{1}{Ts}\left[K_1 + \dfrac{s(s+1)}{K_0}\right]} = \frac{-K_0 K_2 Ts}{Ts^2(s+1) + s(s+1) + K_0 K_1}$$

$$= \frac{-K_0 K_2 Ts}{s(s+1)(Ts+1) + K_0 K_1}$$

　　2. 22　　画出题图 2.44 所示系统方框图对应的信号流图，并用梅逊公式求传递函数 $\dfrac{C(s)}{R(s)}$ 和 $\dfrac{E(s)}{R(s)}$。

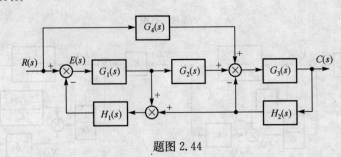

题图 2.44

　　解：根据方框图与信号流图的对应关系，绘制题图 2.44 方框图对应的信号流图如题图 2.45 所示。

　　由题图 2.45 知，有 3 个回路，有一对不接触回路，故有

$$L_1 = -G_1(s)H_1(s)$$

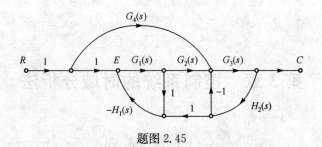

题图 2.45

$$L_2 = -G_3(s)H_2(s)$$
$$L_3 = -G_1(s)G_2(s)G_3(s)H_1(s)H_2(s)$$
$$L_1L_2 = G_1(s)G_3(s)H_1(s)H_2(s)$$
$$\Delta = 1 - \sum L_a + \sum L_b L_c$$
$$= 1 + G_1(s)H_1(s) + G_3(s)H_2(s)$$
$$+ G_1(s)G_2(s)G_3(s)H_1(s)H_2(s) + G_1(s)G_3(s)H_1(s)H_2(s)$$

(1)用梅逊公式求传递函数 $\dfrac{C(s)}{R(s)}$。

从 R 到 C 有 2 条前向通路。因此有

$$P_1 = G_1(s)G_2(s)G_3(s), \Delta_1 = 1$$
$$P_2 = G_3(s)G_4(s), \Delta_2 = 1 + G_1(s)H_1(s)$$

因此,根据梅逊公式,系统的传递函数为

$$\frac{C(s)}{R(s)} = \frac{\sum P_k \Delta_k}{\Delta}$$

$$= \frac{G_1(s)G_2(s)G_3(s) + G_4(s)G_3(s)[1 + G_1(s)H_1(s)]}{1 + G_1(s)H_1(s) + G_3(s)H_2(s) + G_1(s)G_2(s)G_3(s)H_1(s)H_2(s) + G_1(s)G_3(s)H_1(s)H_2(s)}$$

(2)用梅逊公式求传递函数 $\dfrac{E(s)}{R(s)}$。

从 R 到 E 有 2 条前向通路。因此有

$$P_1 = 1, \Delta_1 = 1 + G_3(s)H_2(s)$$
$$P_2 = -G_4(s)G_3(s)H_2(s)H_1(s), \Delta_2 = 1$$

因此,根据梅逊公式,系统的传递函数为

$$\frac{E(s)}{R(s)} = \frac{\sum P_k \Delta_k}{\Delta}$$

$$= \frac{1 + G_3(s)H_2(s) - G_4(s)G_3(s)H_2(s)H_1(s)}{1 + G_1(s)H_1(s) + G_3(s)H_2(s) + G_1(s)G_2(s)G_3(s)H_1(s)H_2(s) + G_1(s)G_3(s)H_1(s)H_2(s)}$$

第3章　控制系统的时域分析法

一、内 容 提 要

分析系统的第一步是建立系统的数学模型,得到数学模型后,就可以采用不同系统分析方法分析系统的性能。在经典控制理论中,常用的系统分析方法有时域分析法、频域分析法和根轨迹分析法。在这一章里我们将引入时域分析的方法进行系统分析。时域分析法是根据系统的微分方程,采用拉氏变换直接求出系统的时间响应,再根据响应表达式和对应的曲线来分析系统,研究系统的输出信号和输入信号之间的关系。其特点是直观、准确。

1. 典型输入信号

系统的动态性能可以通过其对输入信号的响应过程来评价。因为系统对典型时域信号的响应特性,与系统对实际输入信号的响应特性之间存在着一定的关系,所以采用典型时域信号评价系统的性能是合理的。工程上常用的典型输入信号如表 3.1 所示。

表 3.1　常用的典型输入信号

输入信号	数学表达式	图　形	说　明
脉冲信号	$x_i(t) = \begin{cases} \dfrac{a}{h}, & 0 < t < h \\ 0, & \text{其他} \end{cases}$		脉冲高度为 a/h,持续时间为 h,脉冲面积为 a。当面积 $a = 1$ 时,脉冲函数称为单位脉冲函数
阶跃信号	$x_i(t) = \begin{cases} a, & t \geqslant 0 \\ 0, & t < 0 \end{cases}$		a 为常数,当 $a = 1$ 时,称为单位阶跃函数,常用 $u(t)$ 表示。阶跃函数的数值在 $t = 0$ 时发生突变,当 $t > 0$ 时保持不变数值
斜坡信号	$x_i(t) = \begin{cases} at, & t \geqslant 0 \\ 0, & t < 0 \end{cases}$		a 是常数,当 $a = 1$ 时,称为单位斜坡函数

输入信号	数学表达式	图　形	说　明
加速度信号	$x_i(t) = \begin{cases} \dfrac{1}{2}at^2, & t \geqslant 0 \\ 0, & t < 0 \end{cases}$	$x_i(t)$ ⟋ O t	输入信号是按等加速度变化的
正弦信号	$x_i(t) = \begin{cases} a\sin\omega t, & t \geqslant 0 \\ 0, & t < 0 \end{cases}$	$x_i(t)$ O t	当系统在工作中受到简谐变化的信号激励时,则应采用正弦函数作为典型输入信号

选择输入信号的原则为:①符合系统的正常工作情况。②在形式上应尽量简单便于对系统进行分析。③应能够满足系统在最恶劣条件下正常工作。

由于理想的脉冲信号不可能得到,故常以具有一定脉冲宽度和有限高度的脉冲信号来代替。为了得到较高的测试精度,希望脉冲信号的宽度 h 足够小。通常以阶跃信号作为典型输入,以便在一个统一的基础上比较和研究各种控制系统的性能。

2.一阶系统的时间响应

在输入信号作用下,系统输出随时间的变化过程称为系统的时间响应。时间响应分为动态响应和稳态响应。系统在输入信号作用下,输出量从初始状态到稳定状态的响应过程称为动态响应或瞬态响应,又称为过渡过程。动态响应反映系统的快速性。稳态响应又称稳态过程,是时间 t 趋于无穷时系统的输出状态,反映系统的精确性。

输出信号 $x_o(t)$ 与输入信号 $x_i(t)$ 之间的关系可用一阶微分方程描述的控制系统称为一阶系统。因为一阶系统的惯性较大,所以一阶系统又称为惯性系统。其传递函数为

$$G(s) = \frac{X_o(s)}{X_i(s)} = \frac{1}{Ts+1} \tag{3.1}$$

式中,T 称为一阶系统的时间常数。它是一阶系统的特征参数,表达了一阶系统本身与外界作用无关的固有特性。表 3.2 描述了常见的几种一阶系统响应。

比较三种响应函数可知,输入型号单位脉冲,单位阶跃和单位斜坡之间存在着积分、微分的关系,它们的时间响应也存在同样的关系。这是线性定常系统的性质,线性时变系统和非线性系统不具备这种特性。

3.二阶系统的时间响应

1)二阶系统定义和分类

可用二阶微分方程描述的系统称为二阶系统。典型二阶系统的传递函数为

$$G(s) = \frac{\omega_n^2}{s^2 + 2\xi\omega_n s + \omega_n^2} \tag{3.2}$$

式中，ξ 称为阻尼比，ω_n 称为无阻尼固有频率。它们是二阶系统的特征参数，体现了系统本身的固有特性。

表 3.2　常见一阶系统响应特性

响应类型	表达式及其描述	响应曲线
单位脉冲响应	系统在理想单位脉冲信号作用下的输出称为单位脉冲响应函数。$X_o(s) = G(s)X_i(s) = \dfrac{1}{Ts+1}$，拉式反变换得，$w(t) = L^{-1}[G(s)] = L^{-1}\left[\dfrac{1}{Ts+1}\right] = \dfrac{1}{T}e^{-t/T}$。特点：① 瞬态项为 $\dfrac{1}{T}e^{-t/T}$，稳态项为零，曲线递减。② T 称为一阶系统的时间常数。③ 响应值衰减到大约为响应初始值的 2%，称为过渡过程。一般过渡时间为 $4T$。④ T 愈小，其过渡过程的持续时间愈短。系统的惯性愈小，系统对输入信号反应的快速性能愈好。实际测试中，为了达到较高的测试精度，一般要求脉宽 $h < 0.1T$	
单位阶跃响应	当系统在理想单位阶跃信号作用下的输出称为单位阶跃响应函数。$X_o(s) = G(s)X_i(s) = \dfrac{1}{Ts+1} \cdot \dfrac{1}{s} = \dfrac{1}{s} - \dfrac{T}{Ts+1}$，进行拉式反变换得 $x_o(t) = L^{-1}\left[\dfrac{1}{s} - \dfrac{T}{Ts+1}\right] = 1 - e^{-t/T} \ (t \geqslant 0)$。特点：① 为单调上升曲线，稳态值为 1，瞬态项为 $-e^{-t/T}$。② $t = T$ 时，系统响应 $x_o(t)$ 达到了稳态值的 63.2%。③ $t = 0$ 时，系统响应 $x_o(t)$ 的切线斜率（它表示系统的响应速度）等于 $\dfrac{1}{T}$。④ 系统的过渡过程时间等于 $4T$。可根据图像测出的响应曲线和稳态值 $x_o(\infty)$，然后从响应曲线上找出 $0.632\, x_o(\infty)$ 处（即特征点 A）所对应的时间 t，这个 t 就是系统的时间常数 T	
单位斜坡响应	当系统在理想单位斜坡信号作用下的输出称为单位斜坡响应函数。$X_o(s) = G(s)X_i(s) = \dfrac{1}{Ts+1} \cdot \dfrac{1}{s^2} = \dfrac{1}{s^2} - \dfrac{T}{s} + \dfrac{T^2}{Ts+1}$，拉氏反变换得 $x_o(t) = t - T + Te^{-t/T} \ (t \geqslant 0)$。随着时间的增加，输出量总落后于输入量。误差为 $e(t) = x_i(t) - x_o(t) = T(1 - e^{-t/T})$。稳态误差为 T。时间常数 T 越小，稳态误差越小	

由式（3.2）的分母可得到二阶系统的特征方程为

$$s^2 + 2\xi\omega_n s + \omega_n^2 = 0$$

此方程的两个特征根是

$$s_{1,2} = -\xi\omega_n \pm \omega_n\sqrt{\xi^2 - 1}$$

随着阻尼比 ξ 取值的不同,二阶系统的特征根也不相同,分布如图 3.1 所示。可将系统分为表 3.3 所示的几种类型。

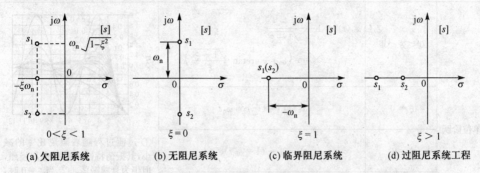

图 3.1 特征根分布

表 3.3 二阶系统类型

系统类型	ξ 的取值	特 征 根	说 明
欠阻尼系统	$0 < \xi < 1$	$s_{1,2} = -\xi\omega_n \pm j\omega_n\sqrt{1-\xi^2}$	极点为共轭复数,位于左半平面内,瞬态响应是振荡的
无阻尼系统	$\xi = 0$	$s_{1,2} = \pm j\omega_n$	极点为共轭纯虚根,瞬态响应等幅振荡
临界阻尼系统	$\xi = 1$	$s_{1,2} = -\omega_n$	极点为两个相等的负实根,瞬态响应不振荡
过阻尼系统	$\xi > 1$	$s_{1,2} = -\xi\omega_n \pm \omega_n\sqrt{\xi^2-1}$	极点为两个不相等的负实根,瞬态响应不振荡

2)二阶系统时间响应

二阶系统的典型输入信号(单位脉冲信号,单位阶跃信号和单位斜坡信号)的时间响应如表 3.4 所示。

表 3.4 二阶系统在典型输入信号下的时域响应

输入信号		时域响应表达式	时域响应曲线及特性
单位脉冲	$0 < \xi < 1$	$w(t) = L^{-1}\left[\dfrac{\omega_n}{\sqrt{1-\xi^2}} \cdot \dfrac{\omega_d}{(s+\xi\omega_n)^2+\omega_d^2}\right]$ $= \dfrac{\omega_n}{\sqrt{1-\xi^2}}e^{-\xi\omega_n t}\sin\omega_d t$ $\omega_d = \omega_n\sqrt{1-\xi^2}$	图为欠阻尼系统单位脉冲响应,特点:①曲线减幅震荡。ξ 愈小,衰减愈慢,振荡频率 ω_d 愈大。②幅值衰减的快慢取决于 $\xi\omega_n$ 的乘积
	$\xi = 0$	$w(t) = L^{-1}\left[\dfrac{\omega_n^2}{s^2+\omega_n^2}\right] = \omega_n\sin\omega_n t$	
	$\xi = 1$	$w(t) = L^{-1}\left[\dfrac{\omega_n^2}{(s+\omega_n)^2}\right] = \omega_n^2 t e^{-\omega_n t}$	
	$\xi > 1$	$w(t) = \dfrac{\omega_n}{2\sqrt{\xi^2-1}}\{\exp[-(\xi-\sqrt{\xi^2-1})\omega_n t]$ $-\exp[-(\xi+\sqrt{\xi^2-1})\omega_n t]\}$	

输入信号		时域响应表达式	时域响应曲线及特性
单位阶跃	$0 < \xi < 1$	$x_o(t) = 1 - \dfrac{\mathrm{e}^{-\xi\omega_n t}}{\sqrt{1-\xi^2}}$ $\times \sin\left(\omega_d t + \arctan\dfrac{\sqrt{1-\xi^2}}{\xi}\right)$	① 过渡过程随着阻尼比 ξ 的减小,其振荡特性表现得愈加强烈,但仍为衰减振荡。② 当 $\xi = 0$ 时,达到等幅振荡。③ $\xi = 1$ 和 $\xi > 1$ 时,二阶系统的过渡过程具有单调上升的特性。④ 一般取 $\xi = 0.4\sim0.8$ 因为其过渡过程时间短而且振荡适度
	$\xi = 0$	$x_o(t) = 1 - \cos\omega_n t$	
	$\xi = 1$	$x_o(t) = 1 - (1 + \omega_n t)\mathrm{e}^{-\omega_n t}$	
	$\xi > 1$	$x_o(t) = 1 + \dfrac{\omega_n}{2\sqrt{\xi^2-1}}\left(\dfrac{\mathrm{e}^{-s_1 t}}{s_1} - \dfrac{\mathrm{e}^{-s_2 t}}{s_2}\right)$ $s_1 = (\xi + \sqrt{\xi^2-1})\omega_n$ $s_2 = (\xi - \sqrt{\xi^2-1})\omega_n$	
单位斜坡	$0 < \xi < 1$	$x_o(t) = t - \dfrac{2\xi}{\omega_n} + \dfrac{\mathrm{e}^{-\xi\omega_n t}}{\omega_d}$ $\times \sin\left(\omega_d t + \arctan\dfrac{2\xi\sqrt{1-\xi^2}}{2\xi^2-1}\right)$	
	$\xi = 1$	$x_o(t) = t - \dfrac{2}{\omega_n} + t\mathrm{e}^{-\omega_n t} + \dfrac{2}{\omega_n}\mathrm{e}^{-\omega_n t}$	
	$\xi > 1$	$x_o(t) = t - \dfrac{2\xi}{\omega_n} + \dfrac{2\xi^2-1+2\xi\sqrt{\xi^2-1}}{2\omega_n\sqrt{\xi^2-1}}\mathrm{e}^{-s_2 t}$ $- \dfrac{2\xi^2-1-2\xi\sqrt{\xi^2-1}}{2\omega_n\sqrt{\xi^2-1}}\mathrm{e}^{-s_1 t}$	

　　与一阶系统相比,二阶系统的过渡时间较短,并且也能同时满足对振荡性能的要求。所以,在根据给定的性能指标设计系统时,通常选择二阶系统,而不用一阶系统。

　　3)二阶系统的时域性能指标

　　二阶系统的时域性能指标是在单位阶跃信号下,描述欠阻尼二阶系统的过渡过程变化状况的指标。

采用阶跃信号的原因:①产生阶跃信号比较容易,且从系统对单位阶跃输入的响应也较容易求得对任何输入的响应;②在实际中,许多输入与阶跃输入相似,而且阶跃输入又往往是实际中最不利的输入情况。

针对欠阻尼二阶系统的原因:由于无振荡系统过渡时间非常长,所以除了那些不允许产生振荡的系统外,通常都允许系统有适度振荡,其目的是为了获得较短的过渡过程时间。

常见性能指标的定义、公式和规律如表3.5所示。

表3.5 二阶系统时域性能指标

性能指标	定 义	计算公式	规 律	性能指标图示及参数选择
上升时间 t_r	响应曲线从原工作状态出发,第一次达到输出稳态值所需的时间,是系统快速性指标	$t_r = \dfrac{\pi - \beta}{\omega_d}$ $\beta = \arctan \dfrac{\sqrt{1-\xi^2}}{\xi}$ $\omega_d = \omega_n \sqrt{1-\xi^2}$	当ξ一定时,ω_n增大,t_r减小;当ω_n一定时,ξ增大,t_r增大	
峰值时间 t_p	响应曲线达到第一个峰值所需的时间,是系统快速性指标	$t_p = \dfrac{\pi}{\omega_d} =$ $\dfrac{\pi}{\omega_n \sqrt{1-\xi^2}}$	当ξ一定时,ω_n增大,t_p减小;当ω_n一定时,ξ增大,t_p增大	①反映系统快速性的指标有:t_r、t_p、t_s。反映系统稳定性的是最大超调量。由分析可知,系统的快速响应和稳定之间是存在矛盾的。在实践设计中,必须选择合适的阻尼比和无阻尼固有频率,兼顾系统的快速性和稳定性。
最大超调量 M_p	$M_p = \dfrac{x_o(t_p) - x_o(\infty)}{x_o(\infty)}$ $\times 100\%$ 用来描述系统稳定性	$M_p = \exp\left(-\dfrac{\xi\pi}{\sqrt{1-\xi^2}}\right)$ $\times 100\%$	超调量M_p只与阻尼比ξ有关,而与无阻尼固有频率ω_n无关。ξ增大,M_p减小。$\xi = 0.4 \sim 0.8$时,相应的超调量$M_p = 25\% \sim 1.5\%$	②提高ω_n,可以提高二阶系统的响应速度,减小上升时间t_r、峰值时间t_p和调整时间t_s;增大阻尼比ξ,可以减弱系统的振荡性能,即降低超调量M_p,但增大上升时间t_r、峰值时间t_p。
调整时间 t_s	在过渡过程中,$x_o(t)$的取值满足下面不等式时所需的时间:$\|x_o(t) - x_o(\infty)\| \leqslant \Delta \cdot x_o(\infty), (t \geqslant t_s)$式中,$\Delta$是指定的误差限度系数,一般取$\Delta = 0.02 \sim 0.05$,是系统快速性指标	当$0 < \xi < 0.7$时,近似值为 $t_s \approx \dfrac{4}{\xi\omega_n}, \Delta = 0.02$ $t_s \approx \dfrac{3}{\xi\omega_n}, \Delta = 0.05$	ξ一定时,ω_n增大,t_s减小。ω_n一定时,ξ增大,t_s减小。实际设计二阶系统时,一般取$\xi = 0.707$。因为此时不仅t_s小,而且超调量M_p也不大。兼顾了快速性和稳定性	③通常要根据允许的超调量来选择阻尼比ξ,然后再根据其他快速性指标,选择合适的无阻尼固有频率

4. 高阶系统的时间响应分析

实际上,许多系统,特别是机械系统,仅用一阶或二阶微分方程是不能完整描述其动态特性的。高于二阶的系统称为高阶系统。通常高阶系统的时间响应是由一阶系统和二阶系统的时间响应叠加而成的。在分析高阶系统时,要抓住主要矛盾,忽略次要因素,使问题简化。设高阶系统的动力学方程表示为

$$a_n x_o^{(n)}(t) + a_{n-1} x_o^{(n-1)}(t) + \cdots + a_1 \dot{x}_o(t) + a_0 x_o(t)$$

$$= b_m x_i^{(m)}(t) + b_{m-1} x_i^{(m-1)}(t) + \cdots + b_1 \dot{x}_i(t) + b_0 x_i(t) \qquad (n \geqslant m) \qquad (3.3)$$

系统的传递函数为

$$G(s) = \frac{X_o(s)}{X_i(s)} = \frac{M(s)}{D(s)} = \frac{b_m s^m + b_{m-1} s^{m-1} + \cdots + b_1 s + b_0}{a_n s^n + a_{n-1} s^{n-1} + \cdots + a_1 s + a_0} = \frac{K \prod\limits_{i=1}^{m} (\tau_i s + 1)}{\prod\limits_{j=1}^{n} (T_j s + 1)} \qquad (3.4)$$

式中，$-1/\tau_i$ 为传递函数的零点，$-1/T_j$ 为传递函数的极点。

可依据以下两点简化高阶系统：

(1)在闭环传递函数中，若某两个具有负实部的零点、极点在数值上相近，则可将该零点和极点一起消掉，称之为偶极子相消。偶极子相消可以消去对系统性能有不利影响的极点，使系统性能得到改善。

(2)具有负实部的系统极点离虚轴越远，则该极点对应的项在瞬态响应中衰减得越快，即对输出的影响越小；反之，距虚轴最近的极点对输出的响应影响最大。该极点对系统的瞬态响应起主导作用，称之为主导极点。在工程中，距虚轴最近的极点附近没有零点，而其他的极点距虚轴的距离 5 倍以上时，则可忽略其他极点。

应用主导极点分析高阶系统的性能指标时，就是把高阶系统近似看成二阶振荡系统或一阶惯性系统处理。

二、基 本 要 求

(1)了解时间响应的概念、组成及常用的典型输入信号。

(2)掌握一阶系统的定义和基本参数；掌握一阶系统响应时间曲线的基本形状和参数意义。

(3)掌握二阶系统的定义和基本参数；掌握二阶系统响应时间曲线的基本形状和参数意义。

(4)掌握典型二阶系统欠阻尼情况下系统性能指标的计算方法。

(5)了解主导极点和偶极子的定义及作用。

三、重点与难点

(1)一阶系统的定义和基本参数；一阶系统时间响应曲线的基本形状及意义。

①一阶系统定义：输出信号 $x_o(t)$ 与输入信号 $x_i(t)$ 之间的关系可用一阶微分方程描述的控制系统称为一阶系统。

②其传递函数为 $G(s) = \dfrac{X_o(s)}{X_i(s)} = \dfrac{1}{Ts+1}$，$T$ 称为一阶系统的时间常数。它是一阶系统的特征参数，表达了一阶系统本身与外界作用无关的固有特性。

③典型的一阶系统响应有单位脉冲响应、单位阶跃响应和单位斜坡响应。其响应曲线和意义见内容提要。

（2）二阶系统的定义和基本参数；二阶系统时间响应曲线的基本形状、振荡与阻尼比的关系。

①二阶系统定义：凡是能够用二阶微分方程描述的系统称为二阶系统。

②典型二阶系统的传递函数为 $G(s) = \dfrac{\omega_n^2}{s^2 + 2\xi\omega_n s + \omega_n^2}$，$\xi$ 称为阻尼比，ω_n 称为无阻尼固有频率。它们是二阶系统的特征参数，体现了系统本身的固有特性。

③振荡与阻尼比的关系：当 $0 < \xi < 1$ 时，系统称为欠阻尼系统；当 $\xi = 0$ 时，系统称为无阻尼系统；当 $\xi = 1$ 时，系统称为临界阻尼系统；当 $\xi > 1$ 时，系统称为过阻尼系统。

（3）二阶系统性能指标的定义、计算及其与系统特征参数之间的关系。

①二阶系统性能指标：描述系统在单位阶跃信号作用下，瞬态过程变化状况的指标。

②主要性能指标如下。

上升时间：响应曲线从原工作状态出发，第一次达到输出稳态值所需的时间定义为上升时间 t_r（对于过阻尼系统，一般将响应曲线从稳态值的 10% 上升到 90% 所需的时间称为上升时间）。计算上升时间 t_r 公式为：$t_r = \dfrac{\pi - \beta}{\omega_d}$，$\omega_d = \omega_n \sqrt{1 - \xi^2}$。当 ξ 一定时，ω_n 增大，t_r 减小；当 ω_n 一定时，ξ 增大，t_r 增大。

峰值时间：响应曲线达到第一个峰值所需的时间定义为峰值时间。其计算公式为：$t_p = \dfrac{\pi}{\omega_d} = \dfrac{\pi}{\omega_n \sqrt{1 - \xi^2}}$。当 ξ 一定时，ω_n 增大，t_p 减小；当 ω_n 一定时，ξ 增大，t_p 增大。此情况与 t_r 的相同。

最大超调量：响应的最大偏离量减去终值与终值之比的百分数，即 $M_p = \dfrac{x_o(t_p) - x_o(\infty)}{x_o(\infty)} \times 100\%$。超调量 M_p 只与阻尼比 ξ 有关，而与无阻尼固有频率 ω_n 无关。

调整时间：在过渡过程中，$x_o(t)$ 的取值满足下面不等式时所需的时间，定义为调整时间 t_s。不等式为 $|x_o(t) - x_o(\infty)| \leqslant \Delta \cdot x_o(\infty)(t \geqslant t_s)$，$\Delta$ 是指定的误差限度系数，一般取 $\Delta = 0.02 \sim 0.05$。二阶系统的特征参数 ω_n 和 ξ 决定了系统的调整时间 t_s 和最大超调量 M_p。在欠阻尼状态下，当 $0 < \xi < 0.8$ 时，调整时间 t_r 与 ω_n、ξ 的近似关系为

$$t_s \approx \frac{4}{\xi\omega_n}, \Delta = 0.02; \quad t_s \approx \frac{3}{\xi\omega_n}, \Delta = 0.05$$

四、习题与解答

3.1 什么是时间响应?

解:时间响应是指系统在外部作用(输入)激励下,其输出量随着时间变化的函数关系。

3.2 时间响应由哪两部分组成? 各部分的含义是什么?

解:按分类的原则不同,时间响应有不同的分类方法。

(1)按响应的来源分。

①零状态响应:即初始状态为零时,由系统的输入引起的响应。

②零输入响应:即系统的输入为零时,由初始状态引起的响应。

(2)按稳定性分。

①瞬态响应:系统在输入信号作用下,其输出量从初始状态到稳定状态的响应过程。

②稳态响应:系统在输入信号作用下,其输出量在时间趋于无穷大时的输出状态。

(3)按响应的性质还可以分为强迫响应和自由响应等。

3.3 设单位反馈控制系统的开环传递函数为 $G(s) = \dfrac{1}{s(s+1)}$。试求该系统的上升时间、峰值时间、超调量和调整时间。

解:该系统的闭环传递函数为 $G_b(s) = \dfrac{G(s)}{1+G(s)} = \dfrac{1}{s^2+s+1}$。

将上式与典型二阶系统传递函数 $G_b(s) = \dfrac{\omega_n^2}{s^2+2\xi\omega_n s+\omega_n^2}$ 相比较,得

$$\omega_n^2 = 1,即\ \omega_n = 1;\quad 2\xi\omega_n = 1,即\ \xi = \frac{1}{2} = 0.5$$

显然 $0 < \xi < 1$ 为欠阻尼情况,则

$$\omega_d = \omega_n\sqrt{1-\xi^2} = 1\times\sqrt{1-0.5^2} = \frac{\sqrt{3}}{2}$$

$$\beta = \arccos\xi = \arccos 0.5 = 60° = 1.05\text{rad}$$

则单位阶跃的响应参数如下。

上升时间:$t_r = \dfrac{\pi-\beta}{\omega_d} = \dfrac{3.14-1.05}{\dfrac{\sqrt{3}}{2}} = 2.42(\text{s})$。

峰值时间:$t_p = \dfrac{\pi}{\omega_d} = \dfrac{3.14}{\sqrt{3}/2} = 3.63(\text{s})$。

超调量：$M_p = \exp\left(-\dfrac{\xi\pi}{\sqrt{1-\xi^2}}\right) \times 100\% = \exp\left(-\dfrac{0.5 \times 3.14}{\sqrt{1-0.5^2}}\right) \times 100\% = 16.4\%$。

调整时间：$t_s = \dfrac{4}{\xi\omega_n} = \dfrac{4}{0.5 \times 1} = 8(s)(\Delta = 0.02)$，$t_s = \dfrac{3}{\xi\omega_n} = \dfrac{3}{0.5 \times 1} = 6(s)$

$(\Delta = 0.05)$。

3.4　题图 3.1 中给出了两个系统的方块图，试求：① 各系统的阻尼比 ξ 及无阻尼固有频率 ω_n；② 系统的单位阶跃响应曲线及超调量、上升时间、峰值时间和调整时间，并进行比较，说明系统结构情况是如何影响过渡性能指标的。

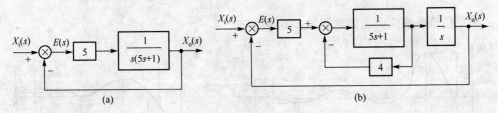

题图 3.1

解：(a) 由图得系统的传递函数为

$$G(s) = \dfrac{\dfrac{5}{s(5s+1)}}{1 + \dfrac{5}{s(5s+1)}} = \dfrac{1}{s^2 + \dfrac{s}{5} + 1} = \dfrac{\omega_n^2}{s^2 + 2\xi\omega_n s + \omega_n^2}$$

由 $\omega_n^2 = 1, 2\xi\omega_n = \dfrac{1}{5}$，得：阻尼比 $\xi = \dfrac{1}{10}$，无阻尼固有频率 $\omega_n = 1$。

超调量：$M_p = e^{-\xi\pi/\sqrt{1-\xi^2}} \times 100\% = e^{-0.3157419} \times 100\% = 72.9\%$。

上升时间：$t_r = \dfrac{\pi - \beta}{\omega_d}$，$\beta = \arctan \dfrac{\sqrt{1-\xi^2}}{\xi} = 1.47\text{rad}$，$\omega_d = \omega_n\sqrt{1-\xi^2} = 0.995$，

$t_r = \dfrac{\pi - 1.47}{0.995} = 1.679(s)$。

峰值时间：$t_p = \dfrac{\pi}{\omega_d} = \dfrac{\pi}{0.995} = 3.157(s)$。

调整时间：$t_s = \dfrac{3}{\xi\omega_n} = \dfrac{3}{0.1 \times 1} = 30(s)(\Delta = 0.05)$，$t_s = \dfrac{4}{\xi\omega_n} = \dfrac{4}{0.1 \times 1} = $

$40(s)(\Delta = 0.02)$。

单位阶跃响应曲线如题图 3.2(a) 所示。

(b) 由图得系统的传递函数为

$$G(s) = \dfrac{1}{s^2 + s + 1} = \dfrac{\omega_n^2}{s^2 + 2\xi\omega_n s + \omega_n^2}$$

由 $\omega_n^2 = 1, 2\xi\omega_n = 1$，得：阻尼比 $\xi = 0.5$，无阻尼固有频率 $\omega_n = 1$。

超调量：$M_{\mathrm{p}} = \mathrm{e}^{-\xi\pi/\sqrt{1-\xi^2}} \times 100\% = 16.3\%$。

上升时间：$t_{\mathrm{r}} = \dfrac{\pi - \beta}{\omega_{\mathrm{d}}}, \beta = \tan^{-1}\dfrac{\sqrt{1-\xi^2}}{\xi} = 1.047\mathrm{rad}, \omega_{\mathrm{d}} = \omega_{\mathrm{n}}\sqrt{1-\xi^2} = 0.866$，

$t_{\mathrm{r}} = \dfrac{\pi - 1.047}{0.866} = 2.42(\mathrm{s})$。

峰值时间：$t_{\mathrm{p}} = \dfrac{\pi}{\omega_{\mathrm{d}}} = \dfrac{\pi}{0.866} = 3.63(\mathrm{s})$。

调整时间：$t_{\mathrm{s}} = \dfrac{3}{\xi\omega_{\mathrm{n}}} = 6\mathrm{s}(\Delta = 0.05), t_{\mathrm{s}} = \dfrac{4}{\xi\omega_{\mathrm{n}}} = 8\mathrm{s}(\Delta = 0.02)$。

单位阶跃响应曲线如题图 3.2(b)所示。

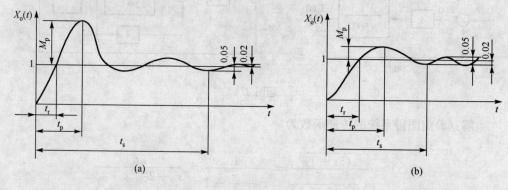

题图 3.2

由以上结果可得如下结论：图(b)比图(a)增大了阻尼比 ξ，因而降低了系统的超调量 M_{p} 并加强了系统的快速性。但要选取适当的环节，不是 ξ 越大越好。

3.5 一阶、二阶系统的单位阶跃响应函数的稳态值 $x_{\mathrm{o}}(\infty)$ 是否一定等于1？为什么？若不为1，则对二阶振荡系统响应的性能有无影响？为什么？

解：(1)一阶、二阶系统的单位阶跃响应函数的稳态值 $x_{\mathrm{o}}(\infty)$ 是不一定等于1。

例如下列一阶传递函数：$G(s) = \dfrac{K}{Ts+1}$，此时它的单位阶跃响应为

$$h(t) = K(1 - \mathrm{e}^{-t/T}) \quad (t \geqslant 0)$$

此处，K 不一定等于1。

(2)稳态值 $x_{\mathrm{o}}(\infty)$ 不为1对二阶振荡系统响应的性能无影响。

因为二阶振荡系统响应只跟阻尼比 ξ 及无阻尼固有频率 ω_{n} 有关，与外界作用无关。

3.6 设有一系统，其传递函数为 $\dfrac{X_{\mathrm{o}}(s)}{X_{\mathrm{i}}(s)} = \dfrac{\omega_{\mathrm{n}}^2}{s^2 + 2\xi\omega_{\mathrm{n}}s + \omega_{\mathrm{n}}^2}$，为使系统对阶跃响应有5%的超调量和2s的调整时间，试求 ξ 和 ω_{n} 各为多少？

解：由 $M_{\mathrm{p}} = 5\% = \mathrm{e}^{-\xi\pi/\sqrt{1-\xi^2}} \times 100\%$，解得

$$\xi = \sqrt{\frac{(\ln M_{\mathrm{p}})^2}{\pi^2 + (\ln M_{\mathrm{p}})^2}} = 0.69$$

$\Delta = 0.05$ 时，由 $t_{\mathrm{s}} = 2 = \dfrac{3}{\xi \omega_{\mathrm{n}}}$，解得：$\omega_{\mathrm{n}} = \dfrac{3}{2\xi} = \dfrac{3}{2 \times 0.69} = 2.17$。

$\Delta = 0.02$ 时，由 $t_{\mathrm{s}} = 2 = \dfrac{4}{\xi \omega_{\mathrm{n}}}$，解得：$\omega_{\mathrm{n}} = \dfrac{4}{2\xi} = \dfrac{4}{2 \times 0.69} = 2.90$。

3.7　系统结构图如题图 3.3 所示。

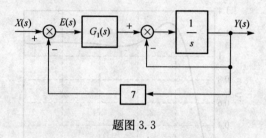

题图 3.3

(1) 已知 $G_1(s)$ 的单位阶跃响应为 $1 - \mathrm{e}^{-2t}$，试求 $G_1(s)$。

(并且已知：$L[1(t)] = \dfrac{1}{s}$，$L[\mathrm{e}^{-at}] = \dfrac{1}{s+a}$)

(2) 当 $G_1(s) = \dfrac{1}{s+2}$ 且 $x(t) = 10 \cdot 1(t)$ 时，试求：

① 系统的稳态输出；

② 系统的峰值时间 t_{p}，超调量 M_{p}，调整时间 t_{s}；

③ 概略绘出系统输出响应 $y(t)$ 曲线。

解：(1) 设 $G_1(s)$ 的单位阶跃响应为 $X_{\mathrm{o}}(s)$，输入信号为 $X_{\mathrm{i}}(s) = \dfrac{1}{s}$，依题意有

$$X_{\mathrm{o}}(s) = L[1 - \mathrm{e}^{-2t}] = \frac{1}{s} - \frac{1}{s+2} = \frac{2}{s(s+2)}$$

所以

$$G_1(s) = \frac{X_{\mathrm{o}}(s)}{X_{\mathrm{i}}(s)} = \frac{2}{s+2}$$

(2) ① $\dfrac{Y(s)}{X(s)} = \dfrac{1}{9}\left(\dfrac{9}{s^2 + 3s + 9}\right)$，当 $x(t) = 10 \cdot 1(t)$ 时，$y(\infty) = \lim\limits_{s \to 0} sY(s) = \dfrac{10}{9}$。

② 由 $\omega_{\mathrm{n}}^2 = 9, 2\xi\omega_{\mathrm{n}} = 3$ 得

$$\omega_{\mathrm{n}} = 3, \xi = 0.5$$

$$t_{\mathrm{p}} = \frac{\pi}{\omega_{\mathrm{n}}\sqrt{1 - \xi^2}} = 1.21$$

$$M_{\mathrm{p}} = \exp\left(-\frac{\xi\pi}{\sqrt{1 - \xi^2}}\right) \times 100\% = 16.3\%$$

$$M_p = \frac{y(t_p) - y(\infty)}{y(\infty)} \times 100\%, y(t_p) = 1.29$$

$$t_s = \begin{cases} \dfrac{4}{\xi\omega_n} = 2.67s, & \Delta = 0.02 \\[3mm] \dfrac{3}{\xi\omega_n} = 2s, & \Delta = 0.05 \end{cases}$$

③绘制图形如题图 3.4 所示。

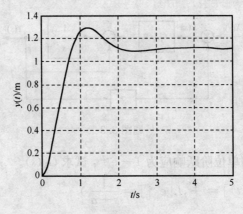

题图 3.4

3.8 已知单位负反馈系统的开环传递函数为 $G(s) = \dfrac{K}{s(T_s + 1)}$，其中，$K = 3.2, T = 0.2$。求：(1)系统的特征参量 ξ 和 ω_n；(2)系统的动态性能指标 M_p 和 t_s。

解： 典型二阶系统的动态性能指标与特征参量有严格的对应关系，当 $0 < \xi < 1$ 时，动态性能指标为

$$M_p = e^{-\pi\xi/\sqrt{1-\xi^2}} \times 100\%$$

$$t_s = \frac{3}{\xi\omega_n}(s)(\Delta = 0.05) \quad \text{或} \quad t_s = \frac{4}{\xi\omega_n}(s)(\Delta = 0.02)$$

ξ 和 ω_n 表示的典型二阶系统的开环传递函数为

$$G(s) = \frac{\omega_n^2}{s(s + 2\xi\omega_n)} = \frac{\omega_n/(2\xi)}{s\left(\dfrac{1}{2\xi\omega_n} \cdot s + 1\right)}$$

作对应项比较，可得 $\begin{cases} \dfrac{\omega_n}{2\xi} = K \\[3mm] \dfrac{1}{2\xi\omega_n} = T \end{cases}$，解之得 $\begin{cases} \omega_n = \sqrt{\dfrac{K}{T}} \\[3mm] \xi = \dfrac{1}{2}\sqrt{\dfrac{1}{KT}} \end{cases}$。于是有

$$\omega_n = \sqrt{\frac{K}{T}} = \sqrt{\frac{3.2}{0.2}} = 4$$

$$\xi = \frac{1}{2\sqrt{KT}} = \frac{1}{2\sqrt{3.2 \times 0.2}} = 0.625$$

$$M_p = e^{-\pi\xi/\sqrt{1-\xi^2}} \times 100\% = e^{-3.14 \times 0.625/\sqrt{1-0.625^2}} \times 100\% = 8.1\%$$

$$t_s \approx \frac{3}{\xi\omega_n} = \frac{3}{0.625 \times 4} = 1.2(s)(\Delta = 0.05)$$

3.9 已知控制系统微分方程为 $2.5\dot{y}(t) + y(t) = 20x(t)$，试用拉普拉斯变换法，求系统的单位脉冲响应 $g(t)$ 和单位阶跃响应 $h(t)$，并讨论二者的关系。

解：将系统微分方程经拉氏变换成传递函数为 $Y(s) = \dfrac{20}{2.5s+1}$。

①单位脉冲响应函数为

$$G(s) = Y(s)L[\delta(t)] = \frac{20}{2.5s+1} = \frac{8}{s+0.4}$$

经拉氏逆变换得

$$g(t) = 8e^{-0.4t}$$

②单位阶跃响应函数为

$$H(s) = Y(s)\frac{1}{s} = \frac{20}{(2.5s+1)s} = \frac{20}{s} - \frac{20}{s+0.4}$$

经拉氏逆变换得

$$h(t) = 20 - 20e^{-0.4t} = 20(1 - e^{-0.4t})$$

结论：系统对某种输入信号的导数的响应等于系统对该输入信号响应的导数；系统对某种输入信号的积分的响应等于系统对该输入的响应的积分。

3.10 设一单位负反馈系统的开环传递函数为 $\dfrac{10}{s(s+1)}$，该系统的阻尼比为 0.157，无阻尼固有频率为 3.16rad/s，现将系统改变为如题图 3.5 所示，为使阻尼比为 0.5，确定 K_h 值。

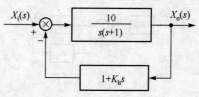

题图 3.5

解：由图得系统闭环传递函数为

$$\frac{X_o(s)}{X_i(s)} = \frac{\dfrac{10}{s(s+1)}}{1 + \dfrac{10}{s(s+1)}(1+K_h s)} = \frac{10}{s^2 + (1+10K_h)s + 10}$$

则 $\omega_n^2 = 10, 2\xi\omega_n = 1 + 10K_h$，且 $\xi = 0.5$，解得

$$K_h = \frac{2\xi\omega_n - 1}{10} = \frac{2 \times 0.5 \times 3.16 - 1}{10} = 0.216$$

3.11 设系统的单位阶跃响应为 $x_o(t) = 8(1 - e^{-0.3t})$，求系统的调整时间。

解：因为 $\qquad x_o(t) = 8(1 - e^{-0.3t}), x_i(t) = 1$

故 $\qquad X_o(s) = \dfrac{8}{s} - \dfrac{8}{s+0.3}, X_i(s) = \dfrac{1}{s}$

所以该系统的闭环传递函数为

$$G_b(s) = \frac{X_o(s)}{X_i(s)} = \left(\frac{8}{s} - \frac{8}{s+0.3}\right) / \frac{1}{s} = \frac{2.4}{s+0.3} = \frac{8}{\frac{10}{3}s+1}, \text{故 } T = \frac{10}{3}\text{s}, \text{所以系}$$

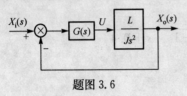

题图 3.6

统的过渡过程时间 $t_s = 4T = \dfrac{40}{3}\text{s}$。

3.12 设一系统如题图 3.6 所示。当控制器 $G(s) = 1$ 时，求单位阶跃输入时系统的响应，设初始条件为零，讨论 L 和 J 对时间响应的影响。

解：系统的闭环传递函数为 $G_b(s) = \dfrac{\dfrac{L}{Js^2}G(s)}{1 + \dfrac{LG(s)}{Js^2}} = \dfrac{L}{Js^2 + L}, X_i(s) = \dfrac{1}{s}$，所以 2ξ

$\omega_n = 0, \omega_n^2 = \dfrac{L}{J}, \omega_n = \sqrt{\dfrac{L}{J}}, \xi = 0$。

系统为无阻尼系统，所以其响应函数是 $x_o(t) = 1 - \cos\sqrt{\dfrac{L}{J}}t$。

3.13 已知一个环节的传递函数为 $G(s) = 10/(0.2s+1)$，现采用题图 3.7 的负反馈结构，使系统调整时间减少为原来的 0.1 倍，并保证系统总的放大倍数不变。求参数 K_h 和 K_0 的数值。

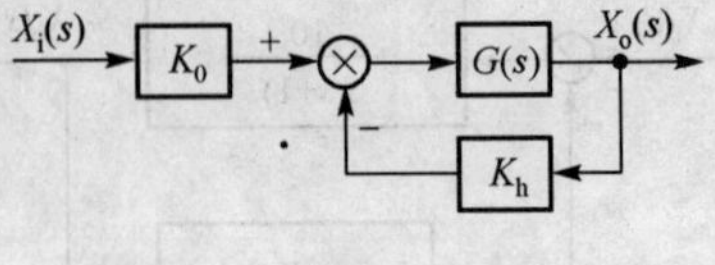

题图 3.7

解：一阶环节，调整时间与时间常数成正比。根据题意，系统的闭环传递函数 $G_b(s)$ 应为 $G_b(s) = \dfrac{10}{0.02s+1}$。由方框图知

$$G_b(s) = \frac{K_0 G(s)}{1 + K_h G(s)} = \frac{10K_0}{0.2s+1+10K_h} = \frac{\dfrac{10K_0}{1+10K_h}}{\dfrac{0.2}{1+10K_h}s+1} = \frac{10}{0.02s+1}$$

故
$$\left.\begin{array}{l} \dfrac{10K_0}{1+10K_h} = 10 \\[3mm] \dfrac{0.2}{1+10K_h} = 0.02 \end{array}\right\} \Rightarrow \begin{cases} K_h = 0.9 \\ K_0 = 10 \end{cases}$$

3.14 已知系统非零初始条件下的单位阶跃响应为 $x_o(t) = 1 + e^{-t} - e^{-2t}$，传递函数分子为常数，求系统传递函数 $\dfrac{X_o(s)}{X_i(s)}$。

解： 初始条件只影响暂态响应的系数，故设该系统在零初始条件下的单位阶跃响应为
$$x_o(t) = 1 + A_1 e^{-t} - A_2 e^{-2t}$$

故
$$\dot{x}_o(t) = -A_1 e^{-t} + 2A_2 e^{-2t}$$
$$x_o(0) = 1 + A_1 - A_2 = 0, \dot{x}_o(0) = -A_1 + 2A_2 = 0$$

故 $A_1 = -2, A_2 = -1$。上式为
$$x_o(t) = 1 - 2e^{-t} + e^{-2t}$$
$$X_o(s) = \frac{1}{s} - \frac{2}{s+1} + \frac{1}{s+2} = \frac{2}{s(s+1)(s+2)}$$

因 $X_i(s) = \dfrac{1}{s}$，故 $\dfrac{X_o(s)}{X_i(s)} = \dfrac{2}{(s+1)(s+2)}$。

3.15 已知系统传递函数为 $G(s) = \dfrac{10}{(s+1)(s+10)}$，求其单位阶跃响应。

解： 系统输出量的拉氏变换为
$$X_o(s) = G(s)X_i(s) = \frac{10}{(s+1)(s+10)} \times \frac{1}{s} = \frac{1}{s} - \frac{\frac{10}{9}}{s+1} + \frac{\frac{1}{9}}{s+10}$$

取拉氏反变换即可求得
$$x_o(t) = 1 - \frac{10}{9}e^{-t} + \frac{1}{9}e^{-10t} \approx 1 - \frac{10}{9}e^{-t}$$

3.16 典型二阶系统单位阶跃响应曲线如题图 3.8 所示。试确定系统的闭环传递函数。

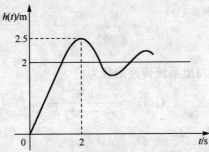

题图 3.8

解:依题意,系统闭环传递函数形式应为

$$G_b(s) = \frac{K\omega_n^2}{s^2 + 2\xi\omega_n s + \omega_n^2}$$

由题图 3.8 可见,系统单位阶跃响应稳态值为 2,所以

$$h(\infty) = \lim_{s\to 0} sG_b(s)X_i(s) = \lim_{s\to 0} s\frac{K\omega_n^2}{s^2 + 2\xi\omega_n s + \omega_n^2} \cdot \frac{1}{s} = K = 2$$

系统峰值时间 $t_p = 2$,超调量 $M_p = \frac{2.5-2}{2} \times 100\% = 25\%$,所以

$$\begin{cases} t_p = \dfrac{\pi}{\omega_n\sqrt{1-\xi^2}} = 2 \\ M_p = e^{-\xi\pi/\sqrt{1-\xi^2}} \times 100\% = 25\% \end{cases}$$

解得

$$\begin{cases} \xi = 0.404 \\ \omega_n = 1.717 \end{cases}$$

所以

$$G_b(s) = \frac{2 \times 1.717^2}{s^2 + 2 \times 0.404 \times 1.717s + 1.717^2} = \frac{5.9}{s^2 + 1.39s + 2.95}$$

3.17 设系统方框图如题图 3.9(a)所示,系统的单位阶跃响应曲线如题图 3.9(b)所示。试求系统参数 k_1、k_2 和 a 的值。

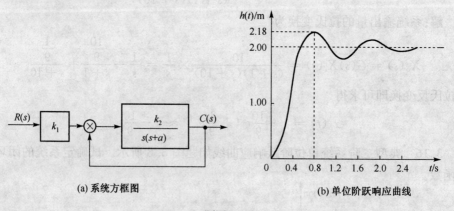

(a) 系统方框图　　　　　　　　　　(b) 单位阶跃响应曲线

题图 3.9

解:根据系统方框图写出系统传递函数为

$$G(s) = \frac{k_1 k_2}{s^2 + as + k_2}$$

单位阶跃响应传递函数为

$$H(s) = G(s)\frac{1}{s} = \frac{k_1 k_2}{s^3 + as^2 + k_2 s}$$

① 根据单位阶跃响应曲线得出系统稳态值为 2，由拉普拉斯变换终值定理得

$$x_o(\infty) = 2 = \lim_{t \to \infty} x_o(t) = \lim_{s \to 0} sH(s) = \frac{k_1 k_2}{k_2} = k_1$$

② 由图知 $M_p = \dfrac{2.18 - 2.00}{2.00} \times 100\% = 9\%$，又 $M_p = \exp\left(-\dfrac{\xi\pi}{\sqrt{1-\xi^2}}\right) \times 100\%$，

得 $\xi = 0.609$。由图知峰值时间 $t_p = \dfrac{\pi}{\omega_n \sqrt{1-\xi^2}} = 0.8$，得 $\omega_n = 4.94$。由传递函数得

$a = 2\xi\omega_n, k_2 = \omega_n^2$，则 $k_2 = 24.46, a = 6.02$。

3.18　设系统结构图如题图 3.10 所示，若要求系统具有性能指标 $M_p = 20\%$，$t_p = 1$s，试确定系统参数 K 和 τ，并计算单位阶跃响应的特征量 t_r 和 t_s。

解：由图知，系统闭环传递函数为

$$\frac{X_o(s)}{X_i(s)} = \frac{K}{s^2 + (1 + K\tau)s + K}$$

与传递函数标准形式相比，可得

$$\omega_n = \sqrt{K}, \xi = \frac{1 + K\tau}{2\sqrt{K}}$$

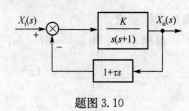

题图 3.10

由 ξ 与 M_p 的关系式解得

$$\xi = \frac{\ln(1/M_p)}{\sqrt{\pi^2 + \left(\ln\dfrac{1}{M_p}\right)^2}} = 0.46$$

再由峰值时间计算式算出

$$\omega_n = \frac{\pi}{t_p \sqrt{1-\xi^2}} = 3.53 \text{rad/s}$$

从而解得

$$K = \omega_n^2 = 12.46 \text{ (rad/s)}^2$$

$$\tau = \frac{2\xi\omega_n - 1}{K} = 0.18\text{s}$$

由于

$$\beta = \arccos\xi = 1.10\text{rad}$$

$$\omega_d = \omega_n \sqrt{1-\xi^2} = 3.14 \text{rad/s}$$

故

$$t_r = \frac{\pi - \beta}{\omega_d} = 0.65\text{s}$$

$$t_s = \frac{3.12}{\xi\omega_n} = 1.92\text{s} \quad \text{或} \quad t_s = \frac{4.12}{\xi\omega_n} = 2.54\text{s}$$

3.19　设角度随动系统如题图 3.11 所示。图中，K 为开环增益，$T = 0.1$s 为伺服电动机时间常数。若要求系统的单位阶跃响应无超调，且调节时间 $t_s \leqslant 1$s，问 K

应取多大？此时系统的延迟时间 t_d 及上升时间 t_r 各等于多少？

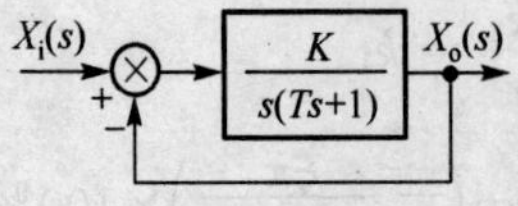

解：根据题意并考虑有尽量快的响应速度，应取阻尼比 $\xi = 1$。由题图 3.11 得闭环特征方程为

$$s^2 + \frac{1}{T}s + \frac{K}{T} = 0$$

题图 3.11

代入 $T = 0.1$，可知在 $\xi = 1$ 时，必有 $\omega_n = \sqrt{10K} = 5\text{rad/s}$，解得开环增益 $K = 2.5$ $(\text{rad/s})^2$。因为 $\omega_n^2 = 1/T_1 T_2$，而在 $\xi = 1$ 时，$T_1 = T_2$，所以得

$$T_1 = T_2 = 0.2\text{s}$$

从而算得调节时间

$$t_s = 4.75T_1 = 0.95\text{s}$$

满足指标要求。

根据 $\xi = 1$ 和 $\omega_n = 5\text{rad/s}$，算得

$$t_d = \frac{1 + 0.6\xi + 0.2\xi^2}{\omega_n} = 0.36\text{s}$$

$$t_r = \frac{1 + 1.5\xi + \xi^2}{\omega_d} = 0.70\text{s}$$

3.20 已知单位负反馈系统开环传递函数为 $G(s) = \dfrac{5k}{s(s + 34.5)}$，求 $k = 200$ 时，系统单位阶跃响应的动态性能指标。若 k 增大到 $k = 1500$ 或减小到 $k = 13.5$，试分析系统动态性能指标的变化情况。

解：根据题意系统的闭环传递函数 $G_b(s) = \dfrac{G(s)}{1 + G(s)} = \dfrac{5k}{s^2 + 34.5s + 5k}$。

① $k = 200$ 时，$G_b(s) = \dfrac{G(s)}{1 + G(s)} = \dfrac{1000}{s^2 + 34.5s + 1000}$，则 $\omega_n^2 = 1000, \omega_n = 31.6, \xi = \dfrac{34.5}{2\omega_n} = 0.546; \omega_d = \omega_n \sqrt{1 - \xi^2} = 26.47, \beta = \arctan \dfrac{\sqrt{1 - \xi^2}}{\xi} = 0.99$。则系统动态性能指标分别为

$$t_r = \frac{\pi - \beta}{\omega_d} = 0.081\text{s}, t_p = \frac{\pi}{\omega_d} = 0.12\text{s}, M_p = \exp\left(-\frac{\xi\pi}{\sqrt{1 - \xi^2}}\right) \times 100\% = 12.9\%$$

$$t_s = \frac{4}{\xi\omega_n} = 0.232\text{s}(\Delta = 0.02), t_s = \frac{3}{\xi\omega_n} = 0.174\text{s}(\Delta = 0.05)$$

② $k = 1500$ 时，$G_b(s) = \dfrac{7500}{s^2 + 34.5s + 7500}, \omega_n^2 = 7500, \omega_n = 86.6, \xi = \dfrac{34.5}{2\omega_n} = 0.2$。

$\omega_d = \omega_n \sqrt{1 - \xi^2} = 84.9, \beta = \arctan \dfrac{\sqrt{1 - \xi^2}}{\xi} = 1.37$。则系统动态性能指标分别为

$$t_r = \frac{\pi - \beta}{\omega_d} = 0.02\text{s}, t_p = \frac{\pi}{\omega_d} = 0.37\text{s}, M_p = \exp\left(-\frac{\xi\pi}{\sqrt{1 - \xi^2}}\right) \times 100\% = 52.7\%$$

$$t_s = \frac{4}{\xi\omega_n} = 0.232s(\Delta = 0.02), t_s = \frac{3}{\xi\omega_n} = 0.174s(\Delta = 0.05)$$

③ $k = 13.5$ 时，$G_b(s) = \dfrac{67.5}{s^2 + 34.5s + 67.5}$，$\omega_n = 8.26$，$\xi = \dfrac{34.5}{2\omega_n} = 2.1$。系统工作在过阻尼状态，可将系统的闭环传递函数改写成 $G_b(s) = \dfrac{1}{(0.481s + 1)(0.0308s + 1)}$，即两个惯性环节串联，时间常数分别为 $T_1 = 0.481s$，$T_2 = 0.0308s$，取大者。则调整时间

$$t_s = 4T_1 = 1.924s(\Delta = 0.02), t_s = 3T_1 = 1.443s(\Delta = 0.05)$$

分析：由①、②可看出，随着 k 值的增大，阻尼比 ξ 减小，无阻尼固有频率 ω_n 提高，峰值时间 t_p 减小，调整时间 t_s 不变，超调量 M_p 增大。对于③，虽然没有超调，但显然其调整时间比①、②大得多。

第4章 控制系统的频域分析法

一、内 容 提 要

时域分析法直观,但不借助于计算机分析高阶系统非常困难。工程中广泛采用频域分析法将传递函数从复数域引到频率域,建立系统的时间响应与其频谱之间的关系,特别适合机械系统动态特性的研究。

频率特性分析的重要性在于:

(1)该方法可将周期信号分解为叠加的频谱离散的谐波信号,将非周期信号分解为叠加的频谱连续的谐波信号,所以可以通过分析系统的频率特性,分析系统在各种输入信号作用下的响应特性,如稳定性、快速性和准确性等。

(2)对于不论用分析法能否求出传递函数或微分方程的系统,往往都可以通过试验求出系统的频率特性,进而求出传递函数或对传递函数加以检验和修正。

(一)频率特性概述

1. 频率特性

对于一个稳定的线性定常系统,当输入某一频率的正弦信号 $x_i(t) = X_i \sin \omega t$,系统的稳态响应仍是一个频率相同、幅值和相位不同的正弦信号 $x_o(t) = X_o \sin (\omega t + \varphi)$。

系统对谐波输入的稳态响应随输入信号的频率而变化的特性称为系统的频率响应。

幅频特性 $A(\omega)$ 描述了在稳态情况下,系统输入不同频率的谐波信号时,其幅值的衰减或增大的特性, $A(\omega) = \dfrac{X_o}{X_i}$。

相频特性 $\varphi(\omega)$ 描述了输出信号与输入信号的相位差 φ(或称相移)。

幅频特性和相频特性总称为系统的频率特性,记做 $A(\omega) \cdot \angle \varphi(\omega)$ 或 $A(\omega) \cdot e^{j\varphi(\omega)}$。

2. 频率特性的求法

(1)利用频率特性的定义求取, $x_o(t) = L^{-1}[G(s)X_i(s)]$;

(2)令传递函数中 $s = j\omega$ 来求取;

(3)用实验方法求取。在系统上输入幅值不变而频率变化的正弦信号,记录各个频率值对应的输出信号的幅值与相位,做出幅值比和相位对频率的函数曲线,并进行辨识,即可得到该系统的频率特性。

3. 频率特性分析的特点

系统的频率特性实质上是系统的单位脉冲响应函数 $w(t)$ 的 Fourier 变换，即 $G(j\omega) = F[w(t)]$。这是因为当 $x_i(t) = \delta(t)$，有 $x_o(t) = w(t)$，而且 $X_i(j\omega) = F[\delta(t)] = 1$。

由 $X_o(j\omega) = G(j\omega)X_i(j\omega)$，得

$$X_o(j\omega) = G(j\omega) = F[w(t)]$$

在经典控制理论中，频率特性分析比时间响应分析具有明显的优越性。当然，频率特性分析法也有其缺点，两者之间的差异如表 4.1 所示。

表 4.1　频域分析与时域分析的对比

	频域分析	时域分析
分析内容	不同的谐波输入时的稳态响应	主要分析系统的过渡过程
所能研究系统的阶次	阶次较高	阶次较高时较困难
输入信号中噪声的处理	可设计出合适的通频带，以抑制噪声影响	不能处理噪声
研究系统结构及参数变化对系统性能的影响	容易	较难
分析的准确性	实际系统往往存在非线性，分析会有误差	较准确
对于时变系统和多输入多输出系统	很难应用	较易应用
在实验建模方面	应用方便	不适合应用

4. 频率特性的表示方法

(1)代数表示法。

$$G(j\omega) = |G(j\omega)| \cdot e^{j\varphi(\omega)} = A(j\omega) \cdot e^{j\varphi(\omega)}$$

$$G(j\omega) = \mathrm{Re}\,[G(j\omega)] + j\mathrm{Im}\,[G(j\omega)] = U(\omega) + jV(\omega)$$

式中，$U(\omega)$ 称为实频特性，$V(\omega)$ 称为虚频特性。

(2)图示法。

常用的几何表示方法有极坐标图（Nyquist 图）、对数坐标图（Bode 图）。

(二)典型环节频率特性的极坐标图

1. 极坐标图的概念

当 ω 取某一定值时，频率特性 $G(j\omega)$ 代表复平面上模为 $|G(j\omega)|$、与正实轴的夹角为 $\angle G(j\omega)$ 的一个复矢量。当 ω 从 $0 \to \infty$ 时，该矢量的末端就形成一条曲线，这条曲线就称为频率特性的极坐标图，又称 Nyquist 图。

2. 典型环节的 Nyquist 图（表 4.2）

表 4.2　典型环节的 Nyquist 图

典型环节	幅频特性	相频特性	Nyquist 图
比例环节 K	$\lvert G(j\omega) \rvert = K$	$\angle G(j\omega) = 0°$	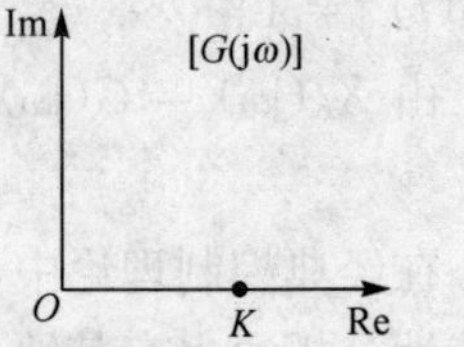
积分环节 $\dfrac{1}{j\omega}$	$\lvert G(j\omega) \rvert = \dfrac{1}{\omega}$	$\angle G(j\omega) = -90°$	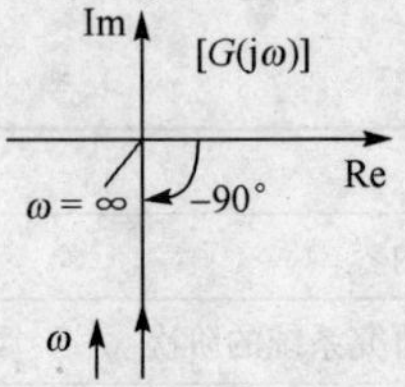
微分环节 $j\omega$	$\lvert G(j\omega) \rvert = \omega$	$\angle G(j\omega) = 90°$	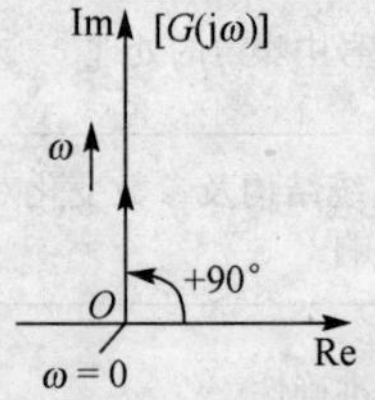
惯性环节 $\dfrac{K}{jT\omega+1}$	$\lvert G(j\omega) \rvert = \dfrac{K}{\sqrt{1+T^2\omega^2}}$	$\angle G(j\omega) = -\arctan T\omega$	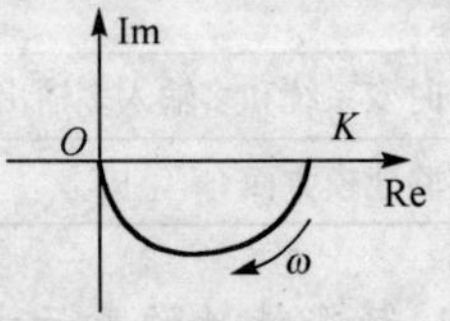
一阶微分环节（导前环节）$jT\omega+1$	$\lvert G(j\omega) \rvert = \sqrt{1+T^2\omega^2}$	$\angle G(j\omega) = \arctan T\omega$	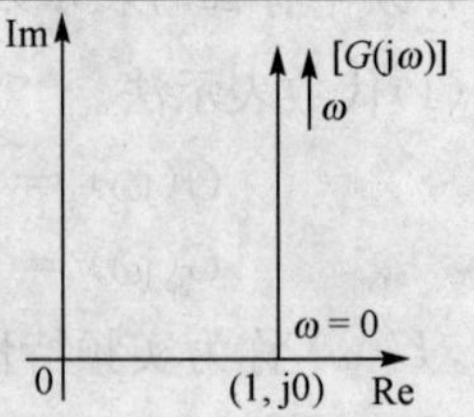
振荡环节 $\dfrac{1}{\left(\dfrac{j\omega}{\omega_n}\right)^2+2\xi\left(\dfrac{j\omega}{\omega_n}\right)+1}$	$\lvert G(j\omega) \rvert = \dfrac{1}{\sqrt{\left(1-\dfrac{\omega^2}{\omega_n^2}\right)^2+4\xi^2\dfrac{\omega^2}{\omega_n^2}}}$	$\angle G(j\omega) = -\arctan\left(\dfrac{2\xi\dfrac{\omega}{\omega_n}}{1-\dfrac{\omega^2}{\omega_n^2}}\right)$	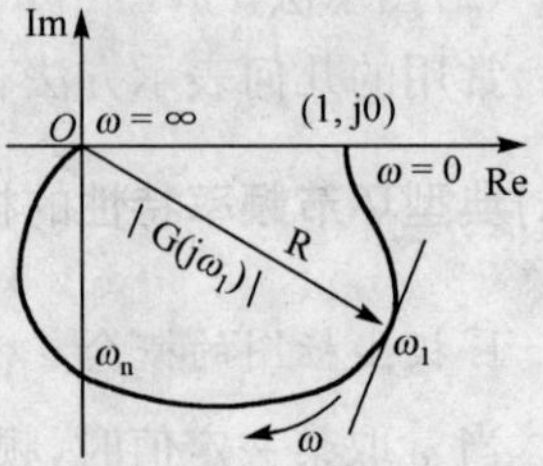

续表

典型环节	幅频特性	相频特性	Nyquist 图
二阶微分环节 $\left(\dfrac{j\omega}{\omega_n}\right)^2+2\xi\left(\dfrac{j\omega}{\omega_n}\right)+1$	$\lvert G(j\omega)\rvert = \sqrt{\left(1-\dfrac{\omega^2}{\omega_n^2}\right)^2+4\xi^2\dfrac{\omega^2}{\omega_n^2}}$	$\angle G(j\omega) =$ $\arctan\dfrac{2\xi\dfrac{\omega}{\omega_n}}{1-\dfrac{\omega^2}{\omega_n^2}}$	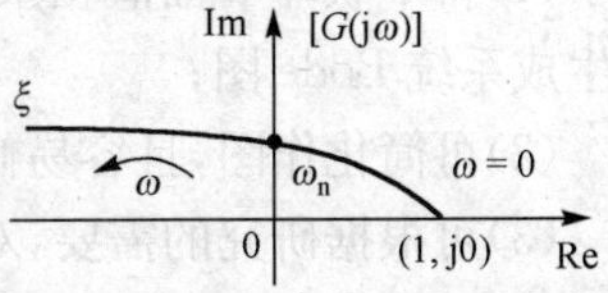
延时环节 $e^{-j\tau\omega}$	$\lvert G(j\omega)\rvert = 1$	$\angle G(j\omega) = -\tau\omega$	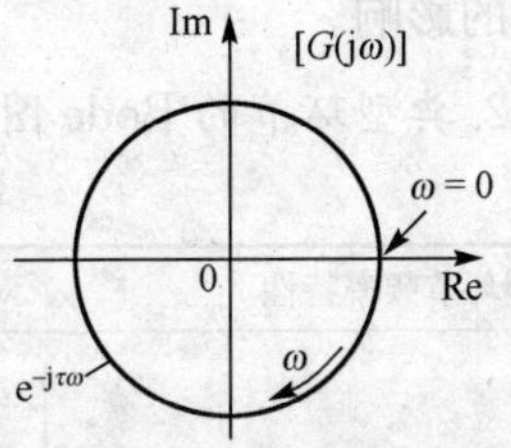

(三)系统 Nyquist 图的画法

绘制由几个典型环节串联组成的系统 Nyquist 图时,需将这些环节的频率特性中对应的矢量模相乘,幅角相加,然后再逐步作图。

系统 Nyquist 图的一般作图方法如表 4.3 所示。

表 4.3　Nyquist 图的一般作图步骤

步骤序号	内　　容
1	写出系统幅频特性 $\lvert G(j\omega)\rvert$ 和相频特性 $\angle G(j\omega)$ 的表达式
2	分别求出 $\omega=0$ 和 $\omega=+\infty$ 时的 $\lvert G(j\omega)\rvert$ 和 $\angle G(j\omega)$
3	利用 $\mathrm{Im}\,[G(j\omega)]=0$ 的关系式或 $\angle G(j\omega)=n\cdot180°$ 求出 Nyquist 图与实轴的交点
4	利用 $\mathrm{Re}\,[G(j\omega)]=0$ 的关系式或 $\angle G(j\omega)=n\cdot90°$ 求出 Nyquist 图与虚轴的交点
5	必要时画出 Nyquist 图中间几点
6	勾画出大致曲线

(四)典型环节频率特性的对数坐标图

1. 对数坐标图的概念

对数坐标图(Bode 图)有两幅图组成:对数幅频特性图和对数相频特性图。这两幅图都是相对于频率的对数尺度进行绘制的。其横坐标是以 10 为底的对数分度,纵坐标则为线性分度。

为了方便,其横坐标虽然是对数分度,但习惯上其刻度值不标 $\lg\omega$ 值,而标真数 ω 值,对数幅频特性图纵坐标的单位是 dB。

注意,当 $G(j\omega) = 1$ 时,其分贝数为零,即 0dB 表示输出幅值等于输入幅值。

采用 Bode 图主要优点有:

(1)将串联环节幅值相乘、除转化为幅值相加、减,因此容易由典型环节的 Bode 图生成系统 Bode 图;

(2)可简化作图,且容易修正;

(3)可根据研究的需要,对某一频段内系统的频率特性进行细化;

(4)用 Bode 图可方便地对系统进行辨识,也可以方便地研究环节或参数对系统性能的影响。

2. 典型环节的 Bode 图(表 4.4)

表 4.4　典型环节的 Bode 图

典型环节频率特性	对数幅频特性渐近线	对数相频特性曲线
比例环节 K	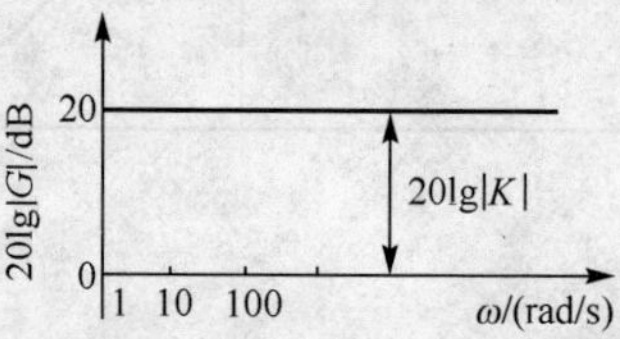	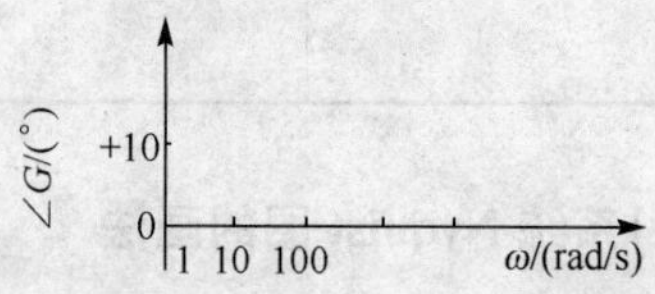
积分环节 $\dfrac{1}{j\omega}$	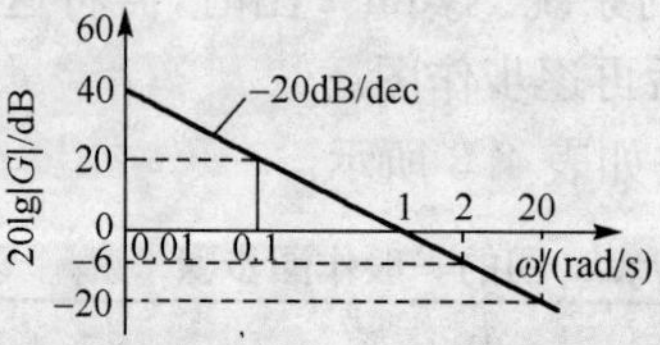	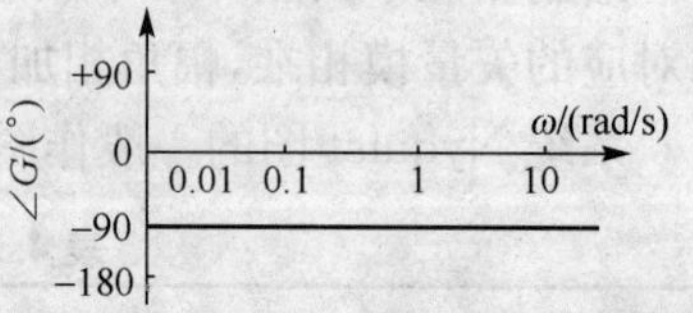
微分环节 $j\omega$	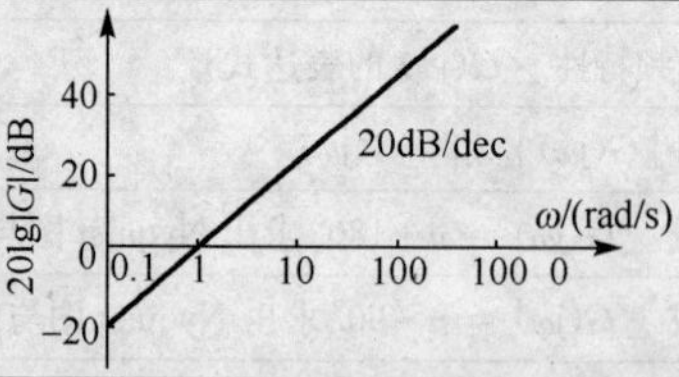	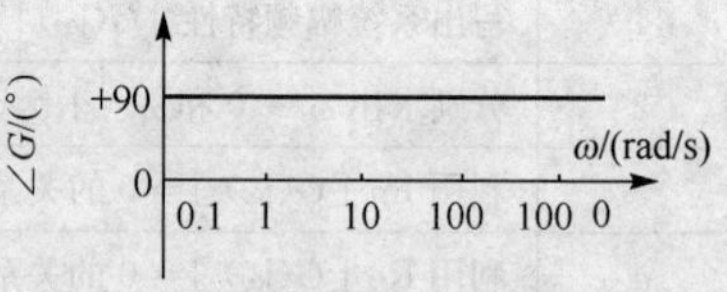
惯性环节 $\dfrac{1}{jT\omega+1}$	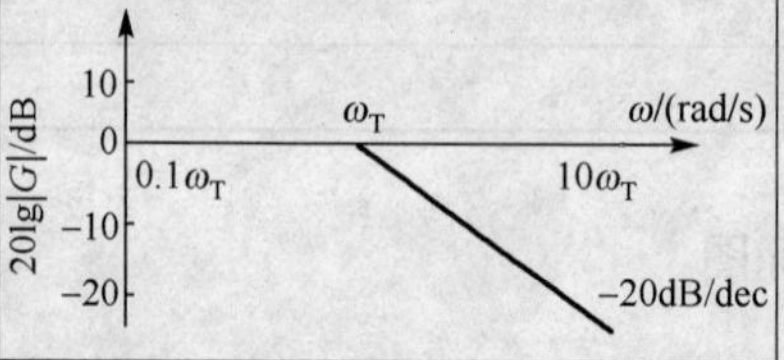	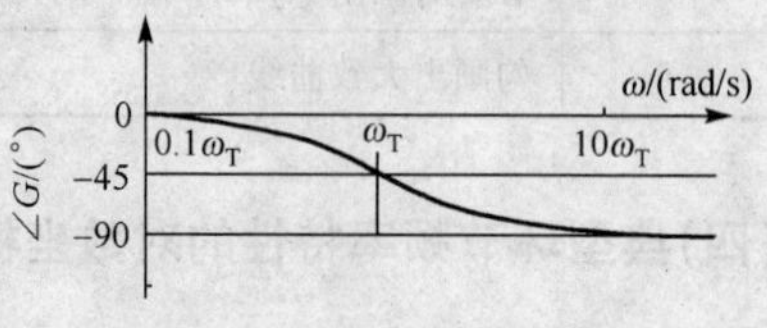
一阶微分环节(或称导前环节) $jT\omega+1$	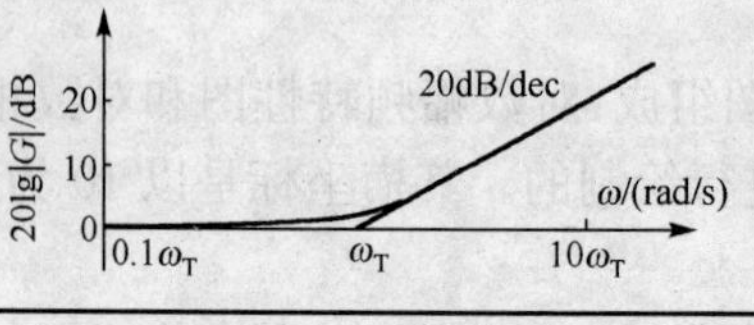	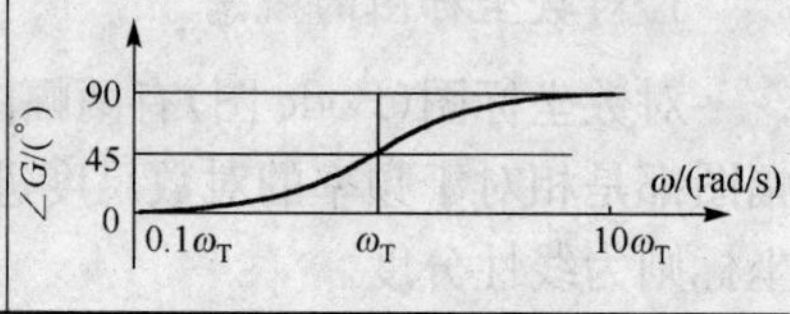

续表

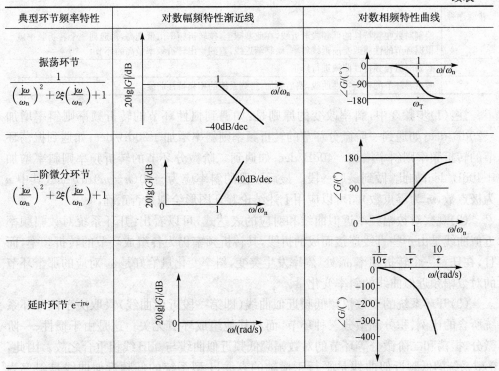

典型环节频率特性	对数幅频特性渐近线	对数相频特性曲线
振荡环节 $\dfrac{1}{\left(\dfrac{j\omega}{\omega_n}\right)^2+2\xi\left(\dfrac{j\omega}{\omega_n}\right)+1}$		
二阶微分环节 $\left(\dfrac{j\omega}{\omega_n}\right)^2+2\xi\left(\dfrac{j\omega}{\omega_n}\right)+1$		
延时环节 $e^{-j\tau\omega}$		

3. 绘制系统 Bode 图的步骤

Bode 图是利用对数坐标和渐近线来绘制的,一般用叠加法进行绘制,其步骤如表 4.5 所示。

表 4.5 叠加法绘制 Bode 图的步骤

步骤序号	内　　容
1	由传递函数求出频率特性 $G(j\omega)$ 并将其化为若干典型环节频率特性相乘的形式
2	求出各环节的转折频率、阻尼比等参数
3	画出各环节幅频特性曲线的渐近线,将它们叠加,得到系统幅频特性渐近线,并对其进行修正
4	作出各环节的相频特性曲线,并进行叠加,得到系统的相频特性曲线,有延时环节时,幅频特性不变,相频特性加上 $-\tau\omega$

Bode 图也可以用顺序频率法进行绘制,其步骤如表 4.6 所示。

表 4.6 顺序频率法绘制 Bode 图的步骤

步骤序号	内　　容
1	由传递函数求出频率特性 $G(j\omega)$ 并将其化为若干典型环节频率特性相乘的标准形式
2	确定各典型环节的特征参数,并将转折频率由低到高依次标在横坐标轴上

续表

步骤序号	内　　容
3	绘制对数幅频特性的低频段渐近线,在此基础上,按转折频率由低到高,每遇到一个转折频率就根据环节的性质改变渐近线斜率,绘制渐近线,直到绘出转折频率最高的环节
4	必要时对幅频特性曲线进行修正
5	画出各环节的相频特性曲线,然后叠加,得到系统的相频特性曲线

注:(1)步骤 3 中,斜率改变的原则是:如遇到惯性环节的转折频率则斜率增加 $-20\mathrm{dB/dec}$;如遇到一阶微分环节的转折频率则斜率增加 $+20\mathrm{dB/dec}$;如遇到振荡环节的转折频率则斜率增加 $-40\mathrm{dB/dec}$;如遇到二阶微分环节的转折频率则斜率增加 $+40\mathrm{dB/dec}$;如此,做到最后一段。最后一段的斜率应为 $-20(n-m)\mathrm{dB/dec}$(其中 n 为极点数,m 为零点数)。可以应用上述结论验证图形绘制是否正确。

(2)观察对数幅频率近似曲线和对应的表达式,可以看出:开环系统对数幅频率近似曲线是由一些直线连接而成的折线,其转折频率仍为各组成环节的转折频率,而且,在任意一个转折频率 ω_i 处,斜率发生突变,斜率变化量恰好是 ω_i 对应的那个环节的对数幅频近似曲线的斜率变化量。

(3)开环系统的多数幅频低频近似曲线(即第一段近似曲线)只取决于该开环系统所含的比例、积分和微分三种环节,而与其他组成环节无关。这是由于惯性、一阶微分、振荡和二阶微分等环节的对数幅频低频近似曲线与 0dB 线相重合之故。因此,0 型系统的低频近似曲线是平行于横轴的直线,Ⅰ 型系统的低频近似曲线是斜率为 $-20\mathrm{dB/dec}$ 的直线,Ⅱ 型系统的低频近似曲线是斜率 $-40\mathrm{dB/dec}$ 的直线等。

Nyquist 图与 Bode 图之间存在如下对应关系:

(1)Nyquist 图上的单位圆相当于 Bode 图上的 0 分贝线,即对数幅频特性图的横坐标轴。

(2)Nyquist 图上的负实轴相当于 Bode 图上的 $-180°$ 线,即对数相频特性曲线与横轴交点处的频率。

在频域分析法中,基本上有两种方法:Nyquist 图法和 Bode 图法。当进行系统校正时,极坐标图就不再保持原样,需要画新图,很不方便;而 Bode 图就可以很方便地叠加到原来的图上,若改变开环增益,幅值曲线将上下移动,但不改变斜率,相角曲线保持不变,因此从设计的角度看,最好采用 Bode 图。

(五)频率特性的性能指标(表 4.7)

表 4.7　频率特性的性能指标

名称及符号表示	定　　义	特　　性
零频值 $A(0)$	频率趋近于零时,系统输出幅值与输入幅值之比	若 $A(0)=1$,则系统为无静差系统,否则为有差系统。$A(0)$ 越接近于 1,系统的稳态误差越小

名称及符号表示	定　义	特　性
复现频率 ω_M	幅频特性值与 $A(0)$ 的差第一次达到低频输入信号允许误差时的频率值	在 $0 \sim \omega_M$ 范围内,输出能准确反映输入,当频率超过 ω_M 时,就不能准确"复现"
复现带宽 $0 \sim \omega_M$	复现低频输入信号的带宽	
谐振频率 ω_r	幅频特性出现最大值时的频率	在一定程度上反映了系统瞬态响应的速度。ω_r 越大,系统响应越快
相对谐振峰值 $M_r \left(\dfrac{A_{\max}}{A(0)} \right)$	$\omega = \omega_r$ 时的最大幅值	若 M_r 太大,则稳定程度越差;M_r 太小,则过渡时间过长。因此,若既要减弱系统的振荡,又有一定的快速性,需适当选取 M_r 值。一般在二阶系统中,希望选取 $M_r < 1.4$
截止频率 ω_b	$A(\omega)$ 由 $A(0)$ 下降 3dB 时的频率	超过此频率,输出急剧衰减,形成系统响应的截止状态。带宽表征系统容许工作的最高频率范围和快速性,带宽越大,响应快速性越好
截止带宽 $0 \sim \omega_b$	频率 $0 \sim \omega_b$ 的范围	

(六)最小相位系统和非最小相位系统

若系统传递函数 $G(s)$ 的所有零、极点都在[s]平面左半平面,则称 $G(s)$ 为"最小相位传递函数",具有此传递函数的系统称为"最小相位系统";反之,若 $G(s)$ 有零点或极点在[s]平面的右半平面,则称其为"非最小相位传递函数",相应的系统称为"非最小相位系统"。

在具有相同幅频特性的系统中,最小相位传递函数(系统)的相角范围是最小的。最小相位系统的对数幅频特性与相频特性之间具有确定的单值对应关系。因此,根据这种系统对数幅频特性的渐近线就能确定其相频特性和传递函数,反之亦然。

判断最小相位系统的另一种方法:如果当 $\omega \to \infty$ 时,对数幅值曲线的斜率为 $-20(n-m)$ dB/dec,并且相角等于 $-90°(n-m)$,那么该系统就是最小相位系统,n 为极点数,m 为零点数。

产生非最小相位的一些环节有:延时环节 $e^{-\tau s}$、不稳定的导前环节 $1 - Ts$ 和不稳定的二阶微分环节 $1 - 2\xi \dfrac{1}{\omega_n} s + \dfrac{1}{\omega_n^2} s^2$、不稳定的惯性环节 $\dfrac{1}{1 - Ts}$ 和不稳定的振荡环节 $\dfrac{1}{1 - 2\xi \dfrac{1}{\omega_n} s + \dfrac{1}{\omega_n^2} s^2}$。

(七)传递函数实验确定法

建立数学模型是系统分析和系统设计的首要问题。教材第 2 章详细介绍了建立数学模型的分析法,本节将简要介绍通过频率特性实验分析法来建立数学模型的方法。

由于频率特性是在频域内描述线性单元(系统或元件)本身固有属性的一种数学模型,它和传递函数可以互相转化,所以一旦通过实验确定了频率特性,那么传递函数也就随之确定了。下面介绍确定传递函数的频率特性实验法。

1. 频率特性实验分析法一般步骤

(1)在被测对象可能涉及的工作频率范围内,给被测对象(系统或元件)输入振幅恒定而频率不同的正弦信号,测量并记录对应的输出量的振幅及输出量与输入量间的相位差,再计算出在不同频率下的振幅比,从而可得如表 4.8 所示的幅相频率特性的离散值。

表 4.8　频率特性试验数据表

频率 ω	ω_1	ω_2	ω_3	...
输入量 $r(t)=R_a\sin(\omega t)$	$R_a\sin(\omega_1 t)$	$R_a\sin(\omega_2 t)$	$R_a\sin(\omega_3 t)$	...
输出振幅 $|c(t)|$	C_1	C_2	C_3	...
相位差 $\varphi_x(\omega)=\angle c(t)-\angle r(t)$	φ_1	φ_2	φ_3	...
振幅比 $A_x(\omega)=\dfrac{c(t)}{r(t)}$	$\dfrac{C_1}{R_a}$	$\dfrac{C_2}{R_a}$	$\dfrac{C_3}{R_a}$	...

(2)根据振幅比和相位差绘制对数幅频和对数相频实验曲线图(为叙述方便,对数幅频实验曲线记为 L_x,对数相频实验曲线记为 φ_x),并由两曲线的高频特征判断被测对象是否具有最小相位特性。

(3)用斜率为 $0\text{dB/dec},-20\lambda\text{dB/dec},+20v\text{dB/dec}$($v$ 和 λ 为正整数)的直线逼近对数幅频实验曲线 L_x,可得对数幅频近似曲线(记为 $\tilde{L}_x$)。

(4)根据对数幅频近似曲线 $\tilde{L}_x$ 确定对应的传递函数 $\tilde{G}_x(s)$。

(5)根据 $\tilde{G}_x(s)$ 绘制对数相频曲线(记为 $\tilde{\varphi}_x$)。

(6)将根据 $\tilde{G}_x(s)$ 绘制的对数相频曲线 $\tilde{\varphi}_x$ 与实验对数相频曲线 φ_x 进行比较,若二者在最低频和最高频部分严格一致,在中频部分基本一致,则说明 $\tilde{G}_x(s)$ 比较准确地反映了被测对象特性,故取 $\tilde{G}_x(s)=G_x(s)$ 作为被测对象的近似传递函数。反之,若二者不一致,则说明 $\tilde{G}_x(s)$ 没有反映被测对象的真实特性,须依据被测对象是否具有最小相位性质对 $\tilde{G}_x(s)$ 进行修正,具体修正方法如下:

如果被测对象是最小相位的,那么 $\tilde{\varphi}_x$ 与 φ_x 的差异来自通过逼近方式得到的对数幅频近似曲线 $\tilde{L}_x$。因此须按照上述步骤 3)重新运用逼近方法确定对数幅频近似曲线 $\tilde{L}_x$,并重复上述步骤,直到按 $\tilde{G}_x(s)$ 绘制的相频曲线 $G_x(s)$ 与实验对数相频曲线 φ_x 二者在最低频和最高频部分达到严格一致,在中频部分达到基本一致为止。

如果被测对象是非最小相位的,那么 $\tilde{\varphi}_x$ 与 φ_x 的差异主要来自可能存在于被测对象中的延滞环节或其他不稳定环节,因此,须依据 φ_x 与 $\tilde{\varphi}_x$ 间的差别情况及 $\tilde{G}_x(s)$ 中所含环节情况进行判断,找出可能存在的延滞环节或其他不稳定环节,然后对 $\tilde{G}_x(s)$ 进行修正,以便获得真实的被测对象的近似传递函数 $G_x(s)$。

2. 由对数幅频近似曲线确定传递函数

在运用频率特性实验分析法确定被测对象的传递函数时,一个重要的工作就是根据对数幅频近似曲线 $\tilde{L}_x$ 确定传递函数 $\tilde{G}_x(s)$。根据近似曲线 $\tilde{L}_x$ 求传递函数 $\tilde{G}_x(s)$ 的过程和根据传递函数 $\tilde{G}_x(s)$ 绘制近似曲线 $\tilde{L}_x$ 的过程相类似,具体步骤如下:

1) 识别组成环节

(1) 确定近似曲线 $\tilde{L}_x$ 的各转折频率,并从小到大依次记为 ω_1、ω_2、ω_3 等。

(2) 识别低频段因子。

如前所述,对数幅频近似曲线 $\tilde{L}_x$ 的低频段($\omega \leqslant \omega_1$)含有增益和积分环节或微分环节的信息,其表达式为

$$\tilde{L}_x(\omega) = 20\lg K - 20\lambda\lg\omega \text{(当含有 } \lambda \text{ 个积分环节时)} \tag{4.1}$$

或

$$\tilde{L}_x(\omega) = 20\lg K - 20v\lg\omega \text{(当含有 } v \text{ 个微分环节时)} \tag{4.2}$$

因此,根据 $\tilde{L}_x$ 的斜率可判别出 $\tilde{G}_x(s)$ 中可能含有的积分环节或微分环节,即:

若 $\tilde{L}_x$ 的低频段为水平线(斜率为 0dB/dec),则说明与 $\tilde{L}_x$ 相对应的传递函数 $\tilde{G}_x(s)$ 含有放大倍数 K 而不含积分和微分环节。

若 $\tilde{L}_x$ 的低频段斜率为 -20dB/dec,则说明与 $\tilde{L}_x$ 相对应的 $\tilde{G}_x(s)$ 含有因子 $\dfrac{K}{s}$。

若 $\tilde{L}_x$ 的低频段斜率为 -40dB/dec,则说明 $\tilde{G}_x(s)$ 含有因子 $\dfrac{K}{s^2}$。

更一般的,若 $\tilde{L}_x$ 的低频段斜率为 -20λdB/dec,则说明 $\tilde{G}_x(s)$ 含有因子 $\dfrac{K}{s^\lambda}$。

同样,若 $\tilde{L}_x$ 的低频段斜率为 $+20v$dB/dec,则说明与 $\tilde{L}_x$ 相对应的 $\tilde{G}_x(s)$ 含有因子 Ks^v。

(3) 识别中高频段因子。

近似曲线 $\tilde{L}_x$ 的中高频段($\omega \geqslant \omega_1$)含有惯性环节、振荡环节、一阶微分环节和二阶微分环节等信息,这些信息可根据 $\tilde{L}_x$ 在各转折频率处的斜率变化量来识别,即:

若在第 i 个转折频率 ω_i 处,$\tilde{L}_x$ 的斜率变化量为 $\Delta SL_i = SL_{i+1} - SL_i = -20$dB/dec,则说明 $\tilde{G}_x(s)$ 含有因子 $\dfrac{1}{T_i s + 1}$(式中时间常数为 $T_i = \dfrac{1}{\omega_i}$)。

若在转折频率 ω_i 处,$\tilde{L}_x$ 的斜率变化量为 $\Delta SL_i = -40$dB/dec,且对数幅频实验曲

线 L_x 在 ω_i 附近有凸峰,则说明 $\widetilde{G}_x(s)$ 含有因子 $\dfrac{1}{T_i^2 s^2 + 2\xi T_i S + 1}$(时间常数为 $T_i = \dfrac{1}{\omega_i}$)。如果 $\Delta SL_i = -40\text{dB/dec}$,但 L_x 在 ω_i 附近没有凸峰,那么 $\widetilde{G}_x(s)$ 含有因子 $\dfrac{1}{(T_i s + 1)^2}$(时间常数为 $T_i = \dfrac{1}{\omega_i}$)。

若在转折频率 ω_i 处,$\widetilde{L}_x$ 的斜率变化量为 $\Delta SL_i = +20\text{dB/dec}$,则说明 $\widetilde{G}_x(s)$ 含有因子 $\tau_i s + 1$(时间常数为 $\tau_i = \dfrac{1}{\omega_i}$)。

若在第 i 个转折频率 ω_i 处,$\widetilde{L}_x$ 的斜率变化量为 $\Delta SL_i = +40\text{dB/dec}$,且对数幅频实验曲线 L_x 在 ω_i 附近有凹谷,则说明 $\widetilde{G}_x(s)$ 含有因子 $\tau_i^2 s^2 + 2\xi\tau_i s + 1$(式中,时间常数为 $\tau_i = \dfrac{1}{\omega_i}$)。如果 $\Delta SL_i = +40\text{dB/dec}$,但 L_x 在 ω_i 附近没有凹谷,那么 $\widetilde{G}_x(s)$ 含有因子 $(\tau_i s + 1)^2$(时间常数为 $\tau_i = \dfrac{1}{\omega_i}$)。

依此类推,可识别出被测对象的所有环节。

环节识别完毕,根据各环节的数学因子,不难写出传递函数表达式 $\widetilde{G}_x(s)$ 的基本形式。

2)确定 $\widetilde{G}_x(s)$ 中的增益 K

被测对象增益 K 一般可根据对数幅频近似曲线 $\widetilde{L}_x$ 的低频段来确定。

当 $\widetilde{G}_x(s)$ 含有 λ 个积分环节时,由式(4.1)可推得

$$K = 10^{\frac{1}{20}[\widetilde{L}_x(\omega) + \lambda \times 20\lg\omega]} \qquad (\omega \leqslant \omega_1) \qquad (4.3)$$

当 $\widetilde{G}_x(s)$ 含有 v 个微分环节时,由式(4.2)可推得

$$K = 10^{\frac{1}{20}[\widetilde{L}_x(\omega) + v \times 20\lg\omega]} \qquad (\omega \leqslant \omega_1) \qquad (4.4)$$

在 $\widetilde{G}_x(s)$ 的各组成环节确定之后,λ(或 v)是已知的,因此只要在远离 ω_i 的低频,从近似曲线 $\widetilde{L}_x$ 上读取任意一点的对数幅频值及其对应的频率,并把它代入式(4.3)(当有微分环节时代入式 (4.4)),即可计算确定被测对象增益 K。

实际被测对象所含积分环节个数一般不超过两个,其增益还可如下确定。

(1)当 $\widetilde{G}_x(s)$ 不含积分环节时,其对数幅频低频近似曲线 $\widetilde{L}_x$ 为平行于 0dB 线的水平直线,如图 4.1(a) 所示。显然,K 值可根据水平线的分贝数确定。

(2)当 $\widetilde{G}_x(s)$ 含 1 个积分环节时,其对数幅频低频近似曲线 $\widetilde{L}_x$ 或其延长线与 0dB 线相交于 $\omega = K$ 处,因此,该交点频率即为增益值 K,如图 4.1(b)、(c) 所示。理由如下:

此时,对数幅频低频近似曲线 $\widetilde{L}_x$ 的表达式为

$$\tilde{L}_{\mathrm{x}}(\omega) = 20\lg K - 20\lg\omega(\mathrm{dB}) \quad (\omega \leqslant \omega_1)$$

当 $\tilde{L}_{\mathrm{x}}(\omega)=0$ 时,立即有 $K=\omega$。这表明此时增益 K 就等于 $\tilde{L}_{\mathrm{x}}$ 的低频段直线或其延长线与 0dB 线相交时的频率值。

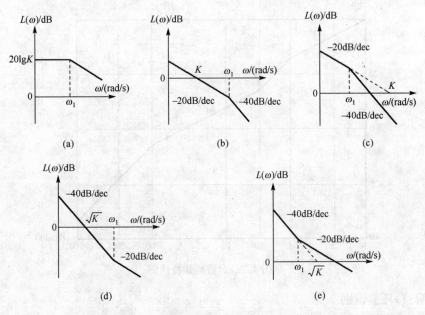

图 4.1　$\tilde{L}_{\mathrm{x}}$ 的低频近似曲线与被测对象增益 K 的关系

(3)用同上一样的方法可以证明,当 $\tilde{G}_{\mathrm{x}}(s)$ 含 2 个积分环节时,其对数幅频低频近似曲线 $\tilde{L}_{\mathrm{x}}$ 或其延长线与 0dB 线相交于 $\omega=\sqrt{K}$ 处,因此,该交点频率的平方即为增益 K 值,如图 4.1(d)、(e) 所示。

3)确定振荡环节阻尼比 ξ

当 $\tilde{G}_{\mathrm{x}}(s)$ 含有振荡环节时,在确定了增益 K 后,还须确定振荡环节阻尼比 ξ。

当 $\tilde{G}_{\mathrm{x}}(s)$ 含有振荡环节时,其对数幅频实验曲线 $\tilde{L}_{\mathrm{x}}$ 在振荡环节转折频率附近有凸峰。抓住这一特点,就可确定振荡环节的阻尼比。具体做法如下:

首先按 $\tilde{G}_{\mathrm{x}}(s)$ 列出对数幅频的完整表达式 $L_{\mathrm{x}}(\omega)$,即 $L_{\mathrm{x}}(\omega)$ 中须含 ξ,然后从对数幅频实验曲线 L_{x} 上找出与振荡环节相对应的那个凸峰,并读取该点的横坐标和纵坐标,再把该坐标值代入对数幅频表达式 $L_{\mathrm{x}}(\omega)$,即可求出阻尼比 ξ。

4)确定二阶微分环节的参数 ζ

当 $\tilde{G}_{\mathrm{x}}(s)$ 含有二阶微分环节时,在确定了增益 K 后,还须确定二阶微分环节的特征参数 ζ。该参数的确定方法与振荡环节阻尼比 ζ 的确定方法相类似,即在按 $\tilde{G}_{\mathrm{x}}(s)$ 列出对数幅频的完整表达式 $L_{\mathrm{x}}(\omega)[L_{\mathrm{x}}(\omega)$ 中须含有 $\zeta]$ 之后,从对数幅频实验曲线 L_{x}

上找出与二阶微分环节相对应的那个凹谷,并读取该点的横坐标和纵坐标,再把该点的坐标值代入完整的对数幅频的表达式 $L_x(\omega)$,即可求出 ζ。

例 4.1　假设某最小相位系统的对数幅频特性曲线如图 4.2 所示,试求其传递函数。

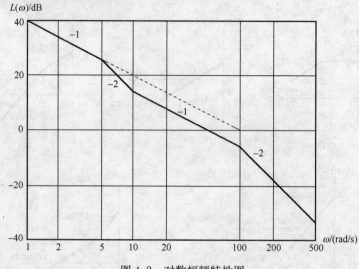

图 4.2　对数幅频特性图

解:1)环节识别

(1)确定转折频率。

从图 4.2 容易看出,转折频率为

$$\omega_1 = 5(\text{rad/s}), \omega_2 = 10(\text{rad/s}), \omega_3 = 100(\text{rad/s})$$

(2)识别低频段因子。

当 $\omega \leqslant \omega_1$ 时,$L_x(\omega)$ 的斜率为 -20dB/dec,据此判断,系统传递函数 $G_x(s)$ 必含因子 $\dfrac{K}{s}$。

(3)识别中高频段因子。

在 $\omega = \omega_1$ 处,$L_x(\omega)$ 的斜率有 $\Delta SL_1 = SL_2 - SL_1 = -20\text{dB/dec}$ 突变量,据此判断,$G_x(s)$ 含因子 $\dfrac{1}{T_1 s + 1}$($T_1 = 1/\omega_1 = 0.2\text{s}$,注意,这里 s 是时间常数单位,即秒)。

在 $\omega = \omega_2$ 处,$L_x(\omega)$ 的斜率变化量为 $\Delta SL_2 = SL_3 - SL_2 = +20\text{dB/dec}$,由此可知,$G_x(s)$ 含有因子 $\tau s + 1$(时间常数 $\tau = 1/\omega_2 = 0.1\text{s}$)。

在 $\omega = \omega_3$ 处,$L_x(\omega)$ 的斜率为 $\Delta SL_3 = SL_4 - SL_3 = -20\text{dB/dec}$,因此 $G_x(s)$ 含因子 $\dfrac{1}{T_2 s + 1}$(时间常数 $T_2 = 1/\omega_3 = 0.01\text{s}$)。

至此,系统所含环节已识别完毕。根据各环节的数学因子,可写出传递函数表达式,即

$$G_x(s) = \frac{K(0.1s+1)}{s(0.2s+1)(0.01s+1)}$$

2)确定增益 K

从图 4.2 可以看出,因低频近似曲线与 0dB 线交于 $\omega = \omega_1 = 100\text{rad/s}$ 处,且系统传递函数只含一个积分因子,故 $K = 100$。

增益确定后,系统传递函数即完全确定,即

$$G_x(s) = \frac{100(0.1s+1)}{s(0.2s+1)(0.01s+1)}$$

3.延时环节或不稳定环节的识别

在用频率特性实验分析法确定被测对象的传递函数时,如果被测对象是非最小相位的,那么在根据对数幅频近似曲线 $\tilde{L}_x$ 确定了对应的传递函数的基本形式 $\tilde{G}_x(s)$ 之后,还必须根据由 $\tilde{G}_x(s)$ 绘制的对数相频曲线 $\tilde{\varphi}_x$ 在与实验对数相频曲线 φ_x 的差异情况及 $\tilde{G}_x(s)$ 中所含环节情况进行判断,找出可能存在的延时环节或其他不稳定环节,然后对 $\tilde{G}_x(s)$ 进行修正,以便获得真实的被测对象的近似传递函数 $\tilde{G}_x(s)$。现就延时环节或不稳定环节的识别问题讨论如下:

(1)如前所述,延时环节 $e^{-\tau s}$ 的相频特性随频率 ω 的增大而连续减小,因此如果 φ_x 和 $\tilde{\varphi}_x$ 两曲线的差异在高频段越来越大,而且其差值关于频率的导数等于常数,即

$$\frac{\mathrm{d}\Delta\varphi_x(\omega)}{\mathrm{d}\omega} = \frac{\mathrm{d}[\varphi_x(\omega) - \tilde{\varphi}_x(\omega)]}{\mathrm{d}\omega} = \text{const}(\text{当 } \omega \text{ 很大时}) \qquad (4.5)$$

则可断定被测对象含延时环节。上式中 , $\varphi_x(\omega)$ 和 $\tilde{\varphi}_x(\omega)$ 分别为在横坐标 ω 处曲线 φ_x 和 $\tilde{\varphi}_x$ 的纵坐标值。

当被测对象含延时环节 $e^{-\tau s}$ 时,其真实的传递函数近似表达式应为

$$G_x(s) = \tilde{G}_x(s)e^{-\tau s} \qquad (4.6)$$

因此,有

$$\Delta\varphi_x(\omega) = \varphi_x(\omega) - \tilde{\varphi}_x(\omega) = \angle G_x(\mathrm{j}\omega) - \angle \tilde{G}_x(\mathrm{j}\omega) = -\tau\omega \qquad (4.7)$$

从而有

$$\tau = -\frac{\Delta\varphi_x(\omega)}{\omega} \qquad (4.8)$$

据此,只要在某一高频频率 ω_i 处,读取 $\varphi_x(\omega_i)$ 和 $\tilde{\varphi}_x(\omega_i)$ 并计算出二者之差 $\Delta\varphi_x(\omega_i)$,再将 ω_i 和 $\Delta\varphi_x(\omega_i)$ 代入式 (4.8),即可求得延时环节的时间常数 τ,即

$$\tau = -\frac{\Delta\varphi_x(\omega_i)}{\omega_{\omega i}}$$

(2)如果 φ_x 和 $\tilde{\varphi}_x$ 两曲线在高频基本一致,而在低频相差大约 $\Delta\varphi_x(\omega) = \varphi_x(\omega) - \tilde{\varphi}_x(\omega) = k\pi(k$ 为正整数),则可断定被测对象含不稳定一阶微分环节或不稳定二阶微分环节。究竟是哪种不稳定环节,尚需根据 $\Delta\varphi_x(\omega)$ 的具体值和 $\tilde{G}_x(s)$ 的组成环节来

判定。例如,若如果 φ_x 和 $\tilde{\varphi}_x$ 两曲线在高频基本一致,而在低频相差 $\Delta\varphi_x(\omega) = \varphi_x(\omega)$ $-\tilde{\varphi}_x(\omega) = \pi$,且 $\tilde{G}_x(s)$ 中含有一阶微分环节 $\tau s + 1$,则由于一阶微分环节与不稳定一阶微分环节的对数相频曲线关于 $+\dfrac{\pi}{2}$ 成镜像对称,所以实际被测对象所含的不是一阶微分环节 $\tau s + 1$,而是不稳定一阶微分环节 $\tau s - 1$,故应把 $\tilde{G}_x(s)$ 中的一阶因子 $\tau s + 1$ 改为 $\tau s - 1$,即实际传递函数近似表达式应为

$$G_x(s) = \tilde{G}_x(s) \frac{\tau s - 1}{\tau s + 1} \tag{4.9}$$

理由如下:

由上式可得

$$|G_x(j\omega)| = |\tilde{G}_x(j\omega)| \tag{4.10}$$

$$\Delta\varphi_x(\omega) = \varphi_x(\omega) - \tilde{\varphi}_x(\omega) = \angle G_x(j\omega) - \angle\tilde{G}_x(j\omega)$$
$$= [\angle\tilde{G}_x(j\omega) + \arctan(-\tau\omega) - \arctan\tau\omega] - \angle\tilde{G}_x(j\omega) \tag{4.11}$$
$$= \arctan(-\tau\omega) - \arctan\tau\omega$$

上式中,$\arctan(-\tau\omega)$ 是不稳定一阶微分环节 $\tau s - 1$ 的相频特性,$\arctan\tau\omega$ 是一阶微分环节 $\tau s + 1$ 的相频特性。如前所述,这两个环节的对数相频曲线关于 $+\dfrac{\pi}{2}$ 线成镜像对称,当 $\omega \to 0$ 时,$\tau s + 1$ 的相频值为 $\arctan\tau\omega = 0$,而 $\tau s - 1$ 的相频值为 $\arctan(-\tau\omega) = +\pi$,故

$$\Delta\varphi_x(\omega) = \varphi_x(\omega) - \tilde{\varphi}_x(\omega) = \arctan(-\tau\omega) - \arctan\tau\omega = +\pi$$

当 $\omega \to \infty$ 时,$\tau s + 1$ 和 $\tau s - 1$ 的相频值均为 $\dfrac{\pi}{2}$,即

$$\arctan\tau\omega = \arctan(-\tau\omega) = \frac{\pi}{2}$$

故

$$\Delta\varphi_x(\omega) = \arctan(-\tau\omega) - \arctan\tau\omega = 0$$

由此可见,$G_x(j\omega)$ 与 $\tilde{G}_x(j\omega)$ 二者的相频特性在低频相差 $+\pi$,在高频一致。$G_x(j\omega)$ 与 $\tilde{G}_x(j\omega)$ 的相频特性间的这种关系与 φ_x 和 $\tilde{\varphi}_x$ 间的关系相符合,表明 $G_x(j\omega)$ 的相频特性与 φ_x 是一致的,故知 $G_x(s)$ 就是被测对象的传递函数。

同理,若 φ_x 和 $\tilde{\varphi}_x$ 两曲线在高频基本一致,而在低频相差 $\Delta\varphi_x(\omega) = \varphi_x(\omega) - \tilde{\varphi}_x(\omega)$ $= +2\pi$,且 $\tilde{G}_x(s)$ 中含有二阶微分环节 $\tau^2 s^2 + 2\zeta\tau s + 1$,则实际被测对象的传递函数近似表达式应为

$$G_x(s) = \tilde{G}_x(s) \frac{\tau^2 s^2 - 2\zeta\tau s + 1}{\tau^2 s^2 + 2\zeta\tau s + 1} \tag{4.12}$$

(3)如果频率特性实验有稳定的响应,则说明被测对象是稳定的,因而它不会含

有不稳定惯性环节 $\dfrac{1}{Ts-1}$ 和不稳定振荡环节 $\dfrac{1}{T^2s^2-2\xi Ts+1}$。反之,若频率特性实验没有稳定的响应,则说明被测对象是不稳定的,因而它可能含有不稳定惯性环节 $\dfrac{1}{Ts-1}$ 和不稳定振荡环 $\dfrac{1}{T^2s^2-2\xi Ts+1}$。

4. 频率特性实验分析注意事项

频率特性实验分析法是一种简单的系统辨识方法。为减小实验误差,保障所确定的传递函数具有足够的精度。在进行频率特性实验时,应注意以下几个方面:

(1)必须选择适当的正弦信号发生器。常用的正弦信号发生器有机械的,也有电气的。实际物理系统难免存在非线性,如果所用正弦信号发生器输出的信号幅度太大,就会引起系统饱和,从而使其输出失真,如果正弦信号发生器输出的信号幅度太小,则有可能使系统在死区工作而导致输出发生畸变。因此,在做频率特性实验时,所用正弦信号发生器除了本身没有波形畸变外,其输出信号幅度必须与被测系统特性相适应。

(2)对于时间常数比较大的系统,实验频率范围以 $0.001\sim 10\mathrm{Hz}$ 为宜,对于时间常数比较小的系统,实验频率范围取 $0.1\sim 1000\mathrm{Hz}$。

(3)系统输出测量仪器必须要有足够的频宽,且在工作频率范围内,其幅频特性应该接近平直。

最后指出,在上面的讨论中对被测对象并未做任何限定,只是说它是线性单元,因此上述方法既适用于元件,又适用于系统。

二、基 本 要 求

(1)正确理解频率特性的概念、表示方法以及求法。

(2)掌握频率特性的两种常用图示方法,熟悉典型环节的极坐标图和对数坐标图的特点及其绘制。

(3)掌握一般系统的极坐标图和对数坐标图的特点及绘制。

(4)掌握频域中性能指标的定义和求法,了解频域性能指标与系统性能的关系。

(5)了解最小相位系统和非最小相位系统的概念。

三、重点与难点

(1)一般系统频率特性图的画法以及对图形的分析。

频率特性图的画法在内容提要中已详细阐述,在此不做赘述。下面主要说明对图形的分析。

若线性定常系统的频率特性为

$$G(s) = \frac{K(1+\mathrm{j}\tau_1\omega)(1+\mathrm{j}\tau_2\omega)\cdots(1+\mathrm{j}\tau_m\omega)}{(\mathrm{j}\omega)^\nu(1+\mathrm{j}T_1\omega)(1+\mathrm{j}T_2\omega)\cdots(1+\mathrm{j}T_{n-\nu}\omega)} \quad (n \geqslant m)$$

则系统 Nyquist 图具有如下规律,如表 4.9 所示。

表 4.9　Nyquist 图的规律

0 型系统($\nu=0$)	始于正实轴上的 K 点,在高频段趋于原点,由第几象限趋于原点取决于 $\angle G(\mathrm{j}\omega) = -(n-m)\times 90°$
Ⅰ 型系统($\nu=1$)	Nyquist 图的渐近线在低频段与负虚轴平行,在高频段趋于原点,由第几象限趋于原点取决于 $-(n-m)\times 90°$
Ⅱ 型系统($\nu=2$)	在低频段趋于负实轴,在高频段趋于原点,由第几象限趋于原点取决于 $-(n-m)\times 90°$
$G(s)$ 中含有一阶微分环节	相位非单调下降,Nyquist 图发生弯曲
$G(s)$ 中含有振荡环节	上述结论不变

因此,从系统的 Nyquist 图中,可以得到系统的型次及其传递函数中分子与分母的最高阶次之差 $n-m$。但此结论的前提是系统的传递函数中不存在位于右 s 平面的极点并且传递函数前没有负号。

由表 4.4 可知,积分环节和理想微分环节、惯性环节和一阶微分环节、振荡环节和二阶微分环节的对数幅频特性和相频特性曲线分别是关于横轴对称的。如果两个环节或系统的频率特性互为倒数,则它们的对数幅频特性曲线和相频特性曲线是分别关于横轴对称的。

(2)最小相位系统和非最小相位系统在系统分析与设计中的应用。

因为在响应的初始阶段,非最小相位系统的启动性能不好,所以非最小相位系统响应缓慢。在大多数实际控制系统中,应该注意防止过大的相位滞后。在设计系统时,如果响应的快速性是最重要的性能要求,那么就不应该采用非最小相位元件(在控制系统中,最常见的一种非最小相位元件是产生传递延迟或滞后时间的元件)。

四、习题与解答

4.1　什么是频率响应?

解:频率响应是指系统对正弦输入信号的稳态响应,即当系统输入正弦信号 $A\sin\omega t$ 时,将会输出同频率的正弦信号 $B\sin[\omega t + \varphi(\omega)]$,不断改变正弦频率 ω,当 ω 为 $0 \to \infty$ 时,输出与输入正弦幅值之比 B/A 以及相位差 $\varphi(\omega)$ 的变化就是频率响应。

4.2　分析频率特性时常采用的图解形式有哪两种?分别是什么含义?

解:频率特性以频率 ω 为参变量的图解形式有幅相频率特性和对数频率特性。

(1)幅相频率特性,即 Nyquist 图:$G(\mathrm{j}\omega)$ 以频率 ω 为参变量,在极坐标中 $G(\mathrm{j}\omega)$ 的向量端点变化轨迹图形。所以这种图也叫极坐标图。

（2）对数频率特性，即 Bode 图：以频率 ω 的对数 $\log\omega$ 为横坐标、$20\lg|G(\mathrm{j}\omega)|$ dB 为纵坐标画出对数幅频特性 $L(\omega)=20\lg|G(\mathrm{j}\omega)|$ dB，再与横坐标互相对应的对数相频特性 $\varphi(\omega)=\arctan\dfrac{\mathrm{Im}\,G(\mathrm{j}\omega)}{\mathrm{Re}\,G(\mathrm{j}\omega)}$（度），式中 $\mathrm{Im}\,G(\mathrm{j}\omega)$ 为 $G(\mathrm{j}\omega)$ 的虚部，$\mathrm{Re}\,G(\mathrm{j}\omega)$ 为其实部。

4.3 最小相位系统和非最小相位系统的概念是什么？

解：若系统传递函数 $G(s)$ 的所有零点和极点均在 s 平面的左半平面内，则称 $G(s)$ 为最小相位传递函数。具有该传递函数的系统称为"最小相位系统"；反之，若 $G(s)$ 有零点和极点在 s 的右半平面，则称其为非最小相位传递函数，相应的系统称为"非最小相位系统"。

4.4 设单位负反馈系统的开环传递函数为 $G(s)=\dfrac{10}{s+1}$，试分别求下列输入信号作用下，闭环系统的稳态输出 $c_{\mathrm{ss}}(t)$：

（1）$r_1(t)=\sin(t+30°)$；

（2）$r_2(t)=2\cos(2t-45°)$；

（3）$r_3(t)=\sin(t+30°)-2\cos(2t-45°)$。

解：先求出系统闭环传递函数 $G_{\mathrm{b}}(s)=\dfrac{G(s)}{1+G(s)}=\dfrac{10}{s+11}$。

用 $s=\mathrm{j}\omega$ 代入即得闭环频率特性：$G_{\mathrm{b}}(\mathrm{j}\omega)=\dfrac{10}{\mathrm{j}\omega+11}$；

幅频特性：$|G_{\mathrm{b}}(\mathrm{j}\omega)|=\dfrac{10}{\sqrt{\omega^2+11^2}}$；

相频特性：$\angle G_{\mathrm{b}}(\mathrm{j}\omega)=-\arctan\dfrac{\omega}{11}$。

先将输入信号和闭环系统稳态输出信号统一写成如下形式：
$$r(t)=R\sin(\omega t+\varphi_r),\ c_{\mathrm{ss}}(t)=C\sin(\omega t+\varphi_c)$$

（1）$r_1(t)=\sin(t+30°)$，显然
$$R_1=1,\ \omega_1=1,\ \varphi_{r1}=30°$$
$$|G_{\mathrm{b}}(\mathrm{j}\omega)|\big|_{\omega=1}=|G_{\mathrm{b}}(\mathrm{j}1)|=\dfrac{10}{\sqrt{1+11^2}}=0.9054=\dfrac{C_1}{R_1}$$
$$\angle G_{\mathrm{b}}(\mathrm{j}1)=-\arctan\dfrac{1}{11}=-5.2°=\varphi_{c1}-\varphi_{r1}$$
$$\varphi_{c1}=\angle G_{\mathrm{b}}(\mathrm{j}1)+\varphi_{r1}=-5.2°+30°=24.8°$$
$$c_{\mathrm{ss}1}(t)=C_1\sin(\omega_1 t+\varphi_{c1})=R_1|G_{\mathrm{b}}(\mathrm{j}1)|\sin(\omega_1 t+\varphi_{c1})=0.9054\sin(t+24.8°)$$

（2）$r_2(t)=2\cos(2t-45°)=2\sin(90°+2t-45°)=2\sin(2t+45°)$，即
$$R_2=2,\ \omega_2=2,\ \varphi_{r2}=45°$$
$$|G_{\mathrm{b}}(\mathrm{j}2)|=\dfrac{10}{\sqrt{2^2+11^2}}=0.8944$$

$$\angle G_\mathrm{b}(\mathrm{j}2) = -\arctan\frac{2}{11} = -10.3^\circ$$

所以

$$c_{ss2}(t) = C_2\sin(\omega_2 t + \varphi_{c2}) = R_2\,|\,G_\mathrm{b}(\mathrm{j}2)\,|\,\sin(\omega_2 t + \angle G_\mathrm{b}(\mathrm{j}2) + \varphi_{r2})$$
$$= 2 \times 0.8944\sin(2t - 10.3^\circ + 45^\circ) = 1.79\sin(2t + 34.7^\circ)$$

(3) $r_3(t) = \sin(t + 30^\circ) - 2\cos(2t - 45^\circ) = r_1(t) - r_2(t)$

$$c_{ss3}(t) = c_{ss1}(t) - c_{ss2}(t) = 0.9054\sin(t + 24.8^\circ) - 1.79\sin(2t + 34.7^\circ)$$

4.5　控制系统的框图如题图 4.1 所示,试根据频率特性的物理意义,求下列输入信号作用时系统的稳态输出。

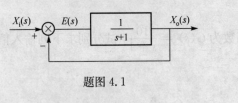

题图 4.1

(1) $x_\mathrm{i}(t) = \sin 2t$;

(2) $x_\mathrm{i}(t) = 2\cos(2t - 45^\circ)$;

(3) $x_\mathrm{i}(t) = \sin 2t + 22\cos(2t - 45^\circ)$。

解:(1) $x_\mathrm{o}(t) = \dfrac{1}{2\sqrt{2}}\sin(2t - 45^\circ)$;

(2) $x_\mathrm{o}(t) = \dfrac{1}{\sqrt{2}}\cos(2t - 90^\circ)$;

(3) $x_\mathrm{o}(t) = \dfrac{1}{2\sqrt{2}}\sin(2t - 45^\circ) + \dfrac{1}{\sqrt{2}}\cos(2t - 90^\circ)$。

4.6　已知某机械系统在输入力作用下的变形传递函数为 $\dfrac{2}{s+1}$ (mm/kg),求系统的动刚度和静刚度。

解: 系统受到一个动态作用力 $f(t)$ 而产生一动态变形 $y(t)$,如题图 4.2 所示,图中 $Y(\mathrm{j}\omega)$、$F(\mathrm{j}\omega)$ 分别为变形 $y(t)$ 和作用力 $f(t)$ 的 Fourier 变换,则

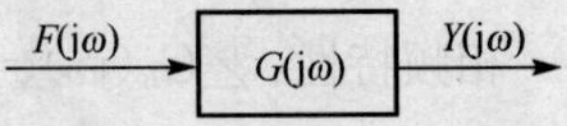

题图 4.2

$$G(\mathrm{j}\omega) = \frac{Y(\mathrm{j}\omega)}{F(\mathrm{j}\omega)} = \frac{变形}{作用力} = \lambda(\mathrm{j}\omega)$$

$\lambda(\mathrm{j}\omega)$ 为机械结构的动柔度。

系统的动刚度 $K(\mathrm{j}\omega) = \dfrac{1}{\lambda(\mathrm{j}\omega)} = \dfrac{1}{G(\mathrm{j}\omega)} = \dfrac{F(\mathrm{j}\omega)}{Y(\mathrm{j}\omega)} = \dfrac{1 + \mathrm{j}\omega}{2}$;

系统的静刚度 $K(\mathrm{j}0) = K(\mathrm{j}\omega)\big|_{\omega=0} = \dfrac{1}{2}$。

4.7　若系统输入为不同频率 ω 的正弦函数 $A\sin(\omega t)$,其稳态输出响应为 $B\sin(\omega t + \varphi)$,求该系统的频率特性。

解: 幅频特性和相频特性总称为系统的频率特性,记为 $A(\omega) \cdot \angle\varphi(\omega)$ 或 $A(\omega) \cdot \mathrm{e}^{\mathrm{j}\varphi(\omega)}$。

输出信号对输入信号的幅值比称为系统的幅频特性,即 $A(\omega) = \dfrac{B}{A}$;

输出信号与输入信号的相位差成为系统的相频特性,即 $\varphi(\omega) = \mathrm{e}^{\mathrm{j}\varphi}$。

所以,该系统的频率特性为 $\dfrac{B}{A}\mathrm{e}^{\mathrm{j}\varphi}$。

4.8 设系统的闭环传递函数为 $G(s)=\dfrac{K(T_2 s+1)}{T_1 s+1}$,当作用输入信号 $x_{\mathrm{i}}(t)=R\sin(\omega t)$ 时,试求该系统的稳态输出。

解:系统的频率特性为

$$G_{\mathrm{b}}(\mathrm{j}\omega)=\frac{K(1+\mathrm{j}T_2\omega)}{1+\mathrm{j}T_1\omega}$$

$$|G_{\mathrm{b}}(\mathrm{j}\omega)|=K\sqrt{\frac{1+T_2^2\omega^2}{1+T_1^2\omega^2}},\angle G_{\mathrm{b}}(\mathrm{j}\omega)=\arctan(T_2\omega)-\arctan(T_1\omega)$$

当输入 $x_{\mathrm{i}}(t)=R\sin\omega t$ 时,而 $x_{\mathrm{o}}(\omega)=|G_{\mathrm{b}}(\mathrm{j}\omega)|R$,系统的稳态输出为

$$x_{\mathrm{o}}(t)=x_{\mathrm{o}}(\omega)\sin[\omega t+\angle G_{\mathrm{b}}(\mathrm{j}\omega)]$$

$$=RK\sqrt{\frac{1+T_2^2\omega^2}{1+T_1^2\omega^2}}\sin[\omega t-\arctan(T_1\omega)+\arctan(T_2\omega)]$$

4.9 某单位负反馈的二阶 I 型系统,在单位阶跃输入作用下,其最大超调量为 16.3%,峰值时间为 $114.6\mathrm{ms}$,试求其开环传递函数,并求出闭环谐振峰值 M_{r} 和谐振频率 ω_{r}。

解:由题意知

$$M_{\mathrm{p}}=\mathrm{e}^{-\xi\pi/\sqrt{1-\xi^2}}\times 100\%=16.3\%$$

$$t_{\mathrm{p}}=\frac{\pi}{\omega_{\mathrm{n}}\sqrt{1-\xi^2}}=0.1146\mathrm{s}$$

解得:$\xi=0.5$;$\omega_{\mathrm{n}}=31.65$。

又因为系统是单位反馈的二阶 I 型系统,故可以求得:

开环传递函数 $G(s)=\dfrac{\omega_{\mathrm{n}}^2}{s(s+2\xi\omega_{\mathrm{n}})}=\dfrac{31.65^2}{s(s+31.65)}$;

闭环谐振峰值 $M_{\mathrm{r}}=\dfrac{1}{2\xi\sqrt{1-\xi^2}}=1.15$;

谐振频率 $\omega_{\mathrm{r}}=\omega_{\mathrm{n}}\sqrt{1-2\xi^2}=22.38$。

4.10 已知单位反馈系统的开环传递函数为

$$G_{\mathrm{k}}(s)=\frac{10}{s(0.05s+1)(0.1s+1)}$$

试计算系统的 M_{r} 和 ω_{r}。

解:

$$\omega_{\mathrm{r}}=8.165s^{-1}$$

$$M_{\mathrm{r}}=1.838$$

4.11 试绘制具有下列传递函数的各系统的 Nyquist 图:

$(1)\ G(s)=\dfrac{1}{1+0.01s}$;$(2)\ G(s)=\dfrac{1}{s(1+0.1s)}$;$(3)\ G(s)=\dfrac{1}{1+0.1s+0.01s^2}$;

(4) $G(s) = \dfrac{1}{(1+0.5s)(1+2s)}$；(5) $G(s) = \dfrac{1}{s(0.1s+1)(0.5s+1)}$；

(6) $G(s) = 10e^{-0.1s}$。

解：(1)系统的频率特性为 $G(j\omega) = \dfrac{1}{1+j0.01\omega}$，所以

$$|G(j\omega)| = \frac{1}{\sqrt{1+0.01^2\omega^2}}, \angle G(j\omega) = \arctan(0.01\omega)$$

$\omega = 0$ 时，$|G(j\omega)| = 1$，$\angle G(j\omega) = 0°$；

$\omega = 100$ 时，$|G(j\omega)| = \dfrac{\sqrt{2}}{2}$，$\angle G(j\omega) = -45°$；

$\omega = \infty$ 时，$|G(j\omega)| = 0$，$\angle G(j\omega) = -90°$。

所以该系统的 Nyquist 图如题图 4.3(a)所示。

(2)系统的频率特性为

$$G(j\omega) = \frac{1}{j\omega(1+j0.1\omega)} = -\frac{0.1}{1+0.01\omega^2} - j\frac{1}{\omega(1+0.01\omega^2)}$$

所以

$$|G(j\omega)| = \frac{1}{\omega\sqrt{1+0.01\omega^2}}, \angle G(j\omega) = -90° - \tan^{-1}(0.1\omega)$$

$\omega = 0$ 时，$|G(j\omega)| = \infty$，$\angle G(j\omega) = -90°$；

$\omega = \infty$ 时，$|G(j\omega)| = 0$，$\angle G(j\omega) = -180°$。

$$\lim_{\omega \to 0}Re\left[G(j\omega)\right] = \lim_{\omega \to 0}\frac{-0.1}{1+0.01\omega^2} = -0.1$$

$$\lim_{\omega \to 0}Im\left[G(j\omega)\right] = \lim_{\omega \to 0}\frac{-0.1}{\omega(1+0.01\omega^2)} = -\infty$$

所以该系统的 Nyquist 图如题图 4.3(b)所示。

(3)因为 $G(s) = \dfrac{1}{1+0.1s+0.01s^2} = \dfrac{100}{s^2+10s+100}$，所以 $\omega_n = 10$，$\xi = 0.5$，是典型的振荡环节。

系统的频率特性为

$$G(j\omega) = \frac{100}{(j\omega)^2 + j10\omega + 100} = \frac{1 - \frac{\omega^2}{100}}{\left(1 - \frac{\omega^2}{100}\right)^2 + \frac{\omega^2}{100}} - j\frac{\frac{\omega}{10}}{\left(1 - \frac{\omega^2}{100}\right)^2 + \frac{\omega^2}{100}}$$

所以

$$|G(j\omega)| = \frac{1}{\sqrt{\left(1 - \frac{\omega^2}{100}\right)^2 + \frac{\omega^2}{100}}}$$

$$\angle G(j\omega) = -\arctan\frac{\frac{\omega}{10}}{1 - \frac{\omega^2}{100}} = -\arctan\frac{10\omega}{100 - \omega^2}$$

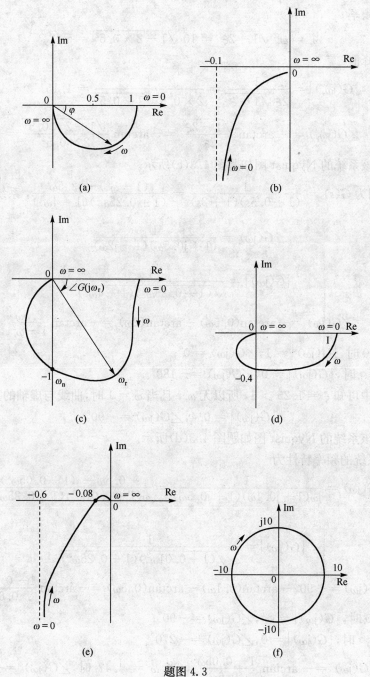

题图 4.3

$\omega = 0$ 时，$|G(j\omega)| = 1$，$\angle G(j\omega) = 0°$；

$\omega = 10$ 时，$|G(j\omega)| = 1$，$\angle G(j\omega) = -90°$；

$\omega = \infty$ 时，$|G(j\omega)| = 0$，$\angle G(j\omega) = -180°$。

谐振频率

$$\omega_r = \omega_n \sqrt{1 - 2\xi^2} = 10\sqrt{1 - 2 \times 0.5^2} = 5\sqrt{2}$$

谐振峰值

$$|G(j\omega_r)| = \frac{1}{2\xi\sqrt{1 - \xi^2}} = \frac{1}{2 \times 0.5\sqrt{1 - 0.5^2}} = 1.15$$

$$\angle G(j\omega_r) = -\arctan\frac{\sqrt{1 - 2\xi^2}}{2\xi^2} = -\arctan\frac{\sqrt{1 - 2 \times 0.5^2}}{2 \times 0.5^2} = -54.8°$$

所以该系统的 Nyquist 图如题图 4.3(c)所示。

(4)因为 $G(s) = \dfrac{1}{(1 + 0.5s)(1 + 2s)} = \dfrac{(1 - \omega^2) - j2.5\omega}{(1 + 0.25\omega^2)(1 + 4\omega^2)}$，系统的频率特性为

$$G(j\omega) = \frac{1}{(1 + j0.5\omega)(1 + j2\omega)}$$

所以

$$|G(j\omega)| = \frac{1}{\sqrt{(1 + 0.25\omega^2)(1 + 4\omega^2)}}$$

$$\angle G(j\omega) = -\arctan(0.5\omega) - \arctan(2\omega) = -\arctan\frac{2.5\omega}{1 - \omega^2}$$

$\omega = 0$ 时，$|G(j\omega)| = 1$，$\angle G(j\omega) = 0°$；

$\omega = \infty$ 时，$|G(j\omega)| = 0$，$\angle G(j\omega) = -180°$。

从式中可知 $\xi = 1.25 > 1$，所以无 ω_r，且当 $\omega = 1$ 时，曲线与虚轴的交点为

$$|G(j\omega)| = 0.4, \angle G(j\omega) = -90°$$

所以该系统的 Nyquist 图如题图 4.3(d)所示。

(5)系统的频率特性为

$$G(j\omega) = \frac{1}{j\omega(1 + j0.1\omega)(1 + j0.5\omega)} = \frac{-0.6\omega - j(1 - 0.05\omega^2)}{\omega(1 + 0.01\omega^2)(1 + 0.25\omega^2)}$$

所以

$$|G(j\omega)| = \frac{1}{\omega\sqrt{(1 + 0.01\omega^2)(1 + 0.25\omega^2)}}$$

$$\angle G(j\omega) = -90° - \arctan(0.1\omega) - \arctan(0.5\omega) = -\arctan\frac{1 - 0.05\omega^2}{0.6\omega}$$

$\omega = 0$ 时，$|G(j\omega)| = \infty$，$\angle G(j\omega) = -90°$；

$\omega = \infty$ 时，$|G(j\omega)| = 0$，$\angle G(j\omega) = -270°$。

由 $\angle G(j\omega) = -\arctan\dfrac{1 - 0.05\omega^2}{0.6\omega}$，当 $\omega = 4.47$ 时，$\angle G(j\omega) = -180°$，且

$\mathrm{Re}[G(j\omega)]_{\omega = 4.47} = -0.08$，所以曲线过 $(-0.08, j0)$ 点，且过Ⅲ、Ⅱ象限。

渐近线 $\lim\limits_{\omega \to 0}\mathrm{Re}[G(j\omega)] = \lim\limits_{\omega \to 0}\dfrac{-0.6}{(1 + 0.01\omega^2)(1 + 0.25\omega^2)} = -0.6$；

$$\lim_{\omega \to 0} \mathrm{Im}[G(j\omega)] = \lim_{\omega \to 0} \frac{-(1 - 0.05\omega^2)}{\omega(1 + 0.01\omega^2)(1 + 0.25\omega^2)} = -\infty。$$

所以,该曲线有过(-0.6,j0)点的垂直渐近线。该系统的 Nyquist 图如题图 4.3(e)所示。

(6)系统的频率特性为

$$G(j\omega) = 10e^{-j0.1\omega} = 10[\cos(0.1\omega) - j\sin(0.1\omega)]$$

所以 $|G(j\omega)| = 10,\angle G(j\omega) = -0.1\omega$。其 Nyquist 曲线为一半径为 10、圆心在原点的圆,如题图 4.3(f)所示。

4.12　试绘制出具有下列传递函数的系统的 Bode 图:

(1)$G(s) = \dfrac{1}{0.2s + 1}$;　(2)$G(s) = \dfrac{2}{3}$;　(3)$G(s) = 10s$;(4)$G(s) = 10s + 2$;

(5)$G(s) = \dfrac{1}{1 - 0.2s}$;　(6)$G(s) = \dfrac{2.5(s + 10)}{s^2(0.2s + 1)}$;

(7)$G(s) = \dfrac{10(0.02s + 1)(s + 1)}{s(s^2 + 4s + 100)}$;　(8)$G(s) = \dfrac{650s^2}{(0.04s + 1)(0.4s + 1)}$;

(9)$G(s) = \dfrac{20(s + 5)(s + 40)}{s(s + 0.1)(s + 20)^2}$;　(10)$G(s) = 10e^{-0.1s}$。

解:(1)该系统为惯性环节,$\omega_\mathrm{T} = \dfrac{1}{0.2} = 5$,其 Bode 图如题图 4.4(a)所示。

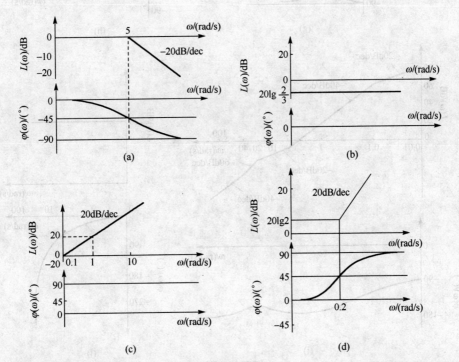

题图 4.4

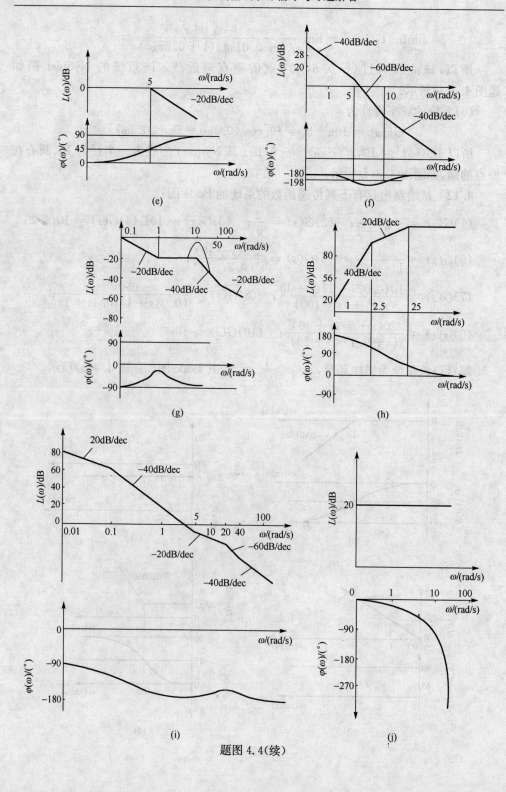

题图 4.4(续)

（2）该系统为比例环节，其 Bode 图如题图 4.4(b)所示。

（3）该系统为比例环节与微分环节的串联，可先作出 s 的 Bode 图，再向上平移 $20\lg10 = 20$dB，即得到 $10s$ 的 Bode 图如题图 4.4(c)所示。

（4）$G(s) = 10s + 2 = 2(5s + 1) = G_1(s)G_2(s)$。

该系统由比例环节 $G_1(s) = 2$ 和一阶导前环节 $G_2(s) = 5s + 1$ 串联而成。$G_2(s)$ 的转角频率 $\omega_\mathrm{T}t = \dfrac{1}{5} = 0.2$，故系统的 Bode 图如题图 4.4(d)所示。

（5）$G(\mathrm{j}\omega) = \dfrac{1}{1 - \mathrm{j}0.2\omega}$；

$|G(\mathrm{j}\omega)| = \dfrac{1}{\sqrt{1 + 0.04\omega^2}}$；

$\angle G(\mathrm{j}\omega) = -\arctan(-0.2\omega) = \arctan(0.2\omega)$。

因此，该系统的对数幅频特性与(1)相同，而对数相频特性与(1)符号相反。系统的 Bode 图如题图 4.4(e)所示。

（6）$G(s) = \dfrac{2.5(s + 10)}{s^2(0.2s + 1)} = \dfrac{25(0.1s + 1)}{s^2(0.2s + 1)}$。

该系统由以下环节串联而成：

比例环节 $G_1(s) = 25$；

一阶微分环节 $G_2(s) = 0.1s + 1$；

两个积分环节串联 $G_3(s) = \dfrac{1}{s^2}$；

惯性环节 $G_4(s) = \dfrac{1}{0.2s + 1}$，$\omega_{\mathrm{T}_1} = \dfrac{1}{0.1} = 10$，$\omega_{\mathrm{T}_2} = \dfrac{1}{0.2} = 5$。

用叠加方法可得系统的 Bode 图如题图 4.4(f)所示。

（7）$G(s) = \dfrac{10(0.02s + 1)(s + 1)}{s(s^2 + 4s + 100)} = \dfrac{0.1(0.02s + 1)(s + 1)}{s\left[\left(\dfrac{s}{10}\right)^2 + 0.04s + 1\right]}$。

该系统是由以下环节串联而成：

比例环节 $G_1(s) = 0.1$；

导前环节 $G_2(s) = 0.02s + 1$，$\omega_{\mathrm{T}_1} = 50$；

导前环节 $G_3(s) = s + 1$，$\omega_{\mathrm{T}_2} = 1$；

积分环节 $G_4(s) = \dfrac{1}{s}$；

振荡环节 $G_5(s) = \dfrac{1}{\left(\dfrac{s}{10}\right)^2 + 0.04s + 1}$，$\omega_{\mathrm{T}_3} = 10$。

用叠加方法可得系统的 Bode 图如题图 4.4(g)所示。

（8）该系统是由以下环节串联而成：

比例环节 $G_1(s) = 650$；

两个微分环节串联 $G_2(s) = s^2$；

惯性环节 $G_3(s) = \dfrac{1}{0.04s+1}$，$\omega_{T_1} = 25$；

惯性环节 $G_4(s) = \dfrac{1}{0.4s+1}$，$\omega_{T_2} = 2.5$。

用叠加方法可得系统的 Bode 图如题图 4.4(h)所示。

(9) $G(s) = \dfrac{20(s+5)(s+40)}{s(s+20)^2(s+0.1)} = \dfrac{100(0.2s+1)(0.025s+1)}{s(10s+1)(0.05s+1)^2}$。

该系统是由以下环节串联而成：

比例环节 $G_1(s) = 100$；

一阶微分环节 $G_2(s) = 0.2s+1$，$\omega_{T_1} = 5$；

一阶微分环节 $G_3(s) = 0.025s+1$，$\omega_{T_2} = 40$；

积分环节 $G_4(s) = \dfrac{1}{s}$；

惯性环节 $G_5(s) = \dfrac{1}{10s+1}$，$\omega_{T_3} = 0.1$；

惯性环节 $G_6(s) = G_7(s) = \dfrac{1}{0.05s+1}$，$\omega_{T_4} = 20$。

用叠加方法可得系统 Bode 图如题图 4.4(i)所示。

(10) $G(j\omega) = 10e^{-j0.1\omega}$；

$|G(j\omega)| = 10$；

$\angle G(j\omega) = -57.3 \times 0.1\omega = -5.73\omega$；

$20\lg|G(j\omega)| = 20$。

该系统的 Bode 图如题图 4.4(j)所示。

4.13 题图 4.5 均是最小相位系统的开环对数幅频特性曲线,试写出其传递函数。

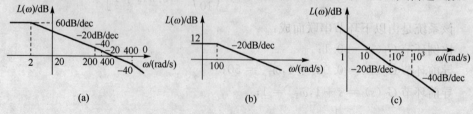

(a)　　　　　　　　　　(b)　　　　　　　　　　(c)

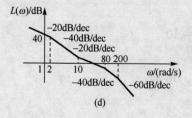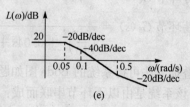

(d)　　　　　　　　　　　　　　　　(e)

题图 4.5

解:(1)由图知,在低频段渐近线斜率为 0,因为最小转角频率前的低频段 $L_a(\omega) = -v20\lg\omega$,故 $v = 0$。渐近特性为分段线性函数,在各转角频率处,渐近特性斜率发生变化。

在 $\omega = 2$ 处斜率变化 -20dB/dec,属惯性环节;

在 $\omega = 200$ 处斜率变化 -20dB/dec,属惯性环节;

在 $\omega = 400$ 处斜率变化 20dB/dec,属一阶微分环节;

在 $\omega = 4000$ 处斜率变化 -20dB/dec,属惯性环节。

因此系统的传递函数为

$$G(s) = \frac{K\left(\dfrac{s}{400} + 1\right)}{\left(\dfrac{s}{2} + 1\right)\left(\dfrac{s}{200} + 1\right)\left(\dfrac{s}{4000} + 1\right)}$$

由 $20\lg K = 60$,得 $K = 10^3 = 1000$,所以所求传递函数为

$$G(s) = \frac{1000 \times \left(\dfrac{s}{400} + 1\right)}{\left(\dfrac{s}{2} + 1\right)\left(\dfrac{s}{200} + 1\right)\left(\dfrac{s}{4000} + 1\right)}$$

(2)由图知,在低频段渐近线斜率为 0,因为最小转角频率前的低频段 $L_a(\omega) = -v20\lg\omega$,故 $v = 0$。渐近特性为分段线性函数,在各转角频率出,渐近特性斜率发生变化。

在 $\omega = 100$ 处斜率变化 -20dB/dec,属惯性环节。

因此系统的传递函数为

$$G(s) = \frac{K}{\left(\dfrac{s}{100} + 1\right)}$$

由 $20\lg K = 12$,得 $K = 10^{0.6} = 3.98$,所以所求传递函数为

$$G(s) = \frac{3.98}{\left(\dfrac{s}{200} + 1\right)} = \frac{398}{s + 100}$$

(3)由图知,系统存在两个转角频率 100 和 1000,且:

在 $\omega = 100$ 处斜率变化 20dB/dec,属一阶微分环节;

在 $\omega = 1000$ 处斜率变化 -20dB/dec,属惯性环节。

又因为图中开始段斜线的斜率为 -40dB/dec,故有两个积分环节。

因此系统的传递函数为

$$G(s) = \frac{K\left(\dfrac{s}{100} + 1\right)}{s^2\left(\dfrac{s}{1000} + 1\right)}$$

且 $20\lg\dfrac{K}{10^2} = 0$,得 $K = 100$。

所以所求传递函数为

$$G(s) = \frac{100 \times \left(\frac{s}{100}+1\right)}{s^2\left(\frac{s}{1000}+1\right)}$$

(4)由图知,系统存在四个转角频率 2、10、80 和 200。且:

在 $\omega = 2$ 处斜率变化 -20dB/dec,属惯性环节;

在 $\omega = 10$ 处斜率变化 20dB/dec,属一阶微分环节;

在 $\omega = 80$ 处斜率变化 -20dB/dec,属惯性环节;

在 $\omega = 200$ 处斜率变化 -20dB/dec,属惯性环节。

因此系统的传递函数为

$$G(s) = \frac{K\left(\frac{s}{10}+1\right)}{s\left(\frac{s}{2}+1\right)\left(\frac{s}{80}+1\right)\left(\frac{s}{200}+1\right)}$$

且 $20\lg\frac{K}{1} = 40$,得 $K = 100$,所以所求传递函数为

$$G(s) = \frac{100 \times \left(\frac{s}{10}+1\right)}{s\left(\frac{s}{2}+1\right)\left(\frac{s}{80}+1\right)\left(\frac{s}{200}+1\right)}$$

(5)由图知,在低频段渐近线斜率为 0,因为最小转角频率前的低频段 $L_a(\omega) = -v20\lg\omega$,故 $v = 0$。渐近特性为分段线性函数,在各转角频率处,渐近特性斜率发生变化。

在 $\omega = 0.05$ 处斜率变化 -20dB/dec,属惯性环节;

在 $\omega = 0.1$ 处斜率变化 -20dB/dec,属惯性环节;

在 $\omega = 0.5$ 处斜率变化 20dB/dec,属一阶微分环节。

因此系统的传递函数为

$$G(s) = \frac{K\left(\frac{s}{0.5}+1\right)}{\left(\frac{s}{0.05}+1\right)\left(\frac{s}{0.1}+1\right)}$$

由 $20\lg K = 20$,得 $K = 10$。

所以所求传递函数为

$$G(s) = \frac{10 \times \left(\frac{s}{0.5}+1\right)}{\left(\frac{s}{0.05}+1\right)\left(\frac{s}{0.1}+1\right)}$$

4.14　已知系统开环传递函数为

$$G(s) = \frac{40(s+0.5)}{s(s+0.2)(s^2+s+1)}$$

试绘制系统的近似对数频率特性曲线。

解：按照绘制 Bode 图的基本画图步骤绘图。

（1）将 $G(s)$ 写成标准形式（即各典型环节的常数项为 1），$G(s) = \dfrac{100(2s+1)}{s(5s+1)(s^2+s+1)}$。

可见，开环系统由 5 个典型环节组成：放大环节 $K=100$；积分环节 $\dfrac{1}{s}$；惯性环节 $\dfrac{1}{5s+1}$；一阶微分环节 $2s+1$ 和振荡环节 $\dfrac{1}{s^2+s+1}$。

各环节的转折频率为：惯性环节 $\omega_1 = 0.2$；一阶微分环节 $\omega_2 = 0.5$；振荡环节 $\omega_3 = 1$。并将各转折频率标在 Bode 图的 ω 轴上。

（2）画起始段。在 $\omega = 1$ 处，找高度为 $20\lg K = 20\lg 100 = 40\text{dB}$ 的点（此为关键点），作斜率为 $1 \times (-20)\text{dB/dec}$ 的直线（此为关键线）。

（3）沿 ω 轴向右 $L(\omega)$ 在 $\omega_1 = 0.2$（惯性环节，斜率变更 -20dB/dec）处转折为 -40dB/dec；在 $\omega_2 = 0.5$（一阶微分环节，斜率变更 $+20\text{dB/dec}$）处转折为 -20dB/dec；在 $\omega_3 = 1$（振荡环节，斜率变更 -40dB/dec）处转折为 -60dB/dec。

（4）因为振荡环节的阻尼比 $\xi = 0.5$，所以所绘制的 $L(\omega)$ 曲线不需要修正。

最后将各环节相频特性相叠加，可得开环系统的对数相频特性。所绘制系统的 Bode 图，如题图 4.6 所示。

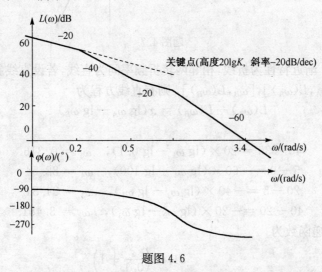

题图 4.6

4.15　已知最小相位系统的对数幅频特性如题图 4.7 所示，试确定系统的传递函数。

解：由题图 4.7 可知系统由 6 个典型环节组成。低频段渐近线的斜率为 0，说明系统不含积分环节，因此可求出系统的开环增益为

$$20\lg K = 30\text{dB}$$

所以 $K = 31.62$。

在 $\omega = 0.1$ 处 $L(\omega)$ 的斜率变更 20dB/dec，所以此段属一阶微分环节。

在 $\omega = \omega_1，\omega = \omega_2，\omega = \omega_3，\omega = \omega_4$ 四段，$L(\omega)$ 的斜率各变更 -20dB/dec，所以这四段都属惯性环节。

又因为最小相位系统的对数幅频特性 $L(\omega)$ 与系统的传递函数 $G(s)$ 之间存在单值对应关系，所以可写出题图 4.7 系统所对应的传递函数为

$$G(s) = \frac{K\left(\dfrac{s}{0.1} + 1\right)}{\left(\dfrac{s}{\omega_1} + 1\right)\left(\dfrac{s}{\omega_2} + 1\right)\left(\dfrac{s}{\omega_3} + 1\right)\left(\dfrac{s}{\omega_4} + 1\right)}$$

式中，$K = 31.62，\omega_1、\omega_2、\omega_3、\omega_4$ 待定。

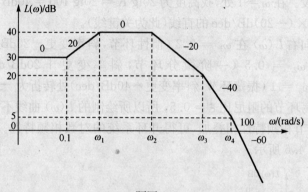

题图 4.7

根据 $L(\omega)$ 渐近特性为折线，相邻两转折频率间为直线，若设直线斜率为 x，两点坐标分别为 $[\omega_A, L(\omega_A)]，[\omega_B, L(\omega_B)]$，则有直线方程为

$$L(\omega_A) - L(\omega_B) = x(\lg \omega_A - \lg \omega_B)$$

由此可得

$$40 - 30 = 20 \times (\lg \omega_1 - \lg 0.1)，\quad \omega_1 = 0.316$$
$$5 - 0 = -60 \times (\lg \omega_4 - \lg 100)，\quad \omega_4 = 82.54$$
$$20 - 5 = -40 \times (\lg \omega_3 - \lg \omega_4)，\quad \omega_3 = 34.81$$
$$40 - 20 = -20 \times (\lg \omega_2 - \lg \omega_3)，\quad \omega_2 = 3.481$$

于是，所求传递函数为

$$G(s) = \frac{31.62\left(\dfrac{s}{0.1} + 1\right)}{\left(\dfrac{s}{0.316} + 1\right)\left(\dfrac{s}{3.481} + 1\right)\left(\dfrac{s}{34.81} + 1\right)\left(\dfrac{s}{82.54} + 1\right)}$$

4.16　已知最小相位系统的对数幅频特性如题图 4.8 所示,试写出对应的传递函数并概略绘制幅相特性曲线。

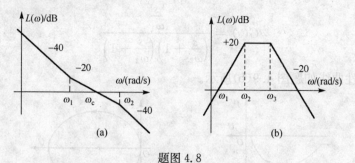

题图 4.8

解: (1)由题图 4.8(a)可写出

$$G(s) = \frac{K\left(\dfrac{s}{\omega_1}+1\right)}{s^2\left(\dfrac{s}{\omega_2}+1\right)}$$

式中,ω_1、ω_2 已知,但 K 未知。

因为 $|G(j\omega_c)| = 1$,故

$$\frac{K\sqrt{\left(\dfrac{\omega_c}{\omega_1}\right)^2+1}}{\omega_c^2\sqrt{\left(\dfrac{\omega_c}{\omega_2}\right)^2+1}} = 1$$

式中,因为 $\omega_c > \omega_1$,$\omega_c < \omega_2$,所以 $\left(\dfrac{\omega_c}{\omega_1}\right)^2 \geqslant 1$,$\left(\dfrac{\omega_c}{\omega_2}\right)^2 \leqslant 1$,故 $\dfrac{K\dfrac{\omega_c}{\omega_1}}{\omega_c^2} = 1$,则 $K = \omega_1\omega_c$,得系统的传递函数为

$$G(s) = \frac{\omega_1\omega_c\left(\dfrac{s}{\omega_1}+1\right)}{s^2\left(\dfrac{s}{\omega_2}+1\right)}$$

幅频特性曲线如题图 4.9(a)所示。

(2)由题图 4.8(b)可写出

$$G(s) = \frac{Ks}{\left(\dfrac{s}{\omega_2}+1\right)\left(\dfrac{s}{\omega_3}+1\right)}$$

确定 K:由起始段的传递函数 Ks 可知在 ω_1 点有 $20\lg K\omega_1 = 0$,所以 $K = \dfrac{1}{\omega_1}$。

如果系统的微分环节个数为 ν,则系统的开环增益为 $20\lg K\omega_1^\nu = 0$。

所以，$K = \dfrac{1}{\omega_1^{\nu}}$ 得系统的传递函数

$$G(s) = \dfrac{\dfrac{s}{\omega_1}}{\left(\dfrac{s}{\omega_2} + 1\right)\left(\dfrac{s}{\omega_3} + 1\right)}$$

幅相特性曲线如题图 4.9(b)所示。

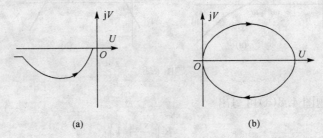

(a)　　　　　　　　　　　(b)

题图 4.9

4.17 已知系统开环传递函数为

$$G(s)H(s) = \dfrac{2000s - 4000}{s^2(s+1)(s^2+10s+400)}$$

试绘制系统开环对数幅频渐近特性曲线。

解: 开环传递函数的典型环节分解形式为

$$G(s)H(s) = \dfrac{-10\left(1 - \dfrac{s}{2}\right)}{s^2(s+1)\left(\dfrac{s^2}{20^2} + \dfrac{1}{2}\cdot\dfrac{s}{20} + 1\right)}$$

开环系统由六个典型环节串联而成:非最小相位比例环节、两个积分环节、非最小相位一阶微分环节、惯性环节和振荡环节。

(1)确定各转角频率 ω_i ($i=1,2,3$)及斜率变化值。

非最小相位一阶微分环节:$\omega_2 = 2$,斜率增加 20dB/dec。

惯性环节:$\omega_1 = 1$,斜率减小 20dB/dec。

振荡环节:$\omega_3 = 20$,斜率减小 40dB/dec。

最小转角频率 $\omega_{\min} = \omega_1 = 1$。

(2)绘制低频段($\omega < \omega_{\min}$)渐近特性曲线。因为 $\nu = 2$,则低频渐近线斜率 $k = -40$dB/dec,按方法二得直线上一点 $(\omega_0, L_a(\omega_0)) = (1, 20dB)$。

(3)绘制频段 $\omega \geqslant \omega_{\min}$ 渐近特性曲线,则

$$\omega_{\min} \leqslant \omega < \omega_2, k = -60\text{dB/dec}$$

$$\omega_2 \leqslant \omega < \omega_3, k = -40\text{dB/dec}$$

$$\omega \geqslant \omega_3, k = -80\text{dB/dec}$$

系统开环对数幅频渐近特性曲线如题图 4.10 所示。

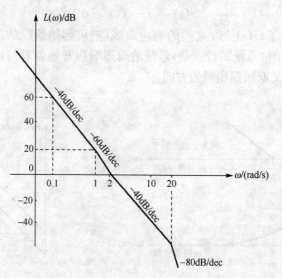

题图 4.10　系统对数幅频渐进特性曲线

4.18　已知单位反馈系统的开环传递函数 $G(s) = \dfrac{K}{s(Ts+1)}$，当系统的输入 $r(t) = \sin 10t$ 时，闭环系统的稳态输出为 $c(t) = \sin(10t - 90°)$，试计算参数 K 和 T 的数值。

解：系统闭环传递函数为

$$G_b(s) = \frac{G(s)}{1+G(s)} = \frac{K}{Ts^2 + s + K}$$

闭环频率特性为

$$G_b(j\omega) = \frac{K}{K - T\omega^2 + j\omega} = \frac{K}{\sqrt{(K - T\omega^2)^2 + \omega^2}} \angle - \arctan\frac{\omega}{K - T\omega^2}$$

输入信号为 $r(t) = \sin 10t$，闭环幅频和相频分别为

$$A = 1,\ \angle G_b(j10) = \arctan\frac{10}{K - 100T} = -90°$$

故求得：$K = 10, T = 0.1$。

4.19　试画出非最小相位系统

$$\frac{X_o(s)}{X_i(s)} = 1 - Ts$$

的 Bode 图，求该系统的单位斜坡响应，并画出 $x_o(t)$ 与 t 之间的关系曲线。

解：系统的 Bode 图如题图 4.11（a）所示。对于单位斜坡输入信号，$X_i(s) = 1/s^2$，因此

$$X_o(s) = \frac{1 - Ts}{s^2} = \frac{1}{s^2} - \frac{T}{s}$$

$G(s)$ 的拉普拉斯反变换为

$$x(t) = t - T, t \geqslant 0$$

题图 4.11(b)表示了 $G(s)$ 与 t 之间的响应曲线(响应起始阶段的工作状态是不合理的)。这种非最小相位系统的特点是,系统的瞬态响应开始朝着与输入信号相反的方向演变,但是最后又返回到相同的方向。

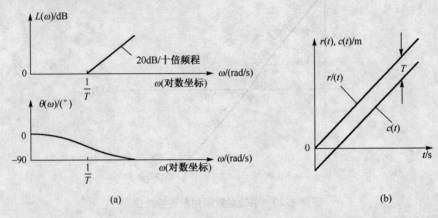

题图 4.11

4.20 已知系统开环传递函数为 $G(s)H(s) = \dfrac{K}{s^{\nu}(Ts+1)}$,绘制系统的 Nyquist 图和系统的 Bode 图。

解:(1) $\nu = 0$,此时系统无积分环节 $G(s)H(s) = \dfrac{K}{Ts+1}$。

①Nyquist 图的绘制。

$$G(j\omega)H(j\omega) = \frac{K}{jT\omega + 1} = \frac{K}{1 + T^2\omega^2} - j\frac{KT\omega}{1 + T^2\omega^2}$$

$$\mathrm{Re}\, G(j\omega)H(j\omega) = \frac{K}{1 + T^2\omega^2}$$

$$\mathrm{Im}\, G(j\omega)H(j\omega) = -\frac{KT\omega}{1 + T^2\omega^2}$$

$$|G(j\omega)H(j\omega)| = \sqrt{[\mathrm{Re}\, G(j\omega)H(j\omega)]^2 + [\mathrm{Im}\, G(j\omega)H(j\omega)]^2} = \frac{K}{\sqrt{1 + T^2\omega^2}}$$

$$\varphi(\omega) = \angle G(j\omega)H(j\omega) = \arctan\frac{\mathrm{Im}\, G(j\omega)H(j\omega)}{\mathrm{Re}\, G(j\omega)H(j\omega)} = -\arctan T\omega$$

给出不同的 ω 值可求得以上两式所对应的幅值和相角,最后可画出 Nyquist 图如题图 4.12(a)。

$\omega = 0$ 时,$|G(j\omega)H(j\omega)| = K, \angle G(j\omega)H(j\omega) = 0°$;

$\omega = \dfrac{1}{T}$ 时,$|G(j\omega)H(j\omega)| = \dfrac{K}{\sqrt{2}}, \angle G(j\omega)H(j\omega) = -45°$;

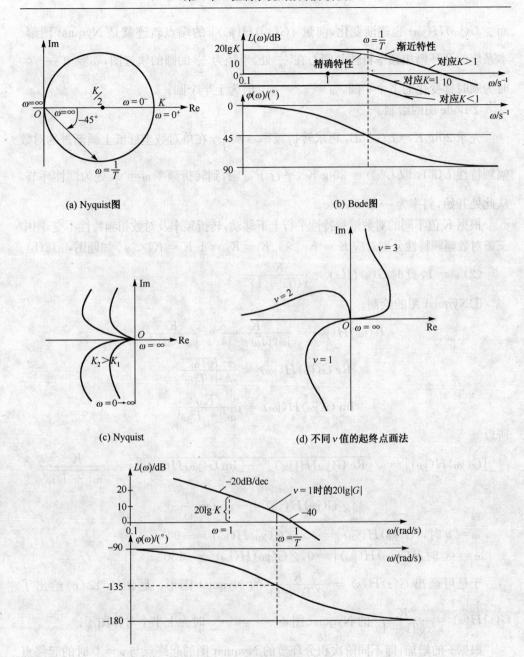

(a) Nyquist图

(b) Bode图

(c) Nyquist

(d) 不同 ν 值的起终点画法

(e) Bode图

题图 4.12

$\omega = \infty$ 时，$|G(j\omega)H(j\omega)| = 0$，$\angle G(j\omega)H(j\omega) = -90°$。

$\omega = 0$ 时幅值向量 $|G(j\omega)H(j\omega)| = K$ 随着 ω 的增加，$|G(j\omega)H(j\omega)|$ 逐渐减小，

而 $\angle G(j\omega)H(j\omega)$ 也逐渐变化,向量 $|G(j\omega)H(j\omega)|$ 的端点轨迹就是 Nyquist 图形。本系统的开环幅相频率特性是圆心在 $\dfrac{K}{2}$ 处、半径为 $\dfrac{K}{2}$ 的圆的轨迹图,$\omega = 0 \to +\infty$ 时为顺时针变化的下个半圆,$\omega = -\infty \to 0$ 时为上半个圆。

②Bode 图的绘制。

先求 $20\lg K = L(\omega)\mathrm{dB}$,再求转折频率 $\omega = \dfrac{1}{T}$,在单对数坐标纸上画渐进的对数幅频特性 $L(\omega)$,取 $L(\omega) = 20\lg K$,平行于 ω 轴,到转折频率 $\omega = \dfrac{1}{T}$ 处为惯性环节,从此处开始,斜率为 $-20\mathrm{dB/dec}$。

根据 K 值不同的对数幅频特性平行上下移动,转折频率及对数相频特性不变,图中三条对数幅频特性分别对应 $K = K_1 > 1$、$K = K_2 = 1$、$K = K_3 < 1$。如题图 4.12(b)。

(2) $\nu = 1$,此时 $G(s)H(s) = \dfrac{K}{s(Ts+1)}$。

①Nyquist 图的绘制。

$$G(j\omega)H(j\omega) = \frac{K}{j\omega(jT\omega + 1)} = \frac{K}{j\omega - T\omega^2}$$

$$\mathrm{Re}\, G(j\omega)H(j\omega) = \frac{-KT\omega^2}{\omega^2 + T^2\omega^4}$$

$$\mathrm{Im}\, G(j\omega)H(j\omega) = j\frac{K\omega}{\omega^2 + T^2\omega^4}$$

所以

$$|G(j\omega)H(j\omega)| = \sqrt{[\mathrm{Re}\, G(j\omega)H(j\omega)]^2 + [\mathrm{Im}\, G(j\omega)H(j\omega)]^2} = \frac{K}{\sqrt{\omega^2 + T^2\omega^4}}$$

$$\angle G(j\omega)H(j\omega) = -\arctan\frac{T}{\omega}$$

$\omega = 0$ 时,$|G(j\omega)H(j\omega)| = \infty$,$\angle G(j\omega)H(j\omega) = -90°$;

$\omega = \infty$ 时,$|G(j\omega)H(j\omega)| = 0$,$\angle G(j\omega)H(j\omega) = -180°$。

于是可画出 $G(s)H(s) = \dfrac{K}{s(Ts+1)}$ 的 Nyquist 图形。题图 4.12(c)给出了 $G(s)H(s) = \dfrac{K}{s(Ts+1)}$ 的 Nyquist 图 $\omega = -\infty \to 0$ 时为上半个对称图形。

根据 ν 的增加,即不同阶次积分环节的 Nyquist 图的起终点与 $\nu = 0$ 时的起终点不同,如题图 4.12(d)所示。ν 值不同的起点分别为:

当 $\nu = 1$,起始点为 $-90°$;

当 $\nu = 2$,起始点为 $-180°$;

当 $\nu = 3$,起始点为 $-270°$;

⋮

依次可推广到 ν 为任意值，即起点为 $-\nu \times 90°$。

而 $\omega = \infty$ 的终止点则取决于该系统中积分环节与其他环节的相位和，本题中分别为 $-180°$、$-270°$ 与 $-360°$。

②Bode 图的绘制。

$$G(s)H(s) = \frac{K}{s(Ts+1)}$$

对数幅频特性的渐近特性如题图 4.12(e)所示。

计算 $20\lg K$ dB 及转折频率 $\omega = \dfrac{1}{T}$。

在图上确定 $\omega = 1\text{rad/s}$ 处，在对应 $\omega = 1\text{rad/s}$ 处取纵坐标 $L(\omega = 1)$ 为 $20\lg K$ 的 A 点，过此点作 -20dB/dec 斜线到转折频率 $\omega = \dfrac{1}{T}$ 为止（当 $\omega = \dfrac{1}{T} > 1$）（如 $\omega = \dfrac{1}{T} < 1$，则作斜线也到 $\omega = \dfrac{1}{T}$ 处为止），$\omega = \dfrac{1}{T}$ 之后对应的为惯性环节，在 $\omega = \dfrac{1}{T}$ 处增加一个 -20dB/dec 的斜率，$L(\omega)$ 变为 -40dB/dec，然后根据系统组成的基本环节画出各环节的对数相频特性，对应相同的 ω 值逐点叠加，可求得系统总的对数相频特性。

第5章 控制系统的稳定性

一、内 容 提 要

所谓控制系统的稳定性,简单地说,指的是控制系统在使它偏离平衡状态的扰动作用消失以后重新恢复到平衡状态的性能。所谓系统的平衡状态,指的是系统内部的各个变量关于时间的变化率(即对时间的一阶导数)等于零的运动状态。对线性定常系统而言,静止状态是唯一的平衡状态。

任何一个处于平衡状态的控制系统,当受到扰动作用后,必然会偏离平衡状态进行运动,这种运动称为受扰运动。扰动消失以后,受扰运动不能立即消失,这时的受扰运动称为受扰自由运动。系统不同,受扰自由运动表现形式就不同。在经典控制理论中,通常按照扰动消失以后系统受扰自由运动的表现形式,将系统分为稳定、不稳定和临界稳定三种类型。

1)稳定系统

如果扰动消失以后,经过足够长的时间,系统的受扰自由运动最终衰减为零,从而系统的运动状态又自动收敛于原平衡状态,则称系统在该平衡状态是稳定的,简称系统是稳定的。

2)不稳定系统

如果扰动消失以后,系统的受扰自由运动不仅不随时间的推移而衰减,相反以发散方式变化,从而导致系统运动状态离原平衡状态越来越远,则称系统在该平衡状态是不稳定的,简称系统是不稳定的。

3)临界稳定系统

如果扰动消失以后,经过足够长的时间,系统不是收敛于原平衡状态,而是收敛于一新的平衡状态或在一个新的平衡点附近做有界振荡运动,则称系统在该平衡状态是临界稳定的,简称系统是临界稳定的。

系统的稳定性是系统的一种固有特性。从分析和设计的角度来说,稳定性可以分为绝对稳定性和相对稳定性。绝对稳定性是指系统是否稳定。在明确系统是稳定的前提下,由相对稳定性来衡量系统的稳定程度。

图 5.1 所示为本章的知识结构图。

1. 系统稳定性的基本概念及稳定条件

稳定性的概念及判定见表 5.1。为了判断系统的稳定性,除了直接求出系统特征根外,还有许多其他判断系统稳定性的方法,不必解出特征根就能确定系统的稳定性。

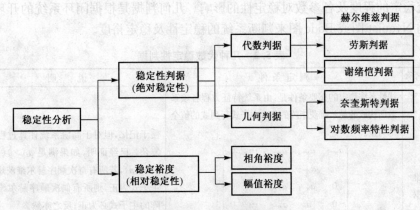

图 5.1 知识结构图

表 5.1 稳定性的概念及判定

定 义	数学定义	判 定	特 性	备 注
系统在干扰作用下偏离平衡位置,当干扰撤除后,系统自动恢复到平衡位置的能力	设线性系统在零初始条件下输入一个理想脉冲函数 $\delta(t)$,相当于受到一个脉冲扰动。系统输出为单位脉冲响应函数 $x_o(t)$。若 $\lim\limits_{t\to\infty}x_o(t)=0$,系统稳定;若 $\lim\limits_{t\to\infty}x_o(t)=\infty$,系统不稳定	系统稳定的充要条件是系统的特征根全部落在 s 平面的左半部分(所有特征根具有负实部)	它是系统去掉扰动后本身自由运动的性质,是系统的一种固有特性。对于线性系统,这种固有特性只取决于系统的结构参数,而与初始条件及干扰作用无关	若有部分闭环极点位于虚轴上,其余极点均位于 s 平面左半部,则零输入响应趋于等幅振荡或恒定值,系统临界稳定,是不可取的,很容易因为系统的结构或参数的细微变化转化成不稳定系统

2.代数稳定性判据

当系统阶数高于 4 阶时,一般不用解析方法求解,而是考虑通过特征方程的系数和特征根的关系判断系统的特征根是否全部具有负实部,用以判断系统的稳定性。这就是系统的代数稳定性判据。

设线性系统的特征方程为

$$D(s) = a_n s^n + a_{n-1}s^{n-1} + \cdots + a_1 s + a_0 = 0, \quad a_n > 0 \tag{5.1}$$

系统稳定的必要条件是:式(5.1)中各项系数全大于零。

系统的代数稳定性判据有赫尔维茨判据、劳斯判据、谢绪恺判据和李雅普诺夫判据。它们的具体判定条件见表 5.2。

3.几何稳定性判据

对于系统稳定性的判断不但可以采用代数方法,而且可以采用几何判据。几何稳定性判据主要有 Nyquist 稳定判据和对数频率特性稳定性判据。代数判据较难判别系统稳定的程度及各参数对稳定性的影响。几何判据是根据闭环系统的开环传递函数的 Nyquist 图或 Bode 图来判断系统的稳定性及稳定裕度。

表 5.2　几种代数稳定性判据

判据名称	判 定 条 件	说　　明
赫尔维茨判据	线性系统稳定的充要条件是:由系统特征方程各项系数所构成的赫尔维茨矩阵的各阶主子式行列式的值全部为正。 $$\begin{bmatrix} a_{n-1} & a_{n-3} & a_{n-5} & \cdots & 0 \\ a_n & a_{n-2} & a_{n-4} & \cdots & 0 \\ 0 & a_{n-1} & a_{n-3} & \cdots & 0 \\ 0 & a_n & a_{n-2} & \cdots & 0 \\ 0 & 0 & \cdots & 0 & 0 \\ \cdots & \cdots & \cdots & \cdots & \cdots \\ 0 & \cdots & \cdots & a_1 & 0 \\ 0 & \cdots & \cdots & a_2 & a_0 \end{bmatrix}$$	便于记忆,但对于高阶系统计算过程较为复杂。已经证明,如果满足 $a_i > 0 (i = 1, 2, \cdots, n)$,若所有奇次顺序赫尔维茨矩阵的主子式为正,则所有偶次顺序赫尔维茨矩阵的主子式必为正;反之亦然。 它的局限性是只适用于判断特征方程的根是位于复平面的左半平面还是右半平面
劳斯判据	先列出劳斯表 $\begin{array}{c\|ccccc} s^n & a_n & a_{n-2} & a_{n-4} & a_{n-6} & \cdots \\ s^{n-1} & a_{n-1} & a_{n-3} & a_{n-5} & a_{n-7} & \cdots \\ s^{n-2} & b_1 & b_2 & b_3 & b_4 & \cdots \\ s^{n-3} & c_1 & c_2 & c_3 & c_4 & \cdots \\ \cdots & & & & & \\ s^2 & e_1 & e_2 & & & \\ s^1 & f_1 & & & & \\ s^0 & g_1 & & & & \end{array}$ 其中,前两列中不存在的系数可以填"0"。 $b_1 = -\dfrac{1}{a_{n-1}} \begin{vmatrix} a_n & a_{n-2} \\ a_{n-1} & a_{n-3} \end{vmatrix}, b_2 = -\dfrac{1}{a_{n-1}} \begin{vmatrix} a_n & a_{n-4} \\ a_{n-1} & a_{n-5} \end{vmatrix}$ $b_3 = -\dfrac{1}{a_{n-1}} \begin{vmatrix} a_n & a_{n-6} \\ a_{n-1} & a_{n-7} \end{vmatrix}, \cdots$ 系数 b_i 的计算一直进行到其余值为零时止。 $c_1 = -\dfrac{1}{b_1} \begin{vmatrix} a_{n-1} & a_{n-3} \\ b_1 & b_2 \end{vmatrix}, c_2 = -\dfrac{1}{b_1} \begin{vmatrix} a_{n-1} & a_{n-5} \\ b_1 & b_3 \end{vmatrix}$ $c_3 = -\dfrac{1}{b_1} \begin{vmatrix} a_{n-1} & a_{n-7} \\ b_1 & b_4 \end{vmatrix}, \cdots$ 同样,系数 c_i 的计算一直进行到其余值为零为止。 若劳斯表第 1 列各项元素的正负符号一致,则方程的根均在 s 左半平面,系统稳定。第一列元素符号的改变次数等于方程在 s 右半平面的根的个数	有时会遇到以下两种特殊情况,无法得到完整的劳斯表。 (1)劳斯表任意一行的第一项元素为零,其他项元素均为非零。 将等于零的那行第一项元素替换为任意小正数 ε。然后继续计算劳斯表后续行元素。若方程有纯虚根,此法可能无法得到正确结果。 (2)劳斯表某一行元素全为零。 解决方法: 1)用 0 元素行的上一行元素写出辅助方程 $A(s) = 0$。 2)计算辅助方程对 s 的导数,即 $dA(s)/ds$。 3)用 $dA(s)/ds = 0$ 各项系数替换 0 元素行。 4)用新得到的元素行继续计算劳斯表。 5)根据劳斯表中第一列各元素的符号改变情况判断系统的稳定性。 劳斯判据可解决临界稳定的情况。 对于稳定的系统,应用劳斯判据还可以检验系统的相对稳定性: 1)将 s 平面的虚轴向左移动某个数值,即令 $s = z - \sigma$ 代入系统特征方程。 2)利用劳斯判据对新的特征方程进行稳定性判别,若稳定,则 σ 越大,相对稳定性越好

续表

判据名称	判定条件	说明
谢绪恺判据	定义"判定系数" $a_j = (a_{i-1}a_{i+2})/(a_i a_{i+1})(i=1,2,\cdots,n-2)$，系统稳定的充分条件为 $a_j < 0.4655$，即 $0.4655 a_i a_{i+1} > a_{i-1}a_{i+2}(i=1,2,\cdots,n-2;n \geqslant 5)$，当 $0.5 > a_j > 0.4655$ 系统也可能是稳定的	形式简单，便于记忆。尤其在阶次高时，判别方便
李雅普诺夫判据（多输入多输出系统的稳定性判据）	设线性定常系统为 $$\dot{x} = Ax$$ 采用二次型函数作为李雅普诺夫函数 $$V(x) = x^T P x$$ 式中，P 是正定实对称矩阵，对上式求导得 $$\dot{V}(x) = \dot{x}^T P x + x^T P \dot{x}$$ 可得 $$\dot{V}(x) = x^T A^T P x + x^T P A x = x^T (PA + A^T P)x$$ 引入了系统矩阵 A，即进入了特定的系统。令 $$-Q = PA + A^T P$$ 可得 $$\dot{V}(x) = -x^T Q x$$ 因此，要判断 $\dot{V}(x)$ 是否负定，只要判断 Q 是否正定。如果 Q 是正定的，则证明系统是稳定的	这种方法不仅简单，还可作为解参数优化及系统设计问题的基础。在实际应用此法时常常先选一正定矩阵 Q，例如取 $Q=I$，然后计算 P，再用 Sylvester 法检验 P 是否正定。如果 P 是正定的，则系统是渐近稳定的。如果，$\dot{V}(x) = -x^T Q x$ 沿任意一条轨迹不恒等于零，那么 Q 可取半正定的

1）基本概念

（1）幅角原理。

幅角原理是 Nyquist 稳定判据的数学基础。

①如果复变函数 $F(z)$ 在 z_0 和 z_0 的邻域内处处可导，则称 $F(z)$ 在 z_0 处解析；若在 z_0 处不解析，则称 z_0 为奇点。

②如果 $F(s)$ 在复平面[s]上（除有限个奇点外）为单值连续函数，则复平面[s]上的解析点映射到像平面 $[F(s)]$ 上的点为其像。

③若在[s]平面上任意选择一条顺时针方向的封闭曲线 L_s（不经过 $F(s)$ 的奇、零点），则在平面 $[F(s)]$ 上必有一对应的封闭映射曲线 L_F。解析点 s 顺时针沿 L_s 转一周，L_F 顺时针方向旋转 N 周，$N = Z - P$，其中，Z，P 分别为 $F(s)$ 包含在 L_s 内的零、极点个数。

（2）Nyquist 路径。

根据系统稳定的条件，若选取封闭曲线 L_s，使其顺时针包围整个[s]平面的右半平面，若 $P=0$，则系统稳定；反之，系统不稳定。因此，Nyquist 路径（即封闭曲线 L_s）可由以下两段组成：①整个虚轴（ω 从 $-\infty$ 变化到 $+\infty$）。②以原点为圆心，半径趋于无穷大的半圆弧。

（3）Nyquist"穿越"的概念。

频率特性曲线 $G_k(j\omega)$ 穿过 $(-1,j0)$ 点左边的实轴时,称为"穿越"。若 ω 增大时,Nyquist 曲线由上而下穿过实轴的 $-1 \rightarrow -\infty$ 区间(相角增大)时称"正穿越";Nyquist 曲线由下而上穿过时(相角减小)称"负穿越"。穿过 $-1 \rightarrow -\infty$ 区间实轴一次,则穿越次数为 1。若曲线始于实轴的此区段上,则穿越次数为 1/2。

2)判据内容

（1）Nyquist 稳定性判据:

①当开环传递函数 $G_k(s)$ 在复平面 $[s]$ 的右半面内没有极点时,闭环系统的稳定性的充要条件是: $G(s)H(s)$ 平面上的映射围线 Γ_L 不包围 $(-1,j0)$ 点。

②闭环控制系统稳定的充分必要条件为: $G(s)H(s)$ 的 Nyquist 周线 L_s 的映射围线沿逆时针方向包围 $(-1,j0)$ 点的周数等于 $G(s)H(s)$ 在复平面 $[s]$ 的右半面内极点的个数。

③如果系统开环传递函数 $G_k(s)$ 在 $[s]$ 平面的右半边有 P 个极点,当 ω 由 $-\infty$ 到 $+\infty$ 时,在平面 $G_k(s)$ 上的像轨迹 Γ_L 绕点 $(-1,j0)$ 逆时针转 P 圈,则闭环系统是稳定的。

（2）对数频率特性稳定性判据:如果系统开环是稳定的(即 $P=0$)(通常是最小相位系统),则在 $G_k(\omega) \geqslant 0$ 的所有频率值 ω 下,相角 $\varphi(\omega)$ 不超过 $-\pi$ 线,那么闭环系统是稳定的。如果系统在开环状态下的特征方程式有 P 个根在复平面的右边(即为非最小相位系统),它在闭环状态下稳定的充分必要条件是:在所有 $G_k(\omega) \geqslant 0$ 的频率范围内,相频特性曲线 $\varphi(\omega)$ 在 $-\pi$ 线上的正负穿越之差为 $P/2$。利用系统开环 Bode 图来判别闭环系统的稳定性,实质上是 Nyquist 稳定性判据的另一种形式。

3)Nyquist 稳定性判据的特点

（1）Nyquist 判据揭示稳定系统的相对稳定性和不稳定系统的不稳定程度,提示改善系统稳定性的方法。

（2）Nyquist 图较容易得到,可应用计算机绘制。

（3）由 Nyquist 图能方便地确定频域特征量,如谐振峰值、谐振频率、带宽及其他量。

（4）对于时滞系统,Nyquist 判据仍有效。

（5）证明复杂,应用简单。

（6） $G_k(s)$ 在 $[s]$ 平面的右半面无极点时,为开环稳定。有极点时为开环不稳定。开环不稳定,闭环仍可能稳定,这种系统在使用上有时不太可靠;开环稳定,闭环也可能不稳定。

（7）该判据很容易分析系统的结构与参数对系统稳定性的影响。

4)应用

（1）含有积分环节时的稳定性分析。

应用 Nyquist 判据时,由于 $G_k(s)$ 平面上的 Nyquist 轨迹 L_s 不能经过 $G_k(s)$ 的极

点,故应以半径为无穷小的圆弧($r \to 0$)逆时针绕过开环极点所在的原点。这时开环传递函数在[s]右半平面上的极点数已不再包含原点处的极点。当 s 沿小半圆从 $\omega = 0^-$ 变化到 $\omega = 0^+$ 时,θ 角从 $-\pi/2$ 经 0 变化到 $\pi/2$。这时 [$G_k(s)$] 平面上的 Nyquist 轨迹将沿无穷大半径按顺时针方向从 $\lambda\pi/2$ 转到 $-\lambda\pi/2$。

例 5.1 设系统开环传递函数为

$$G_k(s) = \frac{(4s+1)}{s^2(s+1)(2s+1)}$$

判断系统的稳定性。

解:对于开环传递函数,当 $\omega = 0$ 时,$\angle G_k(j\omega) = -180°$;当 $\omega = \infty$ 时,$\angle G_k(j\omega) = -270°$。故 Nyquist 曲线将穿越负实轴,在交点处 $\angle G_k(j\omega) = -180°$,即

$$\arctan 4\omega - 180° - \arctan\omega - \arctan 2\omega = -180°$$

得

$$\omega = 1/(2\sqrt{2})$$

$$|G_k(j\omega)|_{\omega=1/(2\sqrt{2})} = 10.6$$

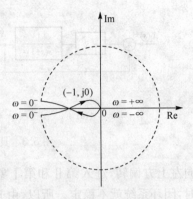

图 5.2 例 5.1 系统的
开环 Nyquist 图

绘出开环 Nyquist 图如图 5.2 所示。由于开环有两个积分环节,所以 ω 从 0^- 变到 0^+ 时,曲线顺时针从 π 到 $-\pi$ 转过半径为无穷大的一个圆。

由图 5.2 可知,当 ω 由 $-\infty$ 到 $+\infty$,开环 Nyquist 轨迹顺时针包围(-1,j0)点两圈,$N=2$,而系统为最小相位系统,$P=0$,说明有两个极点在[s]平面的右半平面,所以闭环系统是不稳定的。

(2)具有延时环节的稳定性分析。

在机械工程的许多系统中存在着延时环节。延时环节的存在将给系统的稳定性带来不利的影响。通常延时环节串联在闭环系统的前向通道中。延时环节不改变原系统的幅频特性,而仅仅使相频特性发生变化。

例 5.2 有一系统框图如图 5.3(a)所示,当 ω 由 $-\infty$ 到 $+\infty$ 时,在平面 [$L(s)$] 上的像曲线如图 5.3(b)所示,判断系统是否稳定。

解:由系统框图可见,此系统的主通道上含有一个延时环节,其开环传递函数为

$$G_k(s) = G_1(s)e^{-\tau s} = \frac{e^{-\tau s}}{s(s+1)}$$

式中,$G_1(s) = \dfrac{1}{s(s+1)}$。

由上式可知,系统开环传递函数没有极点在[s]平面的右边,即 $P=0$。又由图 5.3(b)可知像曲线对点(-1,j0)没有产生包围形状。即 $N=0$,所以系统是稳定的。

由图 5.3(b)可见,当 $\tau=0$,即无延时环节时 Nyquist 轨迹的相位不超过 $-180°$,只到第Ⅲ象限,此二阶系统肯定是稳定的。随着 τ 值增加,相位也增加,Nyquist 轨迹

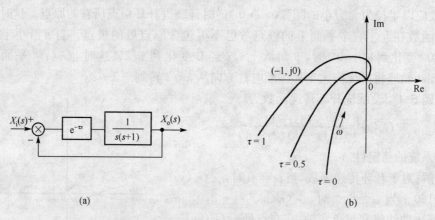

（a）　　　　　　　　　　　　　　　　　　（b）

图 5.3　具有延时环节的开环 Nyquist 图

向左上方偏转,进入第 Ⅱ 和第 Ⅰ 象限。当 τ 增加到使 Nyquist 轨迹包围(-1,j0)点时,闭环系统就不稳定。所以,由开环 Nyquist 图上可以明显看出,串联延时环节对稳定性是不利的。

例 5.3　设某单位反馈系统的开环传递函数为

$$G_k(s) = \frac{20(s+1)}{s^2(0.1s+1)(0.5s+1)}$$

试应用对数稳定性判据判定系统的稳定性。

解:1)确定 $G_k(s)$ 的右极点数 P

$G_k(s)$ 的极点为

$$s_1 = -10, s_2 = -2, s_{3,4} = 0$$

显然,开环右极点数 $P=0$。

2)判别系统稳定性

系统的开环 Bode 图如图 5.4 所示。由于在对数幅频 $L_k(\omega) > 0$(dB) 的率范围内,对数相频曲线只有 -1 次穿越,穿越次数的代数和为 $N = -1$,不等于 $P/2 = 0$,故系统不稳定。又由于在对数幅频 $L_k(\omega) = 0$(dB) 的频率(即增益交界频率 ω_c)处,对数相频曲线不穿过 $-\pi$ 线(即 $\omega_c \neq \omega_g$),所以系统闭环传递函数 $G_b(s)$ 不含纯虚数极点,而含有 $Z = P - 2N = 2$ 个右极点。

4. 系统的相对稳定性

用前面的稳定判据只能判断系统是否稳定,不能知道稳定的程度。如果一个系统稳定裕度小,当系统受到干扰时,可能使系统不稳定,因此需要对系统的稳定性进行定量分析。系统的相对稳定性通过开环传递函数的像轨迹对点(-1,j0)的靠近程度来表征。通常用相位稳定裕度和幅值稳定裕度描述系统稳定的程度(表 5.3),且可作为设计准则。

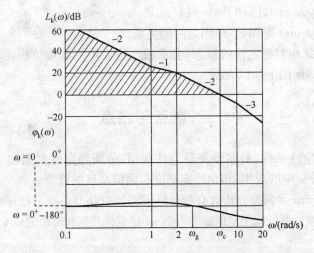

图 5.4　Bode 图

表 5.3　描述相对稳定性的两种指标

名称	Nyquist 图上的定义	Bode 图上的定义	物理意义	稳定性定量分析	备　注
相位稳定裕度 γ	Nyquist 曲线与单位圆的交点的矢量与负实轴的夹角	Bode 图的相频特性图上，相频特性在 $\omega = \omega_c$ 时与 $-180°$ 的相位差，即 $\gamma = 180° + \varphi(\omega_c)$。$\omega_c$ 为剪切频率	如果稳定系统在 ω_c 处相角减小 γ，则系统变为临界稳定	当 γ 在 Bode 图 $-180°$ 线以上，为正相位裕度，系统稳定；γ 在 $-180°$ 线以下，为负相位裕度，系统不稳定	系统稳定的充要条件是：幅值裕度、相位裕度均大于零。必须同时给出这两个量才能确定系统的相对稳定性。在工程控制实践中，一般希望 $\gamma = 30° \sim 60°$，$6\text{dB} < K_f < 20\text{dB}$。对于非最小相位系统，此方法不适用
幅值稳定裕度	Nyquist 曲线与负实轴的交点频率为相位交界频率 ω_g，交点处开环频率特性的倒数称为系统的幅值稳定裕度 K_g，$K_g = \dfrac{1}{\mid G(j\omega_g)H(j\omega_g)\mid}$	在 Bode 图上，幅值稳定裕度以分贝表示，记为 K_f。$K_f = 20\lg K_g = -20\lg \mid G(j\omega_g)H(j\omega_g)\mid$	如果系统的开环增益增大 K_g 倍或 K_f 分贝，则系统处于临界稳定状态	若 $K_f > 0$，为正幅值裕度，系统稳定；$K_f < 0$，为负幅值裕度，系统不稳定	

二、基 本 要 求

(1)了解系统稳定性的定义和系统稳定的条件。

(2)掌握赫尔维茨判据和劳斯判据的充要条件，学会应用它们判定系统是否稳定，对于不稳定系统，能够指出系统包含不稳定特征根的个数。

（3）掌握 Nyquist 判据和 Bode 判据。

（4）理解 Nyquist 图和 Bode 图之间的关系。

（5）理解系统相对稳定性的概念，会求相位稳定裕度和幅值稳定裕度，并能够在 Nyquist 图和 Bode 图上加以表示。

三、重点与难点

（1）系统稳定性条件，赫尔维茨稳定性判据、劳斯稳定性判据和 Nyquist 稳定判据及其在系统分析中的应用，相角稳定裕度和幅值裕度的计算。

（2）应用 Nyquist 判据分析含有积分环节和延时环节系统的稳定性。

（3）应用复变函数的幅角定理推导 Nyquist 稳定性判据和对稳定裕度定义的理解。

四、习题与解答

5.1 系统稳定性的定义是什么？一个系统稳定的充分和必要条件是什么？

解：系统的稳定性是指系统在初始状态的作用下，由它引起的系统的时间响应随时间的推移，逐渐衰减并趋向于零（即回到平衡位置）的能力。若随时间的推移，系统能回到平衡位置，则系统是稳定的；若随时间的推移，系统偏离平衡位置越来越远，则系统是不稳定的。

系统稳定的充要条件是系统所有特征根的实部全都小于零，或系统传递函数的所有极点均分布在 s 平面的左半平面内。

5.2 Nyquist 稳定判据的主要内容是什么？

解：Nyquist 判据：控制系统稳定的充分必要条件是 Nyquist 曲线逆时针包围（-1,j0）点的圈数 N 等于开环传递函数中右半 s 平面的极点数 P，即 $N=P$；否则闭环系统不稳定。

5.3 什么是系统的稳定裕度？

解：稳定裕度是衡量系统稳定程度的指标。

幅值裕度 K_g 定义为幅相曲线上，相角为 $-180°$ 时对应幅值的倒数，即

$$K_g = \frac{1}{\left| G(j\omega_g) H(j\omega_g) \right|}$$

式中，ω_g 称为相角交界频率。幅值裕度的分贝值为

$$K_f = 20\lg K_g = -20\lg \left| G(j\omega_g) H(j\omega_g) \right|$$

相角稳定裕度 γ 定义为幅相特性曲线模值等于 1 的矢量与负实轴的夹角为

$$\gamma = 180° + \angle G(j\omega_c) H(j\omega_c)$$

式中，ω_c 称为系统的幅值交界频率。

5.4 系统的特征方程如下，试用赫尔维茨稳定判据确定使系统稳定的 K 值。

(1) $s^4 + 20Ks^3 + 5s^2 + (10 + K)s + 1 = 0$;

(2) $s^4 + Ks^3 + s^2 + s + 1 = 0$;

(3) $s^3 + (0.8 + K)s^2 + 4Ks + 26 = 0$。

解：(1)根据赫尔维茨稳定判据的条件：

① $a_i > 0$，则要求：$20K > 0$ 且 $10 + K > 0$，即 $K > 0$；

② 还需满足 $\Delta_3 > 0$。由 $\Delta_4 = \begin{vmatrix} a_3 & a_1 & 0 & 0 \\ a_4 & a_2 & a_0 & 0 \\ 0 & a_3 & a_1 & 0 \\ 0 & a_4 & a_2 & a_0 \end{vmatrix}$ 知

$$\Delta_3 = \begin{vmatrix} a_3 & a_1 & 0 \\ a_4 & a_2 & a_0 \\ 0 & a_3 & a_1 \end{vmatrix} = a_1 a_2 a_3 - a_0 a_3^2 - a_1^2 a_4$$

$$= 100K(10 + K) - 400K^2 - (10 + K)^2$$

$$= -301K^2 + 980K - 100 > 0$$

上式解得：$0.11 < K < 3.15$，所以保证系统稳定时 K 的范围为 $0.11 < K < 3.15$。

(2)根据赫尔维茨稳定判据的条件：

① $a_i > 0$，则要求 $K > 0$；

② 还需满足 $\Delta_3 > 0$。由 $\Delta_4 = \begin{vmatrix} a_3 & a_1 & 0 & 0 \\ a_4 & a_2 & a_0 & 0 \\ 0 & a_3 & a_1 & 0 \\ 0 & a_4 & a_2 & a_0 \end{vmatrix}$ 知

$$\Delta_3 = \begin{vmatrix} a_3 & a_1 & 0 \\ a_4 & a_2 & a_0 \\ 0 & a_3 & a_1 \end{vmatrix} = a_1 a_2 a_3 - a_0 a_3^2 - a_1^2 a_4 = K - K^2 - 1 > 0$$

由于上式无解，故不论 K 取何值，系统均无法稳定。

(3)根据赫尔维茨稳定判据的条件：

① $a_i > 0$，则要求 $4K > 0$ 且 $0.8 + K > 0$，即 $K > 0$；

② 还需满足 $\Delta_2 > 0$。由 $\Delta_3 = \begin{vmatrix} a_2 & a_0 & 0 \\ a_3 & a_1 & 0 \\ 0 & a_2 & a_0 \end{vmatrix}$，知

$$\Delta_2 = \begin{vmatrix} a_2 & a_0 \\ a_3 & a_1 \end{vmatrix} = a_1 a_2 - a_0 a_3 = 4K(0.8 + K) - 26 = 2K^2 + 1.6K - 13 > 0$$

上式解得：$K < -2.98$ 或 $K > 2.18$，所以保证系统稳定的 K 的范围是 $K > 2.18$。

5.5 用劳斯判据判断下列系统的稳定性。

(1) $D(s) = s^5 + 2s^4 + s^3 + 3s^2 + 4s + 5 = 0$;

(2) $D(s) = s^5 + 2s^4 + 2s^3 + 4s^2 + 11s + 10 = 0$。

解：(1)因为方程各项系数非零且符合一致，满足方程的根在复平面左半平面的必要条件，但仍然需要检验它是否满足充分条件。计算其劳斯表中各个参数为

$$n = 5, a_5 = 1, a_4 = 2, a_3 = 1, a_2 = 3, a_1 = 4, a_0 = 5$$

劳斯表为

$$
\begin{array}{c|ccc}
s^5 & a_5 & a_3 & a_1 \\
s^4 & a_4 & a_2 & a_0 \\
s^3 & b_1 & b_2 & 0 \\
s^2 & c_1 & c_2 & 0 \\
s^1 & d_1 & 0 & 0 \\
s^0 & e_1 & 0 & 0
\end{array}
$$

$$b_1 = -\frac{1}{a_4}\begin{vmatrix} a_5 & a_3 \\ a_4 & a_2 \end{vmatrix} = -\frac{1 \times 3 - 2 \times 1}{2} = -0.5$$

$$b_2 = -\frac{1}{a_4}\begin{vmatrix} a_5 & a_1 \\ a_4 & a_0 \end{vmatrix} = -\frac{1 \times 5 - 2 \times 4}{2} = 1.5$$

$$c_1 = -\frac{1}{b_1}\begin{vmatrix} a_4 & a_2 \\ b_1 & b_2 \end{vmatrix} = -\frac{2 \times 1.5 - 3 \times (-0.5)}{-0.5} = 9$$

$$c_2 = 5$$

$$d_1 = -\frac{1}{c_1}\begin{vmatrix} b_1 & b_2 \\ c_1 & c_2 \end{vmatrix} = -\frac{-0.5 \times 0 - 1.5 \times 9}{9} = 1.5$$

$$e_1 = 0$$

劳斯表为

$$
\begin{array}{c|ccc}
s^5 & 1 & 1 & 4 \\
s^4 & 2 & 3 & 5 \\
s^3 & -0.5 & 1.5 & 0 \quad \text{符号改变} \\
s^2 & 9 & 0 & 0 \quad \text{符号改变} \\
s^1 & 1.5 & 0 & 0 \\
s^0 & 0 & 0 & 0
\end{array}
$$

表格第一列元素的符号改变两次，方程有两个根在复平面的右半部分。因此，系统不稳定。

(2)因为方程各项系数非零且符合一致，满足方程的根在复平面左半平面的必要条件，但仍然需要检验它是否满足充分条件。计算其劳斯表中各个参数为

$$n = 5, a_5 = 1, a_4 = 2, a_3 = 2, a_2 = 4, a_1 = 11, a_0 = 10$$

劳斯表为

$$s^5 \begin{vmatrix} 1 & 2 & 11 \end{vmatrix}$$
$$s^4 \begin{vmatrix} 2 & 4 & 10 \end{vmatrix}$$
$$s^3 \begin{vmatrix} 0 & 6 & 0 \end{vmatrix}$$

因为 s^3 行的第一项元素为 0，则 s^2 行的各项元素将为无穷。要克服这一困难，可以将 s^3 行中的 0 元素替换为一小的正数 ε，然后继续计算劳斯表。从 s^3 行开始，各行元素依次为

$$s^3 \quad\quad \varepsilon \quad\quad\quad\quad\quad 6$$
$$s^2 \quad\quad \frac{4\varepsilon - 12}{\varepsilon} \quad\quad\quad\quad 10 \quad 符号改变$$
$$s^1 \quad \frac{5(\varepsilon - 1.2)^2 + 28.8}{6 - 2\varepsilon} \quad 0 \quad 符号改变$$
$$s^0 \quad\quad 10 \quad\quad\quad\quad\quad 0$$

表格第一列元素的符号改变两次，方程有两个根在复平面的右半部分。因此，系统不稳定。

5.6　单位负反馈系统的开环传递函数为

(1) $G(s) = \dfrac{100}{s(0.2s + 1)}$；

(2) $G(s) = \dfrac{50}{(0.2s + 1)(s + 2)(s + 0.5)}$；

(3) $G(s) = \dfrac{100}{s(0.8s + 1)(0.25s + 1)}$。

试用赫尔维茨稳定判据判定闭环系统的稳定性，并确定稳定系统的稳定裕度。

解：(1)由题给出的条件，可求出系统闭环传递函数

$$G_b(s) = \frac{G(s)}{1 + G(s)} = \frac{500}{s^2 + 5s + 500}$$

所以 $D(s) = s^2 + 5s + 500 = 0$。

根据赫尔维茨稳定判据的条件：

① $a_i > 0$，满足要求；

②还需满足 $\Delta_2 > 0$。由 $\Delta_2 = \begin{vmatrix} a_1 & 0 \\ a_2 & a_0 \end{vmatrix} = a_1 a_0 = 2500 > 0$，亦满足要求。

所以系统稳定。

系统的开环频率特性为

$$G(j\omega) = \frac{100}{j\omega(j0.2\omega + 1)}$$

其中，幅频特性 $|G(j\omega)| = \dfrac{100}{\omega\sqrt{1 + 0.04\omega^2}}$；相频特性 $\angle G(j\omega) = -90° -$ arctan 0.2ω。

求相位稳定裕度 γ：

令 $|G(j\omega_c)| = 1$，即

$$\frac{100}{\omega_c \sqrt{(0.2\omega_c)^2 + 1}} = 1$$

解此方程得

$$\omega_c^2 = 487.66, \omega_c = 22.08。$$

所以，相位稳定裕度 $\gamma = 180° - 90° - \arctan 0.2\omega_c = 12.75°$。

令

$$\angle G(j\omega)\big|_{\omega=\omega_g} = -90° - \arctan 0.2\omega_g = -180°$$

解得

$$\omega_g = \infty, K_f = 20\lg \frac{1}{|G(j\omega_g)|} = \infty$$

（2）由题给出的条件，可求出系统闭环传递函数

$$G_b(s) = \frac{G(s)}{1+G(s)} = \frac{50}{0.2s^3 + 1.5s^2 + 2.7s + 51}$$

所以 $D(s) = 0.2s^3 + 1.5s^2 + 2.7s + 51 = 0$。

根据赫尔维茨稳定判据的条件：

① $a_i > 0$，满足要求；

②还需满足 $\Delta_2 > 0$。由 $\Delta_3 = \begin{vmatrix} a_2 & a_0 & 0 \\ a_3 & a_1 & 0 \\ 0 & a_2 & a_0 \end{vmatrix}$，知

$$\Delta_2 = \begin{vmatrix} a_2 & a_0 \\ a_3 & a_1 \end{vmatrix} = a_1 a_2 - a_0 a_3 = 2.7 \times 1.5 - 51 \times 0.2 = -6.15 < 0$$

所以系统不稳定。

（3）由题给出的条件，可求出系统闭环传递函数

$$G_b(s) = \frac{G(s)}{1+G(s)} = \frac{100}{0.2s^3 + 1.05s^2 + s + 100}$$

所以 $D(s) = 0.2s^3 + 1.05s^2 + s + 100 = 0$。

根据赫尔维茨稳定判据的条件：

① $a_i > 0$，满足要求；

②还需满足 $\Delta_2 > 0$。由 $\Delta_3 = \begin{vmatrix} a_2 & a_0 & 0 \\ a_3 & a_1 & 0 \\ 0 & a_2 & a_0 \end{vmatrix}$，知

$$\Delta_2 = \begin{vmatrix} a_2 & a_0 \\ a_3 & a_1 \end{vmatrix} = a_1 a_2 - a_0 a_3 = 1 \times 1.05 - 100 \times 0.2 = -18.95 < 0$$

所以系统不稳定。

5.7　单位负反馈系统的开环传递函数为

$$G_k(s) = \frac{10(1+K)}{s(s+1)}$$

求使闭环系统稳定的 K 值范围。

解：由题知 $G_b(s) = \dfrac{G_k(s)}{1+G_k(s)} = \dfrac{10(1+K)}{s^2+s+10(1+K)}$，所以 $D(s) = s^2+s+10(1+K) = 0$。

根据赫尔维茨稳定判据的条件：

① $a_i > 0$，即 $10(1+K) > 0$，$K > -1$；

② 还需满足 $\Delta_2 > 0$。由 $\Delta_2 = \begin{vmatrix} a_1 & 0 \\ a_2 & a_0 \end{vmatrix} = a_1 a_0 = 1 \times 10(1+K) > 0$，即 $K > -1$。

所以使闭环系统稳定的条件是 $K > -1$。

5.8　设一单位负反馈系统的开环传递函数为 $G(s) = \dfrac{K}{s(Ts+1)}$，试确定 K 和 T 的值，使此系统特征方程所有的根都在 $s = a$ 这条直线的左侧（$a > 0$）。

解：因为

$$G_b(s) = \frac{G(s)}{1+G(s)H(s)} = \frac{K}{Ts^2+s+K} = \frac{\dfrac{K}{T}}{s^2+\dfrac{1}{T}s+\dfrac{K}{T}}$$

所以

$$D(s) = s^2+\frac{1}{T}s+\frac{K}{T}$$

令 $s = z+a$，代入特征方程得 $(z+a)^2+\dfrac{1}{T}(z+a)+\dfrac{K}{T} = 0$，即

$$z^2+\left(2a+\frac{1}{T}\right)z+a^2+\frac{a+K}{T} = 0$$

根据赫尔维茨稳定判据的条件：

① $a_i > 0$，则要求 $2a+\dfrac{1}{T} > 0$ 且 $a^2+\dfrac{a+K}{T} > 0$，即 $\dfrac{1}{T} > -2a$ 且 $\dfrac{a+K}{T} > -a^2$；

② 还需满足 $\Delta_2 > 0$。由 $\Delta_2 = \begin{vmatrix} a_1 & 0 \\ a_2 & a_0 \end{vmatrix}$，知

$$\Delta_2 = \begin{vmatrix} a_1 & 0 \\ a_2 & a_0 \end{vmatrix} = a_1 a_0 > 0$$

上式解得：$KT > 0.25$ 且 $T > 0$，所以为使此系统特征方程所有的根都在 $s = a$ 这条直线的左侧，K 和 T 的范围是 $KT > 0.25$ 且 $T > 0$。

5.9　设一单位负反馈系统的开环传递函数为 $G(s) = \dfrac{as+1}{s^2}$，试确定 a 值，使系统的相位稳定裕度等于 $45°$。

解:因为
$$\gamma = 180° + \varphi(\omega_c) = 45° \quad \varphi(\omega_c) = -135° = -180° + \arctan(a\omega_c)$$

解得
$$a\omega_c = 1, a = \frac{1}{\omega_c}$$

又因为
$$|G(j\omega_c)| = 1 = \frac{\sqrt{(a\omega_c)^2 + 1}}{\omega_c^2}$$

解得
$$\omega_c^2 = \sqrt{2}$$

所以
$$a = \frac{1}{\omega_c} = \frac{1}{\sqrt{\sqrt{2}}} = 0.84$$

5.10 已知系统的开环传递函数 $G(s)H(s) = \dfrac{10}{s(s+1)(s+5)}$,试求相角稳定裕度与幅值稳定裕度。

解:先将 $G(s)H(s)$ 化成时间常数形式 $G(s)H(s) = \dfrac{2}{s(s+1)(0.2s+1)}$。

开环频率特性　　　$G(j\omega)H(j\omega) = \dfrac{2}{j\omega(1+j\omega)(1+0.2j\omega)}$

先求 γ 值,为此求 ω_c。

在 ω_c 处　　　　　　　$|G(j\omega_c)H(j\omega_c)| = 1$

$$|G(j\omega_c)H(j\omega_c)| = \left|\frac{2}{j\omega_c(1+j\omega_c)(1+0.2j\omega_c)}\right| = 1$$

$$|j\omega_c| \cdot |1+j\omega_c| \cdot |1+0.2j\omega_c| = 2$$

$$0.04\omega_c^6 + 1.04\omega_c^4 + \omega_c^2 - 4 = 0$$

用插值法求得　　　　　　$\omega_c = 1.29\text{rad/s}$

$$\gamma = 180° + \angle G(j\omega_c)H(j\omega_c) = 180° + [-90° - \arctan\omega_c - \arctan 0.2\omega_c] = 23.3°$$

求交界频率 ω_g

$$\angle G(j\omega_g)H(j\omega_g) = -180°$$

$$-90° - \arctan\omega_g - \arctan 0.2\omega_g = -180°$$

$$\arctan\frac{\omega_g + 0.2\omega_g}{1 - 0.2\omega_g^2} = 90°$$

所以
$$\frac{\omega_g + 0.2\omega_g}{1 - 0.2\omega_g^2} = \infty$$

$$1 - 0.2\omega_g^2 = 0$$

$$\omega_g = \sqrt{5}\text{rad/s} = 2.24\text{rad/s}$$

求 $20\lg k_g$

$$20\lg k_g = -20\lg|G(j\omega_g)H(j\omega_g)| = -20\lg 2 - 20\lg\omega_g$$

$$-20\lg\sqrt{1+\omega_g^2} - 20\lg\sqrt{1+(0.2\omega_g)^2} = 10.35\text{dB}$$

5.11　单位负反馈系统的闭环对数幅频特性分段折线如题图 5.1 所示,要求系统具有 30° 的相角裕量,试计算开环增益应增大多少倍?

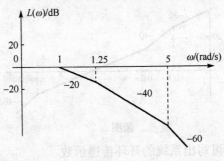

题图 5.1

解: 由图可得系统的闭环传递函数为

$$G_b(s) = \frac{1}{(s+1)\left(\frac{1}{1.25}s+1\right)\left(\frac{1}{5}s+1\right)} = \frac{6.25}{(s+1)(s+1.25)(s+5)}$$

因此系统的开环传递函数为

$$G(s) = \frac{G_b(s)}{1-G_b(s)} = \frac{0.5}{s\left(\frac{1}{2.825}s+1\right)\left(\frac{1}{4.425}s+1\right)}$$

相位裕度为

$$\gamma = 180° + \varphi(\omega_c) = 180° - 90° - \arctan\frac{1}{2.825}\omega_c - \arctan\frac{1}{4.425}\omega_c$$

又知　　　　　　　　　　　　　　　　$\gamma = 30°$

解得　　　　　　　　　　　　　　　　$\omega_c = 2.015$

根据公式有

$$L(\omega) = \begin{cases} 20\lg\dfrac{0.5}{\omega}K, & \omega < 2.825 \\[2mm] 20\lg\dfrac{1.4125}{\omega^2}K, & 2.825 \leqslant \omega < 4.425 \\[2mm] 20\lg\dfrac{6.25}{\omega^3}K, & \omega \geqslant 4.425 \end{cases}$$

因为　　　　　　　　　　　　　　$\omega_c = 2.015 < 2.825$

所以　　　　　　　　　　　　　　$\dfrac{0.50}{\omega_c}K = 1$

得　　　　　　　　　　　　　　　　$K = 4.03$

所以系统的开环增益应增大 4.03 倍。

5.12　一单位反馈系统的开环对数渐近线如题图 5.2 所示。

(1)写出系统的开环传递函数;

(2)判断闭环系统的稳定性。

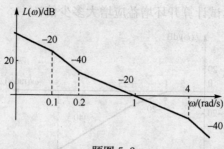

题图 5.2

解:(1)由题图 5.2 可写出系统的开环传递函数

$$G(s) = \frac{K\left(\frac{s}{0.2}+1\right)}{s\left(\frac{s}{0.1}+1\right)\left(\frac{s}{4}+1\right)}$$

因为

$$\omega_c = 1$$

所以

$$|G(j\omega_c)| = \frac{K\sqrt{\left(\frac{\omega_c}{0.2}\right)^2+1}}{\omega_c\sqrt{\left(\frac{\omega_c}{0.1}\right)^2+1}\sqrt{\left(\frac{\omega_c}{4}\right)^2+1}} = \frac{5K}{10} = 1$$

则

$$K = 2$$

故

$$G(s) = \frac{2\left(\frac{s}{0.2}+1\right)}{s\left(\frac{s}{0.1}+1\right)\left(\frac{s}{4}+1\right)} = \frac{2(5s+1)}{s(10s+1)(0.25s+1)}$$

(2)系统的相位裕度

$$\gamma = 180° + \varphi(\omega_c) = 180° - 90° - \arctan 10\omega_c - \arctan 0.25\omega_c + \arctan 5\omega_c$$
$$= 90° - \arctan 10 - \arctan 0.25 + \arctan 5$$
$$= 90° - 84.3° - 14° + 78.7° = 70.4° > 0$$

所以闭环系统稳定。

5.13 某单位反馈的二阶系统(无闭环零点),其单位阶跃响应如题图 5.3(a)所示;当 $r(t) = 3\sin 4t$ 时,系统的稳态输出响应如题图 5.3(b)所示。

(1)求系统的闭环传递函数。

(2)计算系统的动态性能(超调量 M_p,调整时间 t_s)。

(3)求系统的截止频率 ω_c 和相角稳定裕度 γ。

解:(1)由题图 5.3(a)知,系统的单位阶跃响应有静差 $e_{ss} = 0.125$,故系统为 0 型。设二阶系统的开环传递函数为

$$G(s) = \frac{K}{(T_1s+1)(T_2s+1)}$$

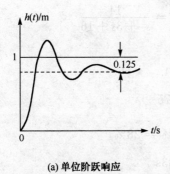

(a) 单位阶跃响应

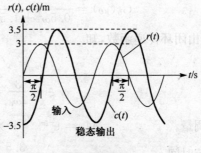

(b) 系统的稳态输出

题图 5.3

系统在单位阶跃信号作用下的稳态误差

$$e_{ss} = \frac{1}{1+K} = 0.125$$

所以 $K = 7$。

系统的闭环传递函数为

$$G_b(s) = \frac{G(s)}{1+G(s)} = \frac{7}{T_1 T_2 s^2 + (T_1 + T_2)s + 8}$$

系统闭环频率特性

$$G_b(j\omega) = \frac{G(j\omega)}{1+G(j\omega)} = \frac{7}{8 - T_1 T_2 \omega^2 + j(T_1 + T_2)\omega}$$

$$|G_b(j\omega)| = \frac{7}{\sqrt{(8 - T_1 T_2 \omega^2)^2 + (T_1 + T_2)^2 \omega^2}}$$

$$\angle G(j\omega) = -\arctan \frac{(T_1 + T_2)\omega}{8 - T_1 T_2 \omega^2}$$

由题图 5.13(b)知，$r(t) = 3\sin 4t$ 时，$c(t) = 3.5\sin(4t - 90°)$。

故有

$$G_b(j4) = \frac{3.5}{3} \angle -90°$$

所以相频为　　$\angle G(j4) = -\arctan \dfrac{(T_1 + T_2) \times 4}{8 - T_1 T_2 4^2} = -90°$

得到　　　　　　　　$8 - T_1 T_2 \times 4^2 = 0$

即 $T_1 T_2 = \dfrac{1}{2}$。

幅频　　　　$|G_b(j4)| = \dfrac{7}{(T_1 + T_2) \times 4} = \dfrac{3.5}{3}$

由上式解得 $T_1 = 0.5$，$T_2 = 1$。

所以，闭环传递函数为

$$G_b(j\omega) = \frac{7}{0.5\omega^2 + 1.5\omega + 8} = \frac{14}{s^2 + 3s + 16}$$

（2）由闭环传递函数,知

$$\omega_n = \sqrt{16} = 4$$

$$\xi = \frac{3}{2\omega_n} = 0.375$$

超调量　　　　　　　$M_p = e^{-\xi\pi/\sqrt{1-\xi^2}} \times 100\% = 28\%$

调节时间　　　　　　$t_s = \frac{3.5}{\xi\omega_n} = 2.33s$

（3）截止频率 ω_c 时,系统的开环幅频为

$$|G(j\omega_c)| = \left|\frac{7}{(j0.5\omega_c + 1)(j\omega_c + 1)}\right| = \frac{7}{\sqrt{(0.5\omega_c)^2 + 1} \cdot \sqrt{(\omega_c)^2 + 1}} = 1$$

解得 $\omega_c = 3.4$。

相角稳定裕度为

$$\gamma = 180° + \angle G(j\omega_c) = 180° - \arctan 0.5\omega_c - \arctan\omega_c = 46.9°。$$

5.14　已知系统结构如题图 5.4(a)所示,$G(s)$ 由最小相位环节构成,系统的开环对数幅频特性渐近曲线如题图 5.4(b)所示,已知该系统的相角稳定裕度 $\gamma = 23.25°$,求闭环传递函数 $Y(s)/R(s)$。

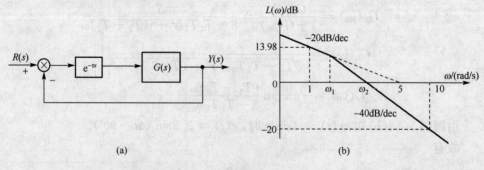

题图 5.4

解:由题图 5.4(b)可知,低频段渐近线的斜率为 -20dB/dec,说明开环系统中有一个积分环节 $\nu = 1$,又因低频段在 $\omega = 1$ 时,$L(\omega) = 20\lg K = 13.98$dB,所以开环增益 $K = 5$。

用于在转角频率 $\omega = \omega_1$ 处 $L(\omega)$ 斜率变化 -20dB/dec,故 $\omega = \omega_1$ 为惯性环节的转角频率。

因此系统开环传递函数的最小相位部分为

$$G(s) = \frac{5}{s\left(\dfrac{s}{\omega_1} + 1\right)}$$

由题图 5.4(b)有

$$-20 = -40\lg\frac{10}{\omega_c}$$

得 $\omega_c = \sqrt{10}$。由

$$40\lg\frac{\omega_c}{\omega_1} + 20\lg\frac{\omega_1}{1} = 20\lg 5$$

得 $\omega_1 = 2$。

故有

$$G(s) = \frac{5}{s(0.5s+1)}$$

$$\angle G(j\omega) = -90° - \arctan 0.5\omega$$

令相位裕度

$$\gamma = 180° + \angle G(j\omega_c) - 57.3° \times \omega_c\tau = 90° - \arctan 0.5\omega_c - 57.3° \times \omega_c\tau = 23.25°$$

解得 $\tau = 0.05$。

所以系统闭环传递函数为

$$\frac{Y(s)}{R(s)} = \frac{e^{-\tau s}G(s)}{1 + e^{-\tau s}G(s)} = \frac{5e^{-0.05s}}{0.5s^2 + s + 5e^{-0.05s}}$$

第 6 章 控制系统的根轨迹分析法

一、内 容 提 要

1. 根轨迹定义

根轨迹是指闭环系统特征根随着开环增益变化的轨迹,即闭环极点随开环某一参数变化在复平面上所形成的曲线。通过根轨迹分析系统性能随开环增益变化的规律的方法称为根轨迹法。简单的增益调整可以将闭环极点移动到需要的位置,在对某些系统的设计过程中,可利用此法,将复杂问题转化为选择合适增益值的简单问题。

2. 根轨迹的幅值条件和相角条件

根轨迹的幅值条件和相角条件分别为

$$|H(s)G(s)| = 1 \tag{6.1}$$

$$\angle H(s)G(s) = \pm 180°(2K+1) \qquad (K = 0, 1, 2, \cdots) \tag{6.2}$$

由于系统开环传递函数是组成系统前向通道和反馈通道各串联环节传递函数的乘积,所以在复数域内其分子和分母均可写为 s 的一次因式积的形式

$$H(s)G(s) = \frac{K_g \prod\limits_{j=1}^{m}(s - z_j)}{\prod\limits_{i=1}^{n}(s - p_i)} \tag{6.3}$$

式中,K_g 称为根轨迹增益,z_j 和 p_i 分别为系统的开环零点和极点。

将式(6.4)分别代入式(6.2)和式(6.3)中,得根轨迹的幅值条件和相角条件的具体表达式

$$\frac{K_g \prod\limits_{j}^{m} |s - z_j|}{\prod\limits_{i}^{n} |s - p_i|} = 1 \tag{6.4}$$

$$\sum_{j=1}^{m} \angle(s - z_j) - \sum_{i=1}^{n} \angle(s - p_i) = \pm 180°(2k+1), \quad k = 0, 1, 2, \cdots \tag{6.5}$$

根轨迹幅相条件的两点说明:

①根轨迹的幅值条件和相角条件都是有开环传递函数得出的,因此系统的开环传递函数是绘制闭环系统根轨迹的依据。

②绘制根轨迹,主要是应用相角条件。在 s 平面上,凡满足相角条件的点,一定

存在某确定的 K_g 使幅值条件成立。因而满足相角条件的所有点构成的图形就是系统的根轨迹,因此相角条件是决定闭环系统根轨迹的充分必要条件;幅值条件则用来确定根轨迹上某确定点所对应的系统参数的值,或确定在某确定的参数值下系统给的闭环极点。

　　3.绘制根轨迹

　　1)根轨迹的绘制规则(表 6.1)

表 6.1　绘制根轨迹的基本规则

规　则	规　则　内　涵
1)根轨迹的条数	n 阶系统的特征方程为 n 次方程,有 n 个根。这 n 个根在复平面连续变化,形成 n 条根轨迹,所以根轨迹的条数等于系统阶数
2)根轨迹的对称性	系统特征根不是实数就是成对的共轭复数,而共轭复数对称于实轴,所以由特征根形成的根轨迹必定对称于实轴
3)根轨迹的起点和终点	系统的 n 条根轨迹始于系统的 n 个开环极点。系统有 m 条根轨迹的终点为系统的 m 个开环零点
4)实轴上的根轨迹	在实轴的某一段上存在根轨迹的条件为:在这一线段右侧的开环极点与开环零点的个数之和为奇数
5)根轨迹的渐近线	如果开环零点个数 m 小于开环极点个数 n,则系统根轨迹增益 $K_g \to \infty$ 时,共有 $n-m$ 条根轨迹趋向无穷远处,它们的方位可由渐近线决定。 1)根轨迹中 $n-m$ 条趋向无穷远处的分支的渐近线倾角 $$\varphi = \pm \frac{180°(2k+1)}{n-m} \qquad k = 0,1,2\cdots,n-m-1$$ 2)根轨迹中 $(n-m)$ 条趋向无穷远处的分支的渐近线与实轴的交点坐标为 $(\sigma_a, j0)$。式中 $$\sigma_a = \frac{\displaystyle\sum_{i=1}^{n} p_i - \sum_{j=1}^{m} z_j}{n-m}$$
6)确定根轨迹与虚轴的交点	将 $s = j\omega$ 带入特征方程则有 $$1 + G(j\omega)H(j\omega) = 0$$ 将上式分解为实部和虚部两个方程。即 $$\begin{cases} \mathrm{Re}[1+G(j\omega)H(j\omega)] = 0 \\ \mathrm{Im}[1+G(j\omega)H(j\omega)] = 0 \end{cases}$$ 解上式,就可以求得根轨迹与虚轴的交点坐标 ω,以及此交点相对应的 K_g
7)根轨迹的出射角和入射角	所谓根轨迹的出射角(或入射角),指的是根轨迹离开开环复数极点处(或进入开环复数零点处)的切线方向与实轴正方向的夹角。出射角为 $$\theta_{p_r} = \pm 180°(2k+1) - \sum_{j=1,j\neq r}^{n} \arg(p_r - p_j) + \sum_{i=1}^{m} \arg(p_r - z_i)$$ 入射角为 $$\theta_{z_r} = \pm 180°(2k+1) + \sum_{j=1}^{n} \arg(z_r - p_j) - \sum_{i=1,i\neq r}^{m} \arg(z_r - z_i)$$

规　则	规　则　内　涵
8)根轨迹上的分离点坐标	根轨迹上的分离点:当有两条或两条以上的根轨迹分支在 s 平面上相遇又立即分开的点称为分离点。可见,分离点就是特征方程出现重根的点。分离点的坐标 d 可用下列方程之一解得 $$\frac{d}{ds}[G(s)H(s)] = 0, \frac{dK_g}{ds} = 0$$ 其中 $$K_g = -\frac{\prod\limits_{j=1}^{n}(s-p_j)}{\prod\limits_{i=1}^{m}(s-z_i)}$$ $$\sum_{j=1}^{m}\frac{1}{d-z_j} = \sum_{i=1}^{n}\frac{1}{d-p_i}$$ 根据根轨迹的对称性法则,根轨迹的分离点一定在实轴上或以共轭形式成对出现在复平面上

2)绘制根轨迹方法

(1)手工绘制法:直接利用开环传递函数求得系统的开环零点和极点来绘制闭环根轨迹。大致思想是,利用幅值条件找出可能的根轨迹并标出相应的增益值。因为在分析中包含了幅角和幅值的图解测量,所以当在纸面上绘制根轨迹草图时,必须将横坐标轴与纵坐标轴以相同的尺度进行等分。具体步骤为:

①确定 $G(s)H(s)$ 的极点和零点在复平面上的位置。极点用"×"表示,零点用"〇"表示。根轨迹各分支起始于开环极点,终止于开环零点(规则3)。

②根据位于实轴上的开环极点和零点确定实轴上的根轨迹。可在实轴上选择试验点,若此试验点右方的实数极点和零点总数为奇数,则该试验点位于根轨迹上;若开环极点和开环零点是单极点和单零点,则根轨迹及其分支沿实轴构成交替的线段(规则4)。

③确定根轨迹渐近线。对于终止于零点为 $-\infty$ 的根轨迹,可确定其渐近线与实轴的交点坐标和夹角。通过表6.1中规则5计算可得。

④求出分离点和汇合点(规则8)。分离点和汇合点对正确判断根轨迹的形状起重要作用。如果根轨迹位于两相邻开环极点之间,则该段至少存在一个分离点;若根轨迹位于两相邻零点之间,则该段至少存在一个汇合点;如果根轨迹在一开环极点和零点之间,则该段或同时存在分离点和汇合点,或都不包括。

⑤确定根轨迹的出射角或入射角(规则7)。为了精确地画出根轨迹的各个部分,必须确定起始点和终止点附近的根轨迹方向。

⑥确定根轨迹与虚轴的交点(规则6)。在求出交点坐标的同时,也求出了此交点对应的增益值,应相应地标在图中。

⑦在复平面内的原点附近选取一系列试验点,画出根轨迹。根轨迹最重要的部

分在虚轴和原点附近的区域内。对于该曲线部分,可选取试验点,根据幅角条件确定。

(2)利用计算机应用软件如 MATLAB 绘制,常用函数如下。

①利用 pzmap 函数可求出开环系统零、极点,并作图。格式为:pzmap(num,den)。

②利用 rlocus 命令可画出系统根轨迹图。格式为:rlocus(num,den)。

③利用 rlocfind 命令可计算根轨迹上给定一组极点所对应的增益。格式为:[k,p]=rlocfind(num,den)。

④利用 sgrid 命令可在已绘制的根轨迹图上绘制等阻尼系数和等自然频率栅格。格式为:sgrid。

⑤conv 函数可直接将传递函数以因式积的形式列写出来。

4. 利用根轨迹分析系统的性能

利用根轨迹图,了解系统闭环极点的分布情况,可分析系统很多性能,如图 6.1 所示。

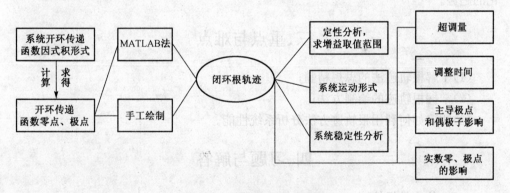

图 6.1　根轨迹法分析系统性能

①确定增益取值范围。根据系统特征根随增益的变化规律,引入闭环极点,依据对系统性能的具体要求,确定增益的取值范围。

②运动形式。如果根轨迹图中无闭环零点,且闭环极点皆为实数,则时间响应一定是单调的;如果闭环极点皆为复数,则系统时间响应为振荡的。

③稳定性分析。如闭环极点全部位于左半面,则系统是稳定的;反之,为不稳定的。还可利用根轨迹和虚轴的交点确定系统的临界稳定参数。根据在坐标原点处的开环极点数可确定系统为几次型,指定闭环极点的开环增益,根据稳态误差与结构参数之间的关系,还可确定系统的动态性能。

④超调量。主要取决于闭环复数主导极点的衰减率 $\dfrac{\xi}{\sqrt{1-\xi^2}}$,并与其他闭环零、极点接近坐标原点的程度有关。

⑤调整时间。主要取决于闭环复数主极点的实部绝对值;若实数极点距虚轴最近,且附近没有零点,则调整时间主要取决于实数极点的模值。

⑥主导极点和偶极子的影响。凡实部比主导极点实部大 5 倍以上的其他闭环零、极点对系统的影响可忽略。远离原点的偶极子,其影响可忽略;接近原点的偶极子,其影响必须考虑。

⑦实数零、极点的影响。若除主导极点外,系统还有若干实数零、极点,则存在零点会减小系统阻尼,使响应加快,增加超调量;存在极点则相反。它们的作用强弱与其接近原点的程度有关。

二、基 本 要 求

(1)正确理解根轨迹的概念。正确理解根轨迹的幅值条件和相角条件的意义;

(2)掌握绘制根轨迹的一般规则、方法和步骤;

(3)能够利用根轨迹法分析系统的主要性能。能够定性分析系统性能随参数变化的趋势。

三、重点与难点

(1)了解根轨迹法的思想精髓;

(2)掌握根轨迹的绘制方法;

(3)明确如何利用根轨迹方法分析系统性能。

四、习题与解答

6.1　什么是根轨迹?

解:所谓根轨迹,是指当开环系统某一参数从零到无穷变化时,闭环特征根在 s 平面上变化的轨迹。

具体来说根轨迹分为以下几种。

(1)常规根轨迹:当变化的参数为开环增益时的根轨迹,称为常规根轨迹。因其相角遵循 $180° + 2k\pi$ 的条件,又称为 $180°$ 根轨迹。

(2)参数根轨迹:变化的参数为开环增益以外的参数时的根轨迹,称为参数根轨迹。

(3)多参数根轨迹:当变化的参数有一个以上时的根轨迹,称为多参数根轨迹。

(4)零度根轨迹:对于有些非最小相位系统、正反馈系统以及参数变化是从 0 到负无穷时,不能采用常规根轨迹的绘制法则,因其相角遵循 $0° + 2k\pi$ 的条件,故称为零度根轨迹。

6.2 如何绘制多参数根轨迹？

解：多参数根轨迹通常是以根轨迹簇的形式出现。以参变量为两个的根轨迹簇为例，假设系统的闭环特征方程为

$$P(s) + K_1 Q_1(s) + K_2 Q_2(s) = 0$$

其中，$P(s)$、$Q_1(s)$ 和 $Q_2(s)$ 中不再含有可变参数。此根轨迹簇的绘制步骤如下：

(1)先设一个参变量为零，如 $K_2 = 0$，此时的特征方程为

$$P(s) + K_1 Q_1(s) = 0$$

$$1 + K_1 \frac{Q_1(s)}{P(s)} = 0$$

此时等效的开环传递函数为

$$G_1(s) H_1(s) = K_1 \frac{Q_1(s)}{P(s)}$$

(2)绘制开环传递函数为 $G_1(s) H_1(s)$，K_1 由 $0 \to \infty$ 变化的根轨迹。

(3)把 K_1 作为常数，K_2 为参变量，将特征方程写为

$$1 + K_2 \frac{Q_2(s)}{P(s) + K_1 Q_1(s)} = 0$$

此时等效开环传递函数为

$$G_2(s) H_2(s) = K_2 \frac{Q_2(s)}{P(s) + K_1 Q_1(s)}$$

(4)绘制开环传递函数为 $G_2(s) H_2(s)$，K_2 由 $0 \to \infty$ 变化的根轨迹。注意到 $G_2(s) H_2(s)$ 的极点可以在第二步绘制的根轨迹上，用指定 K_1 的方法获得。因此，所绘制的根轨迹簇的起点($K_2 = 0$)在第二步绘制的根轨迹上。

6.3 什么是主导极点和偶极子？

解：主导极点是指在闭环极点中离虚轴最近，并且在它附近没有零点，对系统动态性能影响最大，起着主要的、决定性作用的实数或共轭复数极点。

偶极子是一对靠得很近的零、极点。如果闭环零、极点之间的距离比其自身的模值小一个数量级，则称这一对闭环零、极点为一对偶极子。偶极子若不十分靠近坐标原点，则可认为零点和极点的影响彼此相消。

闭环的极点和零点对系统的响应均有影响，但它们的影响程度不同。对系统响应影响最大的是主导极点。如高阶系统存在实数主导极点，系统可近似为一阶系统；如高阶系统存在复数共轭复数主导极点，系统可近似为二阶系统。

6.4 如何从根轨迹图分析闭环控制系统的性能？

解：根轨迹图用来分析闭环系统的性能：

(1)稳定性。闭环系统稳定的充要条件是所有的闭环特征根均位于 s 平面左半平面。因此可根据根轨迹图确定闭环系统是否稳定及系统的稳定域。

(2)稳态误差。根据在坐标原点处的开环极点数可确定系统的型别，再结合根轨

迹上指定的闭环极点的开环增益,根据稳态误差与系统结构参数之间的关系,确定出系统的稳态性能。

(3)过渡过程的形式。当系统所有根均位于实轴上时,系统阶跃响应为非周期单调过程,否则阶跃响应呈振荡趋势。

(4)性能指标估算。对于高阶系统,若存在主导极点,当主导极点是实数时,利用一阶性能指标计算公式。当主导极点是共轭复数时,应利用二阶性能指标计算公式。

6.5 已知系统的开环传递函数为

$$G(s)H(s) = \frac{K}{s(s+1)(0.25s+1)}$$

(1)绘制系统的根轨迹图。

(2)为使系统的阶跃响应呈现衰减振荡形式,试确定 K 的取值范围。

解:(1)绘制系统的根轨迹。

系统的开环传递函数为

$$G(s)H(s) = \frac{K}{s(s+1)(0.25s+1)} = \frac{K_g}{s(s+1)(s+4)}$$

其中 $K_g = 4K$。

①系统有 3 个开环极点:$p_1 = 0, p_2 = -1, p_3 = -4$,没有开环零点。将开环零、极点标在 s 平面上。

②根轨迹的分支数。

特征方程为三阶,故有 3 条根轨迹分支。3 条根轨迹分支分别起始于开环极点 $p_1 = 0, p_2 = -1, p_3 = -4$,终止于开环无限零点。

③实轴上的根轨迹。

实轴上的根轨迹区段为 $[-\infty, -4]$ 和 $[-1, 0]$。

④渐近线的位置与方向。

渐近线与实轴的交点

$$\sigma_a = \frac{\sum_{i=1}^{n} p_i - \sum_{j=1}^{m} z_j}{n - m} = -1.67$$

渐近线与正实轴的夹角

$$\varphi_a = \frac{(2k+1)\pi}{n - m} = \frac{(2k+1)\pi}{3} = \pm 60°, 180° \qquad (k = 0, \pm 1)$$

⑤分离点和分离角。

根据分离点公式

$$\sum_{j=1}^{m} \frac{1}{d - z_j} = \sum_{i=1}^{n} \frac{1}{d - p_i}$$

$$\frac{1}{d} + \frac{1}{d+1} + \frac{1}{d+4} = 0$$

解得 $d_1 = -0.46, d_2 = -2.87$（舍去）。$d_2 = -2.87$ 不在 $0 < K < \infty$ 时的根轨迹上，故应舍去。

分离角 $\theta_{d_1} = \pm \dfrac{\pi}{2}$。

⑥与虚轴的交点。

将 $s = j\omega$ 代入系统闭环特征方程

$$j\omega(j\omega + 1)(j\omega + 4) + K_g = 0$$
$$(K_g - 5\omega^2) + j(4\omega - \omega^3) = 0$$

实部、虚部为零，则

$$4\omega - \omega^3 = 0$$
$$K_g - 5\omega^2 = 0$$

解得 $\omega = 2$，$K_g = 20$，即 $K = \dfrac{K_g}{4} = 5$。

根据以上所计算根轨迹参数，绘制根轨迹如题图 6.1 所示。

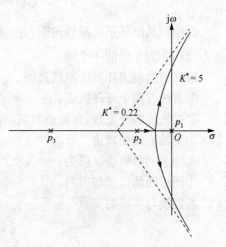

题图 6.1

(2)确定 K 的取值范围。

与分离点 $d_1 = -0.46$ 相应的 K_g 可由模值条件求得

$$K_g = \prod_{i=1}^{3} |d_1 - p_i| = |d_1| \cdot |d_1 + 1| \cdot |d_1 + 4| = 0.88$$

$$K = \frac{K_g}{4} = 0.22$$

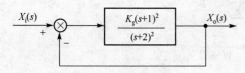

题图 6.2

由题图 6.1 可知，使系统的阶跃响应呈现衰减振荡形式的 K 的取值范围为 $0.22 < K < 5$。

6.6　设控制系统的结构图如题图 6.2 所示，试概略绘制其根轨迹图。

解：(1)系统有两个开环极点：$p_1 = p_2 = -2$；两个开环零点 $z_1 = z_2 = -1$。

(2)根轨迹的分支数：根轨迹有两条分支。

(3)实轴上的根轨迹：实轴上除开环极点和开环零点外无根轨迹。

(4)渐近线的位置与方向：因为 $n = m = 2$，无渐近线。

(5)分离点：根据分离点公式可知，根轨迹无分离点。

(6)与虚轴的交点。

将 $s = -j\omega$ 带入系统的特征方程可知，根轨迹与虚轴无交点。

根据以上分析，绘制根轨迹如题图 6.3 所示。

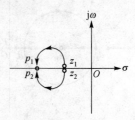

题图 6.3

6.7 设单位负反馈系统的开环传递函数为

$$G(s) = \frac{K_g(s+2)}{s(s+1)}$$

试绘制其闭环系统根轨迹图,并从数学上证明:复数根轨迹部分是以$(-2, j0)$为圆心,以$\sqrt{2}$为半径的一个圆。

解:(1)绘制闭环系统根轨迹图。

①系统有两个开环极点:$p_1 = 0, p_2 = -1$;一个开环零点 $z_1 = -2$。

②根轨迹的分支数:根轨迹有两条分支。

③实轴上的根轨迹。

实轴上的根轨迹区段为$(-\infty, -2], [-1, 0]$。

④渐近线的位置与方向。

渐近线与实轴的交点

$$\sigma_a = \frac{\sum\limits_{i=1}^{n} p_i - \sum\limits_{j=1}^{m} z_j}{n - m} = 1$$

渐近线与正实轴的夹角

$$\varphi_a = \frac{(2k+1)\pi}{n-m} = 180° \quad (k = 0)$$

⑤分离点。

根据分离点公式

$$\sum_{j=1}^{m} \frac{1}{d - z_j} = \sum_{i=1}^{n} \frac{1}{d - p_i}$$

$$\frac{1}{d} + \frac{1}{d+1} = \frac{1}{d+2}$$

解得 $d_1 = -0.59, d_2 = -3.41$。

⑥与虚轴的交点。

将 $s = j\omega$ 带入特征方程可知,除原点外根轨迹与虚轴无其他交点。

根据以上所计算根轨迹参数,绘制根轨迹如题图 6.4 所示。

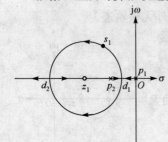

题图 6.4

(2)证明:

取复数根轨迹部分上一点 s_1,令 $s_1 = \sigma + j\omega$,s_1 应满足闭环特征方程

$$s^2 + (K_g + 1)s + 2K_g = 0$$

$$(\sigma + j\omega)^2 + (K_g + 1)(\sigma + j\omega) + 2K_g = 0$$

$$\sigma^2 - \omega^2 + (K_g + 1)\sigma + 2K_g + j[2\sigma\omega + (K_g + 1)\omega] = 0$$

即

$$\begin{cases} \sigma^2 - \omega^2 + (K_g + 1)\sigma + 2K_g = 0 \\ 2\sigma\omega + (K_g + 1)\omega = 0 \end{cases}$$

消去 K_g 可得

$$(\sigma + 2)^2 + \omega^2 = (\sqrt{2})^2$$

可见这部分根轨迹是以 $(-2, j0)$ 为圆心，以 $\sqrt{2}$ 为半径的一个圆。

6.8 设一单位负反馈系统的开环传递函数如下：

$$G(s) = \frac{K(s+1)}{s(s+2)(s+3)}$$

试使用 MATLAB 绘制该系统的根轨迹。

解：使用 MATLAB 绘制此根轨迹的程序如下：

```
num=[1 1];
den=conv([1 0],conv([1 2],[1 3]));
G=tf(num,den);
rlocus(G)
xlabel('Re');ylabel('Im');
```

程序运行结果如题图 6.5 所示。

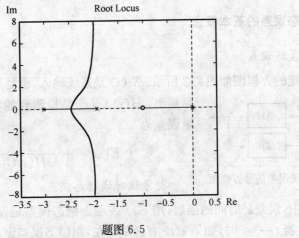

题图 6.5

第7章　控制系统的误差分析和计算

一、内 容 提 要

图 7.1 为本章的知识结构图。

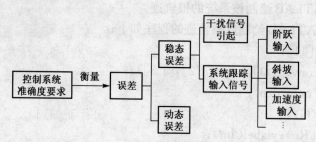

图 7.1　知识结构图

(一)系统稳态误差的基本概念

1. 系统复域误差

控制系统的方框图如图 7.2 所示。$X_i(s)$ 是系统输入,也是期望输出,$X_o(s)$ 是实际输出,$H(s)X_o(s)$ 是检测到的实际输出。系统的复域误差为

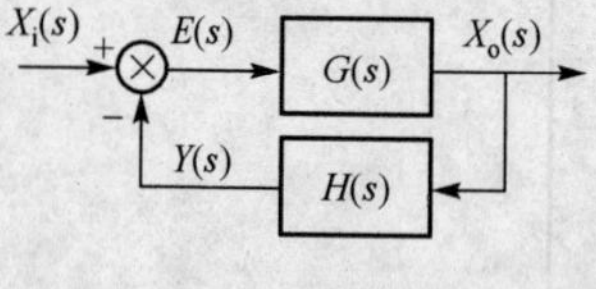

$$E(s) = \frac{1}{1 + H(s)G(s)}X_i(s) \tag{7.1}$$

图 7.2　系统误差信号方框图

2. 系统时域稳态误差

在时域中,误差是时间的函数,用 $e(t)$ 表示。稳态误差是误差信号的稳态分量,用 e_{ss} 表示。当 $t \to \infty$ 时,如果 $e(t)$ 有极限存在,则稳态误差定义为

$$e_{ss} = \lim_{t \to \infty} e(t) \tag{7.2}$$

利用拉氏变换的终值定理知:若满足 $sE(s)$ 的所有极点都在 s 平面的左半部,则由输入信号引起的系统稳态误差为

$$e_{ss} = \lim_{s \to 0} sE(s) = \lim_{s \to 0} \frac{sX_i(s)}{1 + G(s)H(s)} \tag{7.3}$$

由此可见,当输入信号一定时,系统的稳态误差取决于开环传递函数所描述的系统结构。

3.偏差和误差

如图 7.2 所示,系统偏差 $\varepsilon(t)$ 定义为输入信号 $x_i(t)$ 与主反馈信号 $y(t)$ 之差,即

$$\varepsilon(t) = x_i(t) - y(t) \tag{7.4}$$

其拉氏变换式为

$$E(s) = X_i(s) - Y(s) = X_i(s) - H(s)X_o(s) \tag{7.5}$$

系统的误差 $e(t)$ 定义为输出量的期望值 $x_{od}(t)$ 与实际值 $x_o(t)$ 之差,即

$$e(t) = x_{od}(t) - x_o(t) \tag{7.6}$$

其拉氏变换式为

$$E(s) = X_{od}(s) - X_o(s) \tag{7.7}$$

在闭环系统中,真正起调节作用的信号是偏差信号,系统调节的目的是使实际输出量趋于期望值,以使误差消除。

(二)系统稳态误差的计算

系统稳态误差的计算除了直接利用定义法外,还可以利用静态误差系数法,详细求法如下所述。

1.系统的类型

一般系统的开环传递函数 $G(s)H(s)$ 可以写成如下形式

$$G(s)H(s) = \frac{K\prod\limits_{i=1}^{m}(\tau_i s + 1)}{s^{\lambda}\prod\limits_{j=1}^{n-\lambda}(T_j s + 1)} \tag{7.8}$$

式中,K 为系统的开环增益,λ 为开环系统中积分环节的个数,$\tau_i(i = 1,2,\cdots,m)$,$T_j(j = 1,2,\cdots,n-\lambda)$ 分别为各环节的时间常数。

系统的类型与系统的阶数是完全不同的两个概念,它们之间的区分如表 7.1 所示。

表 7.1　系统类型和阶数的比较

系统类型	型别数是系统开环传递函数所含积分环节的个数。 $\lambda = 0$,为 0 型系统; $\lambda = 1$,为 Ⅰ 型系统。 依此类推,一般 $\lambda > 2$ 的系统难以稳定,实际上很少见
系统阶数	阶数是传递函数分母多项式的最高幂次数

稳态误差的大小与系统的开环增益 K、系统类型及输入信号 $X_i(s)$ 有关而与开环传递函数的时间常数 τ_i、T_j 均无关。

2.系统的误差传递函数

以误差信号 $E(s)$ 为输出量,以 $X_i(s)$ 为输入量的传递函数称为误差传递函数,以 $\Phi_e(s)$ 表示:

$$\Phi_e(s) = \frac{E(s)}{X_i(s)} = \frac{1}{1 + G(s)H(s)} \tag{7.9}$$

可以用静态误差系数表示出系统的开环增益 K、系统类型及输入信号 $X_i(s)$ 之间的内在规律。

3. 静态误差系数

静态误差系数及其 0 型、Ⅰ 型和 Ⅱ 型系统在各种输入量作用下的稳态误差如表 7.2 所示。

表 7.2　静态误差系数及典型输入信号下各型系统的稳态误差

误差系数 对比项	位置误差系数 K_p	速度误差系数 K_v	加速度误差系数 K_a
定义	系统对单位阶跃输入的稳态误差	系统对单位斜坡输入时引起的误差	系统对等加速度输入引起的稳态误差
表示方法	$K_p = \lim\limits_{s \to 0} G(s)H(s)$	$K_v = \lim\limits_{s \to 0} s \cdot G(s)H(s)$	$K_a = \lim\limits_{s \to 0} s^2 \cdot G(s)H(s)$
稳态 误差　0 型系统	$\dfrac{1}{1+K}$	∞	∞
Ⅰ 型系统	0	$\dfrac{1}{K}$	∞
Ⅱ 型系统	0	0	$\dfrac{1}{K}$

从表中可见,对角线以上稳态误差为无穷大;对角线以下稳态误差为零。

从以上的分析中可以得到如下结论:

(1)同一个系统对于不同的输入信号,有不同的稳态误差。同一个输入信号对于不同的系统也引起不同的稳态误差。即系统的稳态误差取决于系统的结构和输入函数的性质。

(2)开环增益 K 越大,系统型别越高,系统的稳态误差有限值越小。

(3)上述结论是在以单位阶跃函数、单位斜坡函数等典型输入信号作用下得到的,但有普遍意义。

4. 用 Bode 图确定误差常数

对于单位负反馈系统,静态位置、速度和加速度误差系数分别描述了 0 型、Ⅰ 型和 Ⅱ 型系统的低频特性,而系统的类型确定了低频时对数幅值曲线的斜率。因此,控制系统是否存在稳态误差,稳态误差的大小,都可以通过观察对数幅值曲线的低频区特性来确定。如表 7.3 所示。

假设系统的开环传递函数为

$$G(j\omega) = \frac{K(\tau_1 j\omega + 1)(\tau_2 j\omega + 1) \cdots (\tau_m j\omega + 1)}{(j\omega)^\lambda (T_1 j\omega + 1)(T_2 j\omega + 1) \cdots (T_{n-\lambda} j\omega + 1)} \tag{7.10}$$

表 7.3　各静态误差系数的确定

静态误差系数	确 定 方 法
位置误差系数 K_p	图中所示为一个 0 型系统的对数幅值曲线的例子。 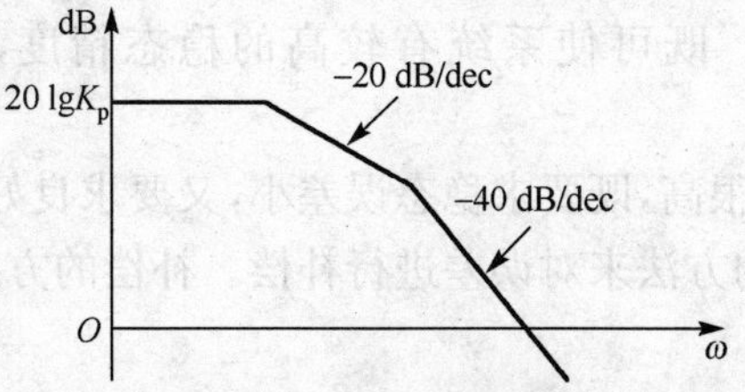 （图：dB 纵轴，横轴 ω；低频水平线 $20\lg K_p$，后接 -20 dB/dec，再接 -40 dB/dec） $\lim\limits_{\omega\to 0}\lvert G(\mathrm{j}\omega)\rvert = K_p$，由低频渐近线为 $20\lg K_p$ 分贝的水平线可推知 K_p
速度误差系数 K_v	图中所示为一个 I 型系统的对数幅值曲线的例子。 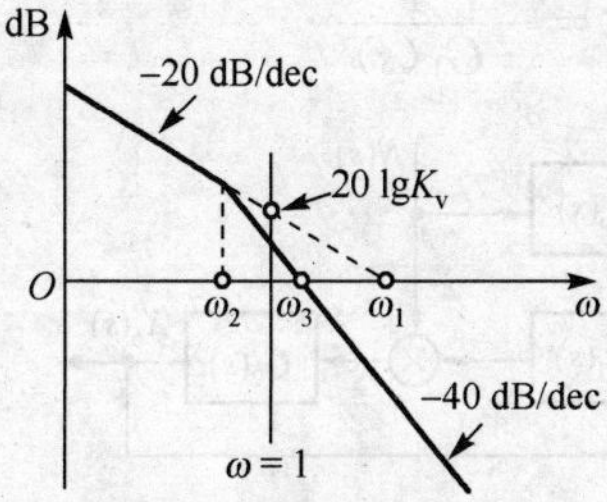 （图：-20 dB/dec 起始段，标注 $20\lg K_v$，频率点 ω_2、ω_3、ω_1，$\omega=1$，后接 -40 dB/dec） 斜率为 -20dB/dec 的起始段（或其延长线）与 $\omega=1$ 的直线的交点为 $20\lg K_v$ 分贝，斜率为 -20dB/dec 的起始段（或其延长线）与 0 分贝直线的交点频率即为数值 K_v
加速度误差系数 K_a	图中所示为一个 II 型系统的对数幅值曲线的例子。 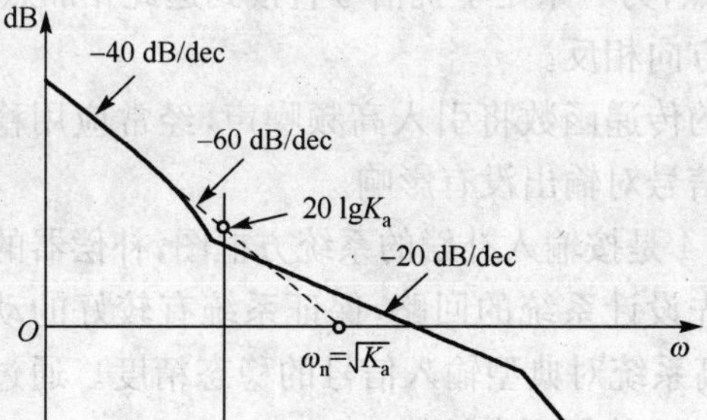 （图：-40 dB/dec 起始段，-60 dB/dec，标注 $20\lg K_a$，-20 dB/dec，$\omega_n=\sqrt{K_a}$，$\omega=1$） 斜率为 -40dB/dec 的起始段（或其延长线）与 $\omega=1$ 的直线的交点为 $20\lg K_a$ 分贝，斜率为 -40dB/dec 的起始段（或其延长线）与 0 分贝直线的交点频率在数值上等于 $\sqrt{K_a}$

(三)减小稳态误差的途径

　　系统的稳态误差是由输入和干扰信号引起的,因而减小系统误差也要从这些产生误差的方面来考虑,可考虑通过以下途径来减小稳态误差:

　　(1)提高反馈通道元器件的精度,避免在反馈通道引入干扰。

（2）在保证系统稳定的前提下，增大系统开环放大倍数和系统型次以减小输入引起的误差；在系统的前向通道干扰点前加积分器和增大放大倍数减小干扰引起的误差。

（3）采用顺馈补偿方法。既可使系统有较高的稳态精度，又可有良好的动态性能。

（4）有的系统要求的性能很高，既要求稳态误差小，又要求良好的动态性能，这时可采用复合控制（或称顺馈）的方法来对误差进行补偿。补偿的方式有按干扰补偿和按输入补偿两种。

①按干扰补偿。当干扰直接可测量时，就可以直接利用这个信息进行补偿。方法是：将干扰信号通过补偿器反馈，如图 7.3。$G_n(s)$ 是补偿器的传递函数。

$$G_n(s) = -\frac{1}{G_1(s)} \tag{7.11}$$

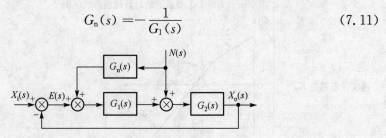

图 7.3　按干扰信号补偿稳态误差

从结构上看，按干扰补偿利用了双通道原理：一条是由干扰信号经过 $G_n(s)$、$G_1(s)$ 到达方框图的相加点；另一条是干扰信号直接到达此相加点。两个通道的信号在此相加点处大小相同，方向相反。

一般情况下，补偿器的传递函数将引入高频噪声，经常应用稳态补偿，当系统响应平稳下来后，保证干扰信号对输出没有影响。

②按输入补偿。图 7.4 是按输入补偿的系统方框图，补偿器的传递函数 $G_r(s)$ 放在系统的回路之外，因此先设计系统的回路，保证系统有较好的动态性能，然后再设置补偿器 $G_r(s)$，以便提高系统对典型输入信号的稳态精度。通过设置补偿器 $G_r(s)$ 使系统在输入信号作用下，误差得到全补偿。

$$G_r(s) = \frac{1}{G(s)}$$

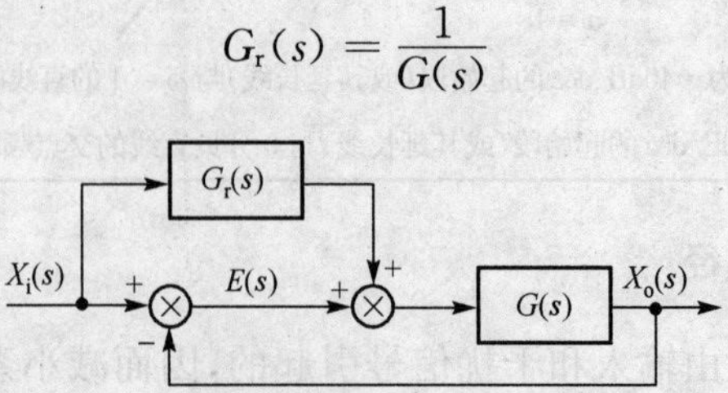

图 7.4　按输入信号补偿稳态误差

分析可知,补偿通道并不影响系统的稳定性。因此可以在加补偿通道前,调好系统的动态性能,以保证足够的稳定裕度。加入补偿通道的作用是补偿稳态误差,减小动态误差(完全补偿也是很困难的)。

上述两种补偿方法广泛应用于雷达及其他伺服系统、调速系统和加工系统中。

(四)动态误差

1. 动态误差的定义和表达

研究动态误差能够获得关于误差随时间变化的信息。

动态误差 $e_{ss}(t)$ 是时间的函数:

$$e_{ss}(t) = \frac{x_i(t)}{C_0} + \frac{\dot{x}_i(t)}{C_1} + \frac{\ddot{x}_i(t)}{C_2} + \cdots + \frac{x_i^{(n)}(t)}{C_n} \qquad (7.12)$$

式中, $C_0 = \dfrac{1}{\phi_e(0)}$, $C_1 = \dfrac{1}{\dot{\phi}_e(0)}$, $C_2 = \dfrac{2!}{\ddot{\phi}_e(0)}$ 分别称为动态位置误差系数、动态速度误差系数、动态加速度误差系数。它们决定于系统的结构参数和输入信号。

2. 动态误差的计算方法

动态误差系数的计算方法有两种,按定义计算和按长除法计算。一般来说,按长除法计算较为简单。

长除法计算的具体方法是:首先确定系统的误差传递函数表达式 $\phi_e(s)$ 并将其分子和分母多项式按照升幂形式排列,然后用分母多项式去除分子多项式。兹举一例,以示其详。

例 7.1　设系统的结构图如图 7.5 所示,其开环传递函数为

$$G(s)H(s) = \frac{10}{s(s+1)}$$

试求动态误差系数及当输入量为 $x_i(t) = 10 + 2t + 5t^2$ 时系统的稳态误差。

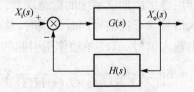

图 7.5　系统结构图

解:(1)确定误差传递函数并将其按升幂形式排列

$$\Phi_e(s) = \frac{1}{1+G(s)H(s)} = \frac{s+s^2}{10+s+s^2}$$

(2)用长除法将误差传递函数泰勒展开成幂级数

$$\Phi_e(s) = \frac{1}{1+G(s)H(s)} = 0 + 0.1s + 0.09s^2 - 0.19s^3 + \cdots$$

（3）动态误差系数

动态位置误差系数

$$C_0 = \infty$$

动态速度误差系数

$$C_1 = \frac{1}{0.1} = 10$$

动态加速度误差系数

$$C_2 = \frac{1}{0.09} = 11.11$$

（4）稳态误差

$$e_{ss}(t) = L^{-1}[E(s)] = L^{-1}[0.1sX_i(s) + 0.09s^2X_i(s) - 0.19s^3X_i(s) + \cdots]$$
$$= 0.1\dot{x}_i(t) + 0.09\ddot{x}_i(t) - 0.19\dddot{x}_i(t) + \cdots$$

将 $x_i(t) = 10 + 2t + 5t^2, \dot{x}_i(t) = 2 + 10t, \ddot{x}_i(t) = 10$ 及 $\dddot{x}_i(t) = 0$ 代入上式，可得

$$e_{ss}(t) = 1.1 + t$$

二、基 本 要 求

（1）理解系统稳态误差和静、动态误差系数的概念。

（2）掌握计算系统稳态误差的方法。

（3）了解减小或消除稳态误差的措施。

三、重点与难点

（1）干扰作用时，系统误差的计算。

当有干扰信号时，可利用叠加原理求系统的稳态误差。

如图 7.6 所示，当输入信号与干扰信号同时作用时，总稳态误差是两信号分别作用时的稳态误差之和，即由输入信号 $x_i(t)$ 单独作用引起的稳态误差为

$$e_{ss1} = \lim_{s \to 0} s \cdot \frac{1}{1 + G_1(s)G_2(s)H(s)} X_i(s) \tag{7.13}$$

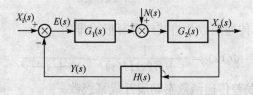

图 7.6　扰动信号产生的误差

干扰信号 $n(t)$ 单独作用引起的稳态误差为

$$e_{ss2} = \lim_{s \to 0} s \cdot \left[-\frac{G_2(s)H(s)}{1 + G_1(s)G_2(s)H(s)} \cdot N(s) \right] \tag{7.14}$$

因此,总稳态误差为

$$e_{ss} = e_{ss1} + e_{ss2} \tag{7.15}$$

(2)掌握稳态误差与系统型别和静态误差系数之间关系的规律性。

四、习题与解答

7.1　什么是系统的稳态误差?

解:系统过渡过程结束后,系统实际输出量与系统希望的输出量之间的偏差称为稳态误差。它是系统稳态性能的测度,反映了系统相应的准确性,表达式为

$$e_{ss}(t) = \lim_{t \to \infty} e(t) = \lim_{s \to 0} s E_1(s)$$

7.2　如何计算系统的稳态误差?

解:分两种情况:

(1)给定输入作用下系统的稳态误差,这种情况下有三种方法:

①直接计算法。

直接计算法就是由稳态误差的定义直接计算,即

$$e_{ss} = \lim_{t \to \infty} e(t) = e(\infty)$$

②终值定理法。

终值定理的应用条件为 $e(t)$ 的拉普拉斯变换 $E(s)$ 在 s 平面右半平面及虚轴上(除原点外)解析。

$$e_{ss} = \lim_{t \to \infty} e(t) = \lim_{s \to 0} s E(s)$$

③静态误差系数法。

静态误差系数也是系统的稳态性能指标。其定义如下:

a. 静态位置误差系数　　　　$K_p = \lim_{s \to 0} G(s)H(s)$

b. 静态速度误差系数　　　　$K_v = \lim_{s \to 0} s G(s)H(s)$

c. 静态加速度误差系数　　　$K_a = \lim_{s \to 0} s^2 G(s)H(s)$

(2)扰动输入作用下系统的稳态误差。

扰动引起的稳态误差的求取,可先令 $r(t) = 0$,再用终值定理计算。

7.3　试求单位负反馈系统的静态位置、速度、加速度误差系数及其稳态误差,设输入信号为单位阶跃,单位斜坡,加速度为 $t^2/2$,其系统开环传递函数分别为:

(1) $G(s) = \dfrac{50}{(0.1s + 1)(2s + 1)}$;　　(2) $G(s) = \dfrac{K}{s(0.1s + 1)(0.5s + 1)}$;

(3) $G(s) = \dfrac{K}{s(s^2 + 4s + 200)}$;　　　　(4) $G(s) = \dfrac{K(2s+1)(4s+1)}{s^2(s^2 + 2s + 10)}$。

解:(1)系统是 0 型系统。

a. 静态位置误差系数及稳态误差:

误差系数:$K_p = K = 50$。稳态误差:$e_{ss} = \dfrac{1}{1+K} = \dfrac{1}{51}$。

b. 静态速度误差系数及稳态误差:

误差系数:$K_v = 0$。稳态误差:$e_{ss} = \dfrac{1}{K_v} = \infty$。

c. 静态加速度误差系数及稳态误差:

误差系数:$K_a = 0$。稳态误差:$e_{ss} = \dfrac{1}{K_a} = \infty$。

(2)系统是 I 型系统。

a. 静态位置误差系数及稳态误差:

误差系数:$K_p = \infty$。稳态误差:$e_{ss} = 0$。

b. 静态速度误差系数及稳态误差:

误差系数:$K_v = K$。稳态误差:$e_{ss} = \dfrac{1}{K_v} = \dfrac{1}{K}$。

c. 静态加速度误差系数及稳态误差:

误差系数:$K_a = 0$。稳态误差:$e_{ss} = \dfrac{1}{K_a} = \infty$。

(3)根据定义进行求解。

a. 静态位置误差系数及稳态误差:

误差系数:$K_p = \lim\limits_{s \to 0} G(s)H(s) = \lim\limits_{s \to 0} \dfrac{K}{s(s^2 + 4s + 200)} = \infty$;

稳态误差:$e_{ss} = \dfrac{1}{1 + K_p} = 0$。

b. 静态速度误差系数及稳态误差:

误差系数:$K_v = \lim\limits_{s \to 0} s G(s)H(s) = \lim\limits_{s \to 0} s \cdot \dfrac{K}{s(s^2 + 4s + 200)} = \dfrac{K}{200}$;

稳态误差:$e_{ss} = \dfrac{1}{K_v} = \dfrac{200}{K}$。

c. 静态加速度误差系数及稳态误差:

误差系数:$K_a = \lim\limits_{s \to 0} s^2 G(s)H(s) = \lim\limits_{s \to 0} s^2 \cdot \dfrac{K}{s(s^2 + 4s + 200)} = 0$;

稳态误差:$e_{ss} = \dfrac{1}{K_a} = \infty$。

(4)根据定义进行求解。

a. 静态位置误差系数及稳态误差：

误差系数：$K_p = \lim_{s \to 0} G(s)H(s) = \lim_{s \to 0} \frac{K(2s+1)(4s+1)}{s^2(s^2+2s+10)} = \infty$；

稳态误差：$e_{ss} = \dfrac{1}{1+K_p} = 0$。

b. 静态速度误差系数及稳态误差：

误差系数：$K_v = \lim_{s \to 0} sG(s)H(s) = \lim_{s \to 0} s \cdot \dfrac{K(2s+1)(4s+1)}{s^2(s^2+2s+10)} = \infty$；

稳态误差：$e_{ss} = \dfrac{1}{K_v} = 0$。

c. 静态加速度误差系数及稳态误差：

误差系数：$K_a = \lim_{s \to 0} s^2 G(s)H(s) = \lim_{s \to 0} s^2 \cdot \dfrac{K(2s+1)(4s+1)}{s^2(s^2+2s+10)} = \dfrac{K}{10}$；

稳态误差：$e_{ss} = \dfrac{1}{K_a} = \dfrac{10}{K}$。

7.4　某单位负反馈系统闭环传递函数为 $\dfrac{X_o(s)}{X_i(s)} = \dfrac{a_{n-1}s + a_n}{s^n + a_1 s^{n-1} + \cdots + a_{n-1}s + a_n}$，试证明系统对单位斜坡输入响应的稳态误差为零。

解： 将闭环传递函数化为单位反馈形式：$G_b(s) = \dfrac{G_k(s)}{1 + G_k(s)}$，则

$$G_k(s) = \frac{G_b(s)}{1 - G_b(s)} = \frac{a_{n-1}s + a_n}{s^n + a_1 s^{n-1} + \cdots + a_{n-2}s^2} = \frac{a_{n-1}s + a_n}{s^2(s^{n-2} + a_1 s^{n-3} + \cdots + a_{n-2})}$$

由 $G_k(s)$ 可看出，本系统为 Ⅱ 型系统。当斜坡输入时，误差系数

$$K_v = \lim_{s \to 0} sG_k(s) = \infty$$

稳态误差：$e_{ss} = \dfrac{1}{K_v} = 0$。

7.5　控制系统结构图如题图 7.1 所示，其中扰动信号 $F(t) = 1(t)$。试问：能否选择一个合适的 K_1 值，使系统在扰动作用下的稳态误差为 $e_{sf} = -0.099$？

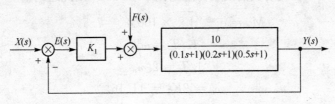

题图 7.1

解：　$\Phi_e(s) = \dfrac{E(s)}{F(s)} = \dfrac{10}{(0.1s+1)(0.2s+1)(0.5s+1) + 10K_1}$

利用终值定理：

$$e_{sf} = \lim_{s \to 0} sE(s) = \lim_{s \to 0} s\Phi_e(s)F(s) = -\frac{10}{1+10K_1} = -0.099$$

解得：

$$K_1 = 10$$

此系统的闭环特征根为 $(0.1s+1)(0.2s+1)(0.5s+1)+10K_1 = 0$，将 $K_1 = 10$ 代入整理得

$$s^3 + 17s^2 + 80s + 10100 = 0$$

根据赫尔维茨稳定判据判定，当 $K_1 = 10$ 时，此系统不稳定，所以不存在合适的 K_1 值使系统在扰动作用下的稳态误差差为 $e_{sf} = -0.099$。

7.6 系统的开环传递函数为

$$G_k(s) = \frac{K}{s(s+1)(s+5)}$$

求单位斜坡输入时，系统的稳态误差 $e_{ss} = 0.01$ 的 K 值。

解： 因为 $G_k(s) = \dfrac{K}{s(s+1)(s+5)} = \dfrac{\dfrac{K}{5}}{s(s+1)(\dfrac{1}{5}s+1)}$，系统为 Ⅰ 型系统。

所以

$$e_{ss} = \frac{1}{K_v} = \frac{5}{K} = 0.01$$

故 $K = 500$ 为所求。

7.7 设一单位负反馈系统的开环传递函数

$$G(s) = \frac{K}{s(Ts+1)}$$

若已知单位速度信号输入下的稳态误差 $e_{ss} = \dfrac{1}{9}$，相角裕度 $\gamma = 60°$，试确定系统时域指标 M_p 和 t_s。

解： 因为该系统为 Ⅰ 型系统，单位速度输入下的稳态误差为 $\dfrac{1}{K}$，由题设条件得 $K = 9$。由 $\gamma = 60°$，查有关的图表得阻尼比 $\xi = 0.62$，因此超调量

$$M_p = e^{-\pi\xi/\sqrt{1-\xi^2}} \times 100\% = 7.5\%$$

由于

$$K/T = \omega_n^2$$
$$1/T = 2\xi\omega_n$$

故

$$\omega_n = 2K\xi = 11.16$$

调节时间

$$t_s = \frac{3.5}{\xi\omega_n} = 0.506s$$

7.8 已知如题图 7.2 中所示的 $H(s) = 1$ 的系统有如下传递函数。用误差常数计算三种基本输入的稳态误差值。

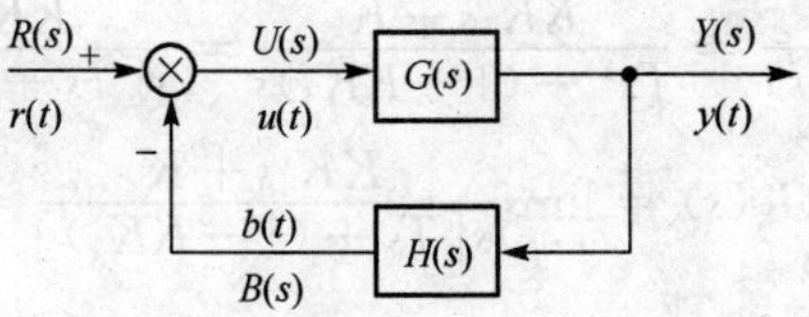

题图 7.2

(1) $G(s) = \dfrac{K(s+3.15)}{s(s+1.5)(s+0.5)}$; (2) $G(s) = \dfrac{K}{s^2(s+12)}$;

(3) $G(s) = \dfrac{5(s+1)}{s^2[s+12(s+5)]}$。

解:(1)阶跃输入:阶跃误差常数 $K_p = \infty$,$e_{ss} = \dfrac{R}{1+K_p} = 0$;

斜坡输入:斜坡误差常数 $K_v = 4.2K$,$e_{ss} = \dfrac{R}{K_v} = \dfrac{R}{4.2K}$;

抛物线输入:抛物线误差常数 $K_a = 0$,$e_{ss} = \dfrac{R}{K_a} = \infty$。

这些结果只有在 K 位于保证闭环系统稳定的范围内时才有意义,即 $0 < K < 1.304$。

(2)因为无论 K 为何值,闭环系统都不稳定,因此误差分析没有意义。

(3)可以证明该闭环系统是稳定的,进一步计算三种基本类型输入时的稳态误差。

阶跃输入:阶跃误差常数 $K_p = \infty$,$e_{ss} = \dfrac{R}{1+K_p} = 0$;

斜坡输入:斜坡误差常数 $K_v = \infty$,$e_{ss} = \dfrac{R}{K_v} = 0$;

抛物线输入:抛物线误差常数 $K_a = \dfrac{1}{12}$,$e_{ss} = \dfrac{R}{K_a} = 12R$。

7.9 如题图 7.3 所示的系统,假设系统输入信号的斜坡输入 $x_i(t) = at$ (式中 a 是一个任意常数,$t \geq 0$),试证明通过适当调节 K_i 的值,该系统对斜坡输入相应的稳态误差能达到零。

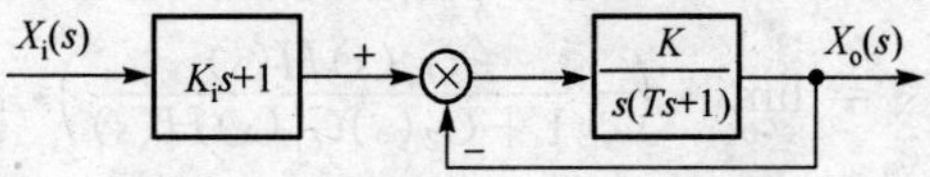

题图 7.3

解:
$$G_b(s) = \dfrac{(K_i s + 1) \cdot \dfrac{K}{s(Ts+1)}}{1 + \dfrac{K}{s(Ts+1)}}$$

由 $G_k(s) = \dfrac{G_b(s)}{1-G_b(s)} = \dfrac{KK_is+K}{Ts^2+(1-KK_i)s} = \dfrac{KK_is+K}{s[Ts+(1-KK_i)]}$，可得

$$K_v = \lim_{s\to 0}sG_k(s) = \lim_{s\to 0}s\frac{KK_is+K}{s[Ts+(1-KK_i)]} = \frac{K}{1-KK_i}$$

若使

$$e_{ss} = \frac{a}{K_v} = 0$$

必有

$$1-KK_i = 0$$

解得

$$K_i = \frac{1}{K}$$

即选取

$$K_i = \frac{1}{K} \text{ 时}, e_{ss} = 0$$

7.10 如题图 7.4 所示系统,已知 $X_i(s) = N(s) = \dfrac{1}{s}$,试求输入 $X_i(s)$ 和扰动 $N(s)$ 作用下的稳态误差。

解:
$$e_{ss} = 0(e_{ss1} = -\frac{1}{5}, e_{ss2} = \frac{1}{5})$$

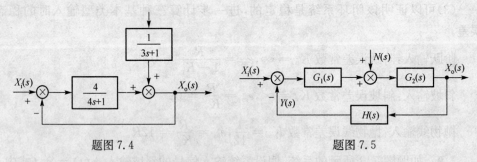

题图 7.4   题图 7.5

7.11 证明:如果控制系统的扰动是一个阶跃函数,那么只要在扰动作用点前有一个积分器,就可以消除阶跃扰动引起的稳态误差。

解: 题图 7.5 所示为典型的由扰动单独作用引起的稳态误差。

其计算公式是: $e_{ssN} = \lim_{s\to 0}s \cdot \left(-\dfrac{G_2(s)H(s)}{1+G_2(s)G_1(s)H(s)}\right) \cdot N(s)$。

根据题意令 $N(s) = \dfrac{a}{s}$, $G_1(s) = \dfrac{K}{s}$, 则

$$e_{ssN} = \lim_{s\to 0}s \cdot \left(-\frac{G_2(s)H(s)}{1+G_2(s)G_1(s)H(s)}\right) \cdot N(s)$$

$$= \lim_{s\to 0}s \cdot \left(-\frac{G_2(s)H(s)}{1+G_2(s)H(s)\dfrac{K}{s}}\right) \cdot \frac{a}{s}$$

$$= \lim_{s \to 0} \frac{-aG_2(s)H(s)s}{s + G_2(s)H(s)K} = 0$$

可以证明命题成立。

7.12　某单位负反馈控制系统的开环传递函数为

$$G(s) = \frac{100}{s(0.1s+1)}$$

试求当输入为 $x_i(t) = 1 + t + at^2 (a \geqslant 0)$ 时的稳态误差。

解:依据系统的稳态误差定义可得

$$e_{ss} = \lim_{s \to 0} s \cdot E(s) = \lim_{s \to 0} s \cdot \frac{1}{1 + G(s)H(s)} \cdot X_i(s)$$

且 $H(s) = 1, X_i(s) = L[x_i(t)] = \dfrac{1}{s} + \dfrac{1}{s^2} + \dfrac{2a}{s^3}$，故

$$e_{ss} = \lim_{s \to 0} s \cdot \frac{1}{1 + \dfrac{100}{s(0.1s+1)}} \cdot \left(\frac{1}{s} + \frac{1}{s^2} + \frac{2a}{s^3} \right) = e_{ss1} + e_{ss2} + e_{ss3}$$

$$e_{ss1} = \lim_{s \to 0} s \cdot \frac{1}{1 + \dfrac{100}{s(0.1s+1)}} \cdot \frac{1}{s} = 0$$

$$e_{ss2} = \lim_{s \to 0} s \cdot \frac{1}{1 + \dfrac{100}{s(0.1s+1)}} \cdot \frac{1}{s^2} = \frac{1}{100}$$

$$e_{ss3} = \lim_{s \to 0} s \cdot \frac{1}{1 + \dfrac{100}{s(0.1s+1)}} \cdot \frac{2a}{s^3} = \infty \ (a > 0)$$

所以, $e_{ss} = e_{ss1} + e_{ss2} + e_{ss3} = \begin{cases} \infty, & (a > 0) \\ \dfrac{1}{100}, & (a = 0) \end{cases}$。

7.13　已知控制系统方框图如题图 7.6 所示,试求:

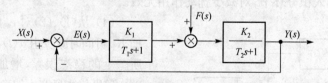

题图 7.6

(1)当 $x(t) = 0, F(t) = 1(t)$ 时系统的静态误差 e_{sf};

(2)当 $x(t) = 1(t), F(t) = 1(t)$ 时系统的静态误差 e_s;

(3)如果分别在扰动点之前或之后或测量通道加入积分环节,比较一下系统对干扰的抑制能力;

(4)调节 K_1、K_2,对上述结构的系统的稳态误差有何影响。

解:(1)
$$\Phi_{ef}(s) = \frac{E(s)}{F(s)} = \frac{-K_2(T_1 s + 1)}{(T_1 s + 1)(T_2 s + 1) + K_1 K_2}$$

$$e_{sf} = \lim_{s \to 0} sE(s) = -\frac{K_2}{1 + K_1 K_2}$$

(2)
$$\Phi_{ex}(s) = \frac{E(s)}{X(s)} = \frac{(T_1 s + 1)(T_2 s + 1)}{(T_1 s + 1)(T_2 s + 1) + K_1 K_2}$$

$$e_{sx} = \lim_{s \to 0} sE(s) = \frac{1}{1 + K_1 K_2}$$

由叠加性原理：$e_s = e_{sf} + e_{sx} = \dfrac{1}{1 + K_1 K_2} - \dfrac{K_2}{1 + K_1 K_2} = \dfrac{1 - K_2}{1 + K_1 K_2}$

(3)若在扰动前加入积分环节：
$$\Phi_{ef}(s) = \frac{E(s)}{F(s)} = \frac{-K_2(T_1 s + 1)s}{s(T_1 s + 1)(T_2 s + 1) + K_1 K_2}$$
$$e_{sf} = \lim_{s \to 0} sE(s) = 0$$

若在扰动后加入积分环节：
$$\Phi_{ef}(s) = \frac{E(s)}{F(s)} = \frac{-K_2(T_1 s + 1)}{s(T_1 s + 1)(T_2 s + 1) + K_1 K_2}$$
$$e_{sf} = \lim_{s \to 0} sE(s) = -\frac{1}{K_1}$$

在测量通道中加入积分环节：
$$E(s) = -\frac{Y(s)}{s} = -\frac{1}{s}\left[\frac{K_1 E(s)}{T_1 s + 1} + F(s)\right]\frac{K_2}{T_2 s + 1}$$
$$\Phi_{ef}(s) = \frac{E(s)}{F(s)} = -\frac{K_2(T_1 s + 1)}{s(T_1 s + 1)(T_2 s + 1) + K_1 K_2}$$
$$e_{sf} = \lim_{s \to 0} sE(s) = -\frac{1}{K_1}$$

从比较结果看,只有在扰动之前加入积分环节,才对干扰有抑制作用,在扰动后和测量通道加入积分环节,对减少扰动作用无效。

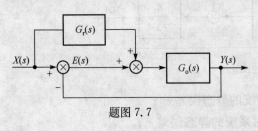

题图 7.7

(4) 从(1)、(2)对 e_s 的计算看出,增加 K_1 可同时减少由 $x(t)$、$F(t)$ 阶跃输入所产生的稳态误差,增加 K_2 只对减少 $x(t)$ 阶跃输入所产生的稳态误差有效。

7.14 一复合控制系统的结构图如题图 7.7 所示,图中 $G_o(s) = \dfrac{10}{s(0.1s + 1)(0.5s + 1)}$,如果要求在输入信号为抛物线函数时,系统的稳态误差为零,问应如何设计顺馈补偿装置 G_r。

解:
$$E(s) = X(s) - Y(s)$$

$$Y(s) = [E(s) + G_r(s)X(s)]G_o(s)$$

$$E(s) = \frac{1 - G_r(s)G_o(s)}{1 + G_o(s)}X(s), X(s) = \frac{1}{s^3}$$

$$e_{sx} = \lim_{s \to 0} sE(s) = \lim_{s \to 0} \frac{0.05s^3 + 0.6s^2 + s - 10G_r(s)}{s^2[s(0.1s+1)(0.5s+1) + 10]}$$

若 $e_{sx} = 0$，则 $0.6s^2 + s - 10G_r(s) = 0$。

即 $G_r(s) = 0.06s^2 + 0.1s$。

7.15 已知闭环传递函数的一般形式为

$$G_b(s) = \frac{G(s)}{1 + G(s)} = \frac{b_m s^m + b_{m-1} s^{m-1} + \cdots + b_1 s + b_0}{s^n + a_{n-1} s^{n-1} + \cdots + a_1 s + a_0}$$

误差定义取 $e(t) = x(t) - y(t)$。试证：

(1)系统在单位阶跃信号输入下，稳态误差为零的充分条件为

$$G_b(s) = \frac{a_0}{s^n + a_{n-1} s^{n-1} + \cdots + a_1 s + a_0}$$

(2)系统在单位斜坡信号输入下，稳态误差为零的充分条件为

$$G_b(s) = \frac{a_1 s + a_0}{s^n + a_{n-1} s^{n-1} + \cdots + a_1 s + a_0}$$

(3)推论系统在加速度信号输入下，稳态误差为零的充分条件。

解：(1)因为 $G_b(s) = \dfrac{G(s)}{1 + G(s)} = \dfrac{\dfrac{a_0}{s^n + a_{n-1}s^{n-1} + \cdots + a_1 s}}{1 + \dfrac{a_0}{s^n + a_{n-1}s^{n-1} + \cdots + a_1 s}}$

所以　　　　　$G(s) = \dfrac{a_0}{s^n + a_{n-1}s^{n-1} + \cdots + a_1 s}$

位置误差系数：　　　$K_p = \lim_{s \to 0} G(s) = \infty$

稳态误差：　　　　　$e_{sp} = \dfrac{1}{1 + K_p} = 0$

(2)同理可证。

(3) $G_b(s) = \dfrac{a_2 s^2 + a_1 s + a_0}{s^n + a_{n-1} s^{n-1} + \cdots + a_1 s + a_0}$。

7.16 已知稳定的单位负反馈控制系统的闭环传递函数为

$$G_b(s) = \frac{b_m s^m + b_{m-1} s^{m-1} + \cdots + b_1 s + b_0}{a_n s^n + a_{n-1} s^{n-1} + \cdots + a_1 s + a_0}$$

试证明：系统在单位斜坡输入下的稳态误差 $e_{ss} = 0$ 的条件为 $a_0 = b_0$，$a_1 = b_1$。

解：系统为单位负反馈系统，故其开环传递函数为

$$G_k(s) = \frac{G_b(s)}{1 - G_b(s)}$$

$$= \frac{b_m s^m + b_{m-1} s^{m-1} + \cdots + b_1 s + b_1}{a_n s^n + a_{n-1} s^{n-1} + \cdots + (a_m - b_m)s^m + \cdots + (a_1 - b_1)s + (a_0 - b_0)}$$

　　要使系统在单位斜坡输入下的稳态误差为 0，系统应为 Ⅱ 型系统。由开环传递函数可知，Ⅱ 型系统要求 $a_0 = b_0$，$a_1 = b_1$，即闭环传递函数分子多项式和分母多项式的零次和一次项系数分别相等。（说明：用长除法也可以进行证明。）

$$G_b(s) = \frac{Y(s)}{R(s)} = \frac{b_0}{a_0} + \left(\frac{b_1}{a_0} - \frac{a_1 b_0}{a_0^2}\right)s + \left(\frac{b_2}{a_0} - \frac{a_1 b_1}{a_0^2} - \frac{a_1^2 b_0}{a_0^3}\right)s^2 + \cdots$$

所以系统输出为

$$y(t) = \frac{b_0}{a_0}r(t) + \left(\frac{b_1}{a_0} - \frac{a_1 b_0}{a_0^2}\right)\dot{r}(t) + \left(\frac{b_2}{a_0} - \frac{a_1 b_1}{a_0^2} - \frac{a_1^2 b_0}{a_0^3}\right)\ddot{r}(t) + \cdots$$

因为 $r(t) = t, \dot{r}(t) = 1, r^{(i)} = 0 (i \geqslant 2)$，所以

$$e(t) = r(t) - y(t) = t - \frac{b_0}{a_0}t - \left(\frac{b_1}{a_0} - \frac{a_1 b_0}{a_0^2}\right) = \left(1 - \frac{b_0}{a_0}\right)t - \left(\frac{b_1}{a_0} - \frac{a_1 b_0}{a_0^2}\right)$$

要使　　　　$e_{ss} = \lim_{t \to \infty} e(t) = \lim_{t \to \infty}\left(1 - \frac{b_0}{a_0}\right)t - \left(\frac{b_1}{a_0} - \frac{a_1 b_0}{a_0^2}\right) = 0$

应有　　　　　　　$1 - \frac{b_0}{a_0} = 0$，　　$\frac{b_1}{a_0} - \frac{a_1 b_0}{a_0^2} = 0$

即 $a_0 = b_0$，$a_1 = b_1$。

7.17　已知单位负反馈控制系统的开环传递函数如下。试求其静态位置、速度和加速度误差系数，并求当输入信号为 (a) $r(t) = 1(t)$；(b) $r(t) = 4t$；(c) $r(t) = t^2$；(d) $r(t) = 1(t) + 4t + t^2$ 时系统的稳态误差。

(1) $G_k(s) = \dfrac{10}{s(0.1s+1)(0.5s+1)}$；(2) $G_k(s) = \dfrac{10}{s(s+1)(0.2s+1)}$。

解：(1) 首先判断系统的稳定性。系统的闭环特征方程为 $0.05s^3 + 0.6s^2 + s + 10 = 0$。根据劳斯—胡尔维茨稳定判据判定系统是稳定的。系统为 Ⅰ 型，开环放大系数为 $K = 10$。可以求得静态误差系数为

$$K_p = \lim_{s \to 0} G_k(s) = \lim_{s \to 0}\frac{K}{s} = \infty$$

$$K_v = \lim_{s \to 0} sG_k(s) = \lim_{s \to 0} K = 10$$

$$K_a = \lim_{s \to 0} s^2 G_k(s) = \lim_{s \to 0} sK = 0$$

所以给定输入信号下的稳态误差计算如下：

(a) $e_{ss} = \dfrac{1}{1 + K_p} = 0$；(b) $e_{ss} = \dfrac{4}{K_v} = 0.4$；

(c) $e_{ss} = \dfrac{2}{K_a} = \infty$；　(d) $e_{ss} = 0 + 0.4 + \infty = \infty$。

(2) 判断系统的稳定性。系统的闭环特征方程 $0.2s^3 + 1.2s^2 + s + 10 = 0$。根据劳斯-胡尔维茨稳定判据判定系统是不稳定的。因此不能定义静态误差系数，也谈不上求稳态误差。

7.18　对于题图 7.8 所示系统,求 $r(t)=1(t)$、$r(t)=10t$ 及 $r(t)=3t^2$ 时的稳态误差终值 $e_{ss}(\infty)$。

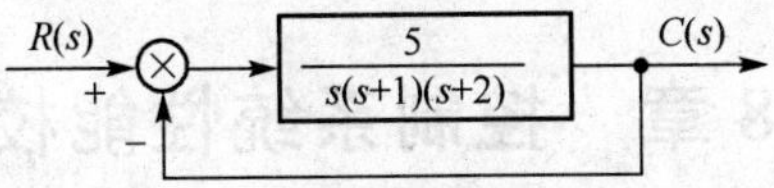

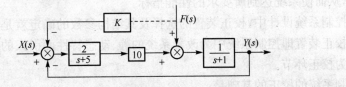

题图 7.8

解:(1)这是 I 型系统,故当 $r(t)=1(t)$ 时,有 $e_{ss}(\infty)=0$。

(2) $K_v=\lim\limits_{s\to 0}sG(s)=\lim\limits_{s\to 0}\dfrac{5}{s(s+1)(s+2)}=2.5$。

当 $r(t)=10t$ 时,有 $e_{ss}(\infty)=10\times\dfrac{1}{K_v}=\dfrac{10}{2.5}=4$。

(3)对于 I 型系统,当 $r(t)=3t^2$ 时,有 $e_{ss}(\infty)=\infty$。

7.19　已知系统结构如题图 7.9 所示,试求:

(1)传递函数 $\dfrac{Y(s)}{F(s)}$(无虚线所画的部分时的顺馈控制)。

(2)设 $F(s)$ 阶跃变化 Δ 值(Δ 为设定值),求 $Y(s)$ 的稳态输出。

(3)若加一增益为 K 的顺馈控制,如题图 7.9 中虚线所示,求 $\dfrac{Y(s)}{F(s)}$,并求 $F(s)$ 对 $Y(s)$ 稳态值影响最小的最适值。

题图 7.9

解:(1)令 $X(s)=0$,则

$$G_b(s)=\frac{Y(s)}{F(s)}=\frac{s+5}{(s+1)(s+5)+20}=\frac{s+5}{s^2+6s+25}$$

(2) $\quad y(\infty)=\lim\limits_{s\to 0}sY(s)=\lim\limits_{s\to 0}\dfrac{\Delta}{s}sG_b(s)=\lim\limits_{s\to 0}\dfrac{\Delta(s+5)}{s^2+6s+25}=\dfrac{\Delta}{5}$

(3) $G_b(s)=\dfrac{Y(s)}{F(s)}=\left(-K+\dfrac{s+5}{20}\right)\dfrac{\dfrac{20}{(s+5)(s+1)}}{1+\dfrac{20}{(s+5)(s+1)}}=\dfrac{s+5-20K}{s^2+6s+25}$

$$y(\infty)=\lim\limits_{s\to 0}sY(s)=\lim\limits_{s\to 0}\frac{\Delta}{s}sG_b(s)=\lim\limits_{s\to 0}\Delta\cdot\frac{s+5-20K}{s^2+6s+25}=\frac{5-20K}{25}\Delta$$

若 $F(s)$ 对 $Y(s)$ 影响最小,则: $y(\infty)\to 0$。

此时 $\dfrac{5-20K}{25}=0$,则: $K=\dfrac{1}{4}$。

第 8 章 控制系统性能校正

一、内 容 提 要

(一)概述

控制系统总的设计流程如图 8.1 所示。

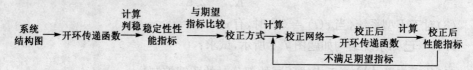

图 8.1 控制系统设计过程流程图

其中包括校正环节。所谓校正(或称补偿),是指根据控制理论原理,按控制系统需要的性能指标,在系统中增加新的环节以改善系统性能的方法。校正的实质在于改变系统传递函数的零、极点分布,即改变系统的频率特性,使得整个系统的特性发生变化,从而使系统达到所要求的性能指标。

在控制系统设计中,校正装置的选择及其结构参数的确定就是系统的校正过程。所用的校正装置即控制系统中为改善系统的静、动态特性而引入的控制器,在控制理论中称为校正环节。

控制系统的校正的基础是:

(1)已知系统不可变部分的参数与特性;

(2)已知对控制系统提出的性能指标。

本章的主要内容如图 8.2 所示。

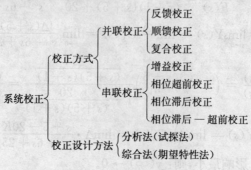

图 8.2 校正的主要内容

(二)系统的性能指标

具体如表 8.1 所示。

表 8.1　系统的性能指标

静态指标	通常用系统的稳态误差或开环放大倍数来描述			
动态指标	时域性能	上升时间 t_r、峰值时间 t_p、最大超调量 M_p 及调整时间 t_s 等	二者间的关系	从使用角度看,时域指标比较直观,对系统的要求常以时域指标的形式提出。 在基于频率特性的设计中,常常将时域指标转换成频域指标来考虑。 系统的时、频域性能指标间存在一定的关系,如峰值时间 t_p 和调整时间 t_s 都与系统带宽有关:系统带宽越大,响应快速性越好。 在控制系统设计中,常将时域性能指标和频域性能指标相互转化,它们之间有以下常用关系: 相位裕度 γ $$\gamma = \arctan \frac{2\xi}{\sqrt{\sqrt{1+4\xi^4}-2\xi^2}}$$ 谐振频率 ω_r $$\begin{cases} \omega_r = 0 & (\xi > 0.707) \\ \omega_r = \omega_n \sqrt{1-2\xi^2} & (\xi \leqslant 0.707) \end{cases}$$ 谐振峰值 M_r $$\begin{cases} M_r = 1 & (\xi > 0.707) \\ M_r = \frac{1}{2\xi\sqrt{1-\xi^2}} & (\xi \leqslant 0.707) \end{cases}$$ 闭环带宽 ω_b $$\begin{cases} \omega_b = \omega_n & (\xi > 0.707) \\ \omega_b = \omega_n \sqrt{1-2\xi^2+\sqrt{4\xi^4-4\xi^2+2}} & (\xi \leqslant 0.707) \end{cases}$$ 剪切频率 ω_c 与闭环带宽 ω_b 的关系为 $$\omega_b = \omega_c \sqrt{\frac{1-2\xi^2+\sqrt{4\xi^4-4\xi^2+2}}{\sqrt{1+4\xi^4}-2\xi^2}}$$ 最大超调量 M_p $$M_p = \exp\left(-\frac{\xi\pi}{\sqrt{1-\xi^2}}\right) \times 100\%$$ 对于高阶系统,通常采用以下经验公式: $$M_p = 0.16+0.4(M_r-1) \quad (1 \leqslant M_r \leqslant 1.8)$$ $$\omega_c t_s = k\pi$$ $$\omega_b = 1.6\omega_c$$ 其中 $$k = 2+1.5(M_r-1)+2.5(M_r-1)^2, M_r = \frac{1}{\sin\gamma} \quad (1 \leqslant M_r \leqslant 1.8)$$
	频域性能	相位稳定裕度 γ、幅值稳定裕度 K_f、剪切频率 ω_c、谐振频率 ω_r 和谐振峰值 M_r 等		
	综合性能指标	系统性能的综合测度,在系统参数取最优值时,指标将取极值,从而可以通过选择适当的参数得到综合性能指标最优的系统。主要有以下三种。 (a)误差积分性能指标:适用于无超调系统。 (b)误差平方积分性能指标:适用于有超调系统。 (c)广义误差平方积分性能指标		

(三)系统闭环零点、极点的分布与系统性能的关系

由第 3 章可知,系统的时域性能指标是根据一个二阶系统对单位阶跃输入的响应给出的。

1. 系统单位阶跃输入响应

闭环系统的传递函数可写为

$$G_b(s) = \frac{X_o(s)}{X_i(s)} = \frac{G(s)}{1 + G(s)H(s)} = a \cdot \frac{\prod\limits_{i=1}^{m}(s - z_i)}{\prod\limits_{j=1}^{n}(s - p_j)}$$

其中:$z_1,\ z_2,\cdots,\ z_m$;$p_1,\ p_2,\cdots,\ p_n$;a 分别为闭环系统的零点、极点和增益。

单位阶跃输入的时域响应为

$$x_o(t) = L^{-1}[X_o(s)] = A_0 + \sum_{j=1}^{n} A_j e^{p_j t} \tag{8.1}$$

式中,系数 $A_0,A_j(j=1,2,\cdots,n)$ 分别是

$$A_0 = [X_o(s)s]_{s=0} \tag{8.2}$$

$$A_j = \frac{a\prod\limits_{i=1}^{m}(p_j - z_i)}{p_j\prod\limits_{j=1, i \neq j}^{n}(p_j - p_i)} \tag{8.3}$$

2. 闭环零点、极点的分布与系统性能的关系

系统闭环零点、极点的分布与系统性能的关系如图 8.3 所示。

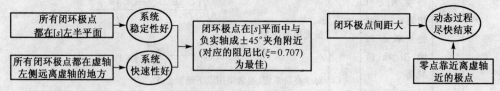

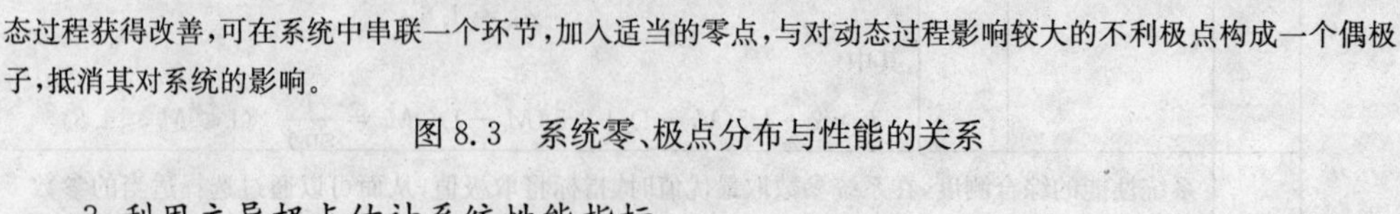

注:1)一般情况下,若某一极点比其他极点远离虚轴 4～6 倍或更远,则它对瞬态响应的影响可不计。

2)如果一个零点与一个极点的距离小于它们到原点距离的十分之一,则称其为偶极子。若使系统的动态过程获得改善,可在系统中串联一个环节,加入适当的零点,与对动态过程影响较大的不利极点构成一个偶极子,抵消其对系统的影响。

图 8.3　系统零、极点分布与性能的关系

3. 利用主导极点估计系统性能指标

离虚轴近又不构成偶极子的零点和极点对系统的动态性能起主导作用,称之为主导零点和主导极点。

由于主导极点在动态过程中起主导作用,所以计算性能指标时,在一定条件

下,可只考虑瞬态分量中主导极点所对应的分量,将高阶系统近似化为一阶或二阶系统来计算系统的性能指标。

(四)并联校正

校正环节与系统主通道并联。按信号流动的方向,并联校正分为反馈校正和顺馈校正。

并联校正的详细信息如表 8.2 所示。

表 8.2 并联校正

分类	反馈校正	顺馈校正	复合校正
定义	从系统某一环节的输出中取出信号,经过反馈校正环节加到该环节前某一环节的输入端,与输入信号叠加,从而形成一个局部内回路。它又分全局反馈和局部反馈	在系统主反馈回路以外,从系统某一环节的输出中取出信号,经过反馈校正环节加到该环节后某一环节的输入端	在反馈控制回路中,加入顺馈校正输入,组成一个有机整体
图示	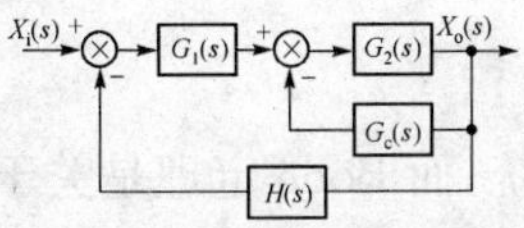 其中,$G_c(s)$ 为校正环节,$G_2(s)$ 为被包围环节	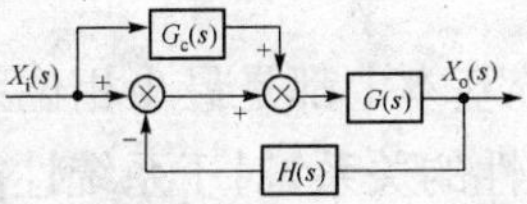	按补偿信号的不同,可分为按输入校正和按扰动校正两种方式。 按输入补偿如下图所示。 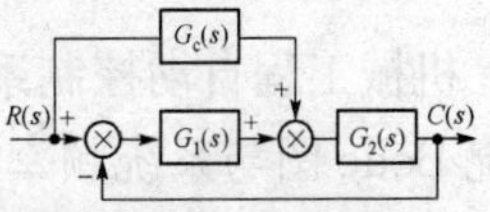 按干扰补偿如下图所示。 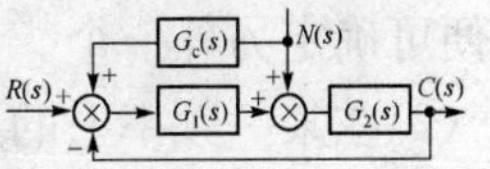
目的	1.以期望特性取代某些环节不良特性; 2.减小时间常数,提高反应速度; 3.减小系统某些参数变化的影响	在系统中增加输入信号,使其产生的误差抵消原输入量所产生的误差	保证系统稳定的前提下,减小甚至消除系统稳态误差,而且几乎可以抑制所有可以测量的扰动
说明	用复杂且精确的设备实现,要求有一定安装空间,且成本较高。负反馈可降低干扰对系统性能的影响,消除系统不可变部分中不希望有的特性。比例负反馈可提高响应速度。微分负反馈将增加系统的阻尼。正反馈可增大放大倍数	是一种输入补偿的校正,不取决于系统的输出。 顺馈校正可以单独作用于开环控制系统,也可以作为反馈控制系统的附加校正而组成复合控制系统	通常应用于高精度控制系统中。 无论采用何种补偿方式,对系统的稳定性都没有什么影响,但可补偿原系统的误差

(五)串联校正

将校正环节 $G_c(s)$ 串联在系统的前向通道中,称为串联校正,如图 8.4 所示,此校正环节称为控制器。

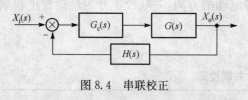

图 8.4　串联校正

系统精度以系统稳态精度表征;快速性以系统开环剪切频率 ω_c 表征;稳定性以相位稳定裕度 γ 和幅值稳定裕度 K_f 表征。系统的性能指标常以频域特征量给出,因此,频域校正法为主要讨论内容。

串联校正后的系统开环频率特性为

$$G_{kh}(j\omega) = G_c(j\omega)G_{kq}(j\omega) \tag{8.4}$$

式中,$G_{kq}(j\omega)$、$G_{kh}(j\omega)$ 分别为校正前、后的系统开环频率特性,$G_c(j\omega)$ 为校正环节的频率特性。

在系统校正中常用 Bode 图作为工具,Bode 图以分贝为单位表示系统的对数幅频特性。在 Bode 图中,系统开环频率特性关系式的乘法关系可以转换成加法关系,给系统的校正带来了很大的方便。

1. Bode 定理简介

机械工程自动控制系统基本上都是最小相位系统,而 Bode 定理是关于最小相位系统 Bode 图与系统频率特性的关系,对于系统性能校正意义重大,它的主要内容是:

(1)最小相位系统的幅频特性与相频特性关于频率是一一对应的,给定其中某一个,便可确定另外一个。

(2)在某一频率上的相位移,主要取决于该频率上对数幅频特性的斜率,也就决定了系统的稳定裕度,它们之间的对应关系是:$\pm 20n\text{dB/dec}$ 的斜率对应大约 $\pm n90°$ 的相位移,这里 $n = 0,1,2,\cdots$。

2. Bode 定理的应用

一般来说,开环频率特性的低频段表征闭环系统的稳态性能,所以低频增益要足够大,以保证稳态精度的要求;中频段表征闭环系统的动态性能,对数幅频特性曲线应以 -20dB/dec 的斜率穿越零分贝线,并具有一定的宽度,以保证足够的相位裕度和幅值稳定裕度,使系统具有良好的动态性能;高频段表征系统的复杂性及噪声抑制性能,高频增益应尽可能小,以减小系统噪声影响。若系统原有高频段已符合要求,则校正时可保持其不变,以简化校正装置。

因此,在 Bode 图中,校正后系统的工作频段(中频段)的斜率取 -20dB/dec,并有足够的宽度,以保证系统有较高的相对稳定性(有满足要求的相角稳定裕度 γ 和幅值

稳定裕度 $20\lg K_g$)。同时要有足够的开环放大系数和开环系统类型(含串联积分环节的个数),以满足稳态误差的要求。

尽管需要校正的系统各式各样,但从 Bode 图的变化形式来看,大致有以下三种基本类型:

(1)系统是稳定的,动态响应速度也满足设计指标要求,但稳态精度不足。对于这种情形,校正作用反映在 Bode 图上,就是保持对数幅频曲线的中频段不变而提高低频段的位置,如图 8.5 所示。

(2)系统具有良好的稳态精度,但稳定性和动态响应速度不满足要求。对于这种情形,校正作用反映在 Bode 图上,就是保持对数幅频曲线的低频段不变而改变中频段的形状的位置,如图 8.6 所示。

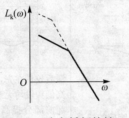
图 8.5 改变低频特性

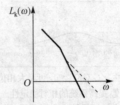
图 8.6 改变中频特性

(3)系统的稳定性、稳态精度和动态响应速度均不满足要求。对于这种情形,校正作用反映在 Bode 图上,就是同时改变对数幅频曲线的低频段和中频段的形状和位置,如图 8.7 所示。

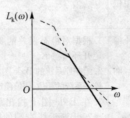
图 8.7 同时改变低频和中频特性

从这三个图容易看出,不论哪种校正类型,从数学的角度看,无非是通过调节系统开环增益和引进校正装置,对系统开环对数幅频曲线进行整形,使之最终趋于希望对数幅频曲线。

按校正环节 $G_c(s)$ 的性质,串联校正可分为:增益调整、相位超前校正、相位滞后校正和相位滞后-超前校正。由于单纯采用增益调整,不能同时保证系统的稳定性和系统稳态精度都得到改善,往往在提高系统的稳定性的同时,降低了系统响应的准确性,或者相反,因此一般不采用单纯的增益调整。表 8.3 所示为常用的串联校正方式。

表 8.3　串联校正

	相位超前校正	相位滞后校正	相位滞后－超前校正
传递函数	$G_c(s) = \alpha \dfrac{Ts+1}{\alpha Ts+1}$ 其中，$\alpha < 1$，T 为常数	$G_c(s) = \dfrac{Ts+1}{\beta Ts+1}$ 其中，$\beta > 1$，T 为常数	$G_c(s) = \dfrac{\alpha T_1 s+1}{T_1 s+1} \cdot \dfrac{\frac{T_2}{\alpha}s+1}{T_2 s+1}$ 其中，$\alpha > 1$，$T_2 > \alpha T_1$
图示	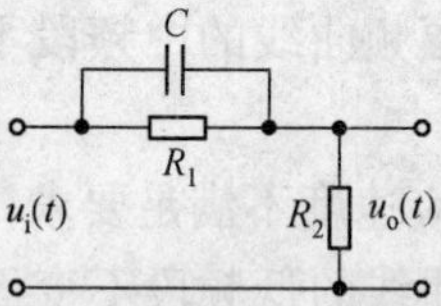	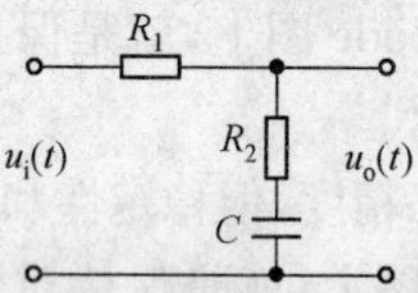	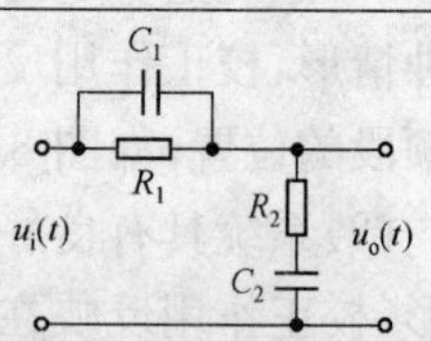
Bode 图	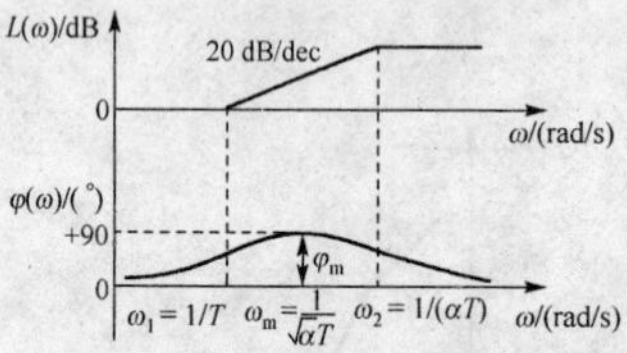	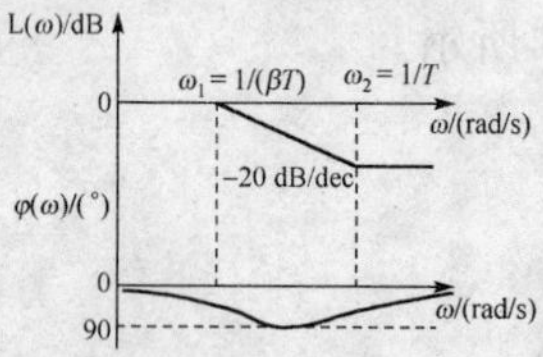	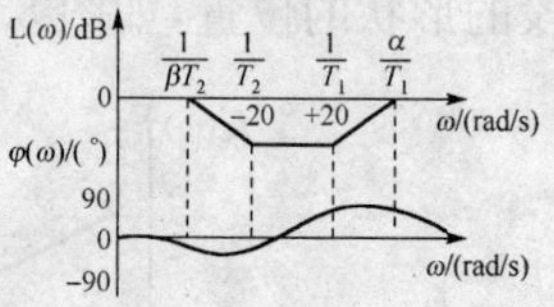
特点分析	相频特性 $\angle G_c(j\omega) > 0$，可增大相位稳定裕度，提高系统的相对稳定性。 主要对未校正系统在中频段进行校正。可提高系统响应的快速性，稳态精度变化不大，但随着带宽的增大，系统抗干扰能力下降。此环节相当于高通滤波器。 在未校正系统的截止频率附近，相频特性变化率很大，采用单级相位超前校正效果不大	相频特性 $\angle G_c(j\omega) < 0$。 此环节降低了系统响应的快速性，但抗干扰能力增强。 改善系统的稳态性能，对系统动态性能影响不大。 实质上它是一种低通滤波器，应加在系统的低频段	滞后校正在先，超前校正在后，高低频段均无衰减。 超前部分提高系统相对稳定性。滞后部分提高系统稳态精度和响应速度。当相位裕度、稳态精度、响应速度要求较高而未校正系统又不稳定时，最适宜。 实际上是设计超前、滞后校正装置两种方法的结合
校正步骤	1.根据稳态误差要求，确定开环增益 K。 2.利用 K，绘制原系统 Bode 图，确定校正前相位、幅值稳定裕度。 3.确定所需增加的超前相位角。 4.根据 $\varphi_c(\omega)$，求校正环节增益 a。 5.根据系统剪切频率 ω_{cm} 和校正环节能提供的最大相位超前量 φ_{cm} 之间的关系，校正环节和开环传递函数的幅频特性满足 $|G_c(j\omega)| \cdot |G_k(j\omega)| = 1$，求出 ω_{cm}，从而求出惯性环节时间常数 T。 6.增加一个增益等于 $1/a$ 的放大器。这样就求出了校正环节的传递函数 $G_c(s)$ 和系统校正后的开环传递函数 $G_{ck}(s) = G_c(s) \cdot G_k(s)$	1.根据对稳态误差的要求，确定开环增益 K。 2.绘制原系统的 Bode 图，确定未校正系统的相位、幅值稳定裕度。 3.在 Bode 图上找出斜率为 -20dB 渐近线右端的转折频率 ω_2，根据 $2\omega_c = \omega_2$，确定剪切频率 ω_c。 4.零点转折频率选为低于已校正系统剪切频率的 $5\sim10$ 倍。 5.在 Bode 图 ω_c 这一点上，找到使对数幅频特性下降到 0 分贝所需的衰减分贝值，而此值为 $-20\lg\beta$，确定 β。 6.画出相位滞后校正环节和校正后系统的频率特性 Bode 图	1.根据系统稳态误差要求，确定系统开环增益 K，若其已知，计算幅值穿越频率 ω_c 和相位裕度 γ。 2.根据响应速度的要求选取校正后的幅值穿越频率 ω_c'。 3.根据剪切频率的要求求出 α，进而令相位超前部分的零点抵消未校正系统的一个时间常数最大的极点，求出 T_1。 4.根据对相位裕度的要求确定 T_2。 5.将滞后、超前部分的传递函数组合成系统传递函数
特点	减少能耗。用简单的无源网络和有源网络实现，成本低，易实现，方式简单，是最常用的一种校正形式。为避免功率损失，串联校正装置通常放在前向通道中能量较低的部位		

以上几种校正方式各有其特点,究竟采用哪种校正方式,取决于系统的信号类型、可供选择的元件、系统工作环境条件和对抗干扰的要求以及经济性等因素。一般来说,串联校正设计简单,反馈校正所需元件少,又能有效抑制元件参数波动对系统性能的影响,顺馈校正能有效提高控制精度。在工程实际中最常用的是串联校正和反馈校正。在性能指标要求较高的系统中,常常兼用串联和反馈这两种校正方式。

1)串联超前校正的校正作用

(1)串联超前校正的校正作用之一是直接利用校正装置的相位超前特性来增大系统的相位裕度。即只要校正装置能使

$$\phi_c(\omega_c) > \phi_k(\omega_c) - \phi_k(\omega_{cq})$$

就有

$$\gamma_c = 180° + \phi_k(\omega_{cq}) + \phi_c(\omega_c) > 180° + \phi_k(\omega_c)$$

式中,$\phi_c(\omega_c)$ 为校正装置的相位,$\phi_k(\omega_c)$ 为校正后开环系统的相位,$\phi_k(\omega_{cq})$ 为校正前开环系统的相位。

这便是利用超前校正装置增大系统相位裕度的理论依据。

(2)串联超前校正的另一校正作用是利用有源装置(或无源装置另附加放大器)的高频幅值增益特性来增大系统的剪切频率,以扩大带宽,提高响应速度;或者利用有源校正装置(或无源装置另附加放大器)的相位超前特性和高频幅值增益特性,同时提高系统的稳定性裕量和响应速度。显然,这种校正作用是以削弱系统抗高频噪声干扰能力为代价的。

串联超前校正方案适用于稳定性不好或者响应速度不满足要求、或者稳定性和响应速度均不理想的系统校正。

(3)串联超前校正的步骤:

第一步,静态计算。

①根据稳态精度指标确定系统开环增益。

②绘出未校正系统的开环 Bode 图,并从图上查取未校正系统的有关性能参数值,如剪切频率 ω_{cq}、相位裕度 γ_{cq} 和相位交界频率 ω_{gq}、增益裕度 K_{gq} 等。

第二步,动态设计。

①预选校正装置的最大相位超前角 φ_m。

②确定校正装置的结构参数和传递函数。

(a)计算超前校正装置的分度系数 α。

(b)确定最大超前角频率 ω_m。分度系数 α 确定后,从而可定 ω_m。

(c)确定超前装置的时间常数 T。

(d)确定传递函数 $G_c(s)$。

③绘制校正后系统的开环 Bode 图,从图上查取有关的系统性能指标并与给定的

设计指标进行对比。若校正后系统的性能指标不满足设计指标要求,须选更大的相位超前角 φ_{m} 并重复进行分析,直到所定校正装置的传递函数能够使校正后系统性能指标达到设计指标为止。

④按已定的传递函数 $C_{\mathrm{c}}(s)$ 选择具体的校正装置及其物理参数。

(4)串联超前校正方案存在一定的局限性。在以下两种情况下,采用这种校正方案往往难以奏效:

①未校正系统不稳定。

②未校正系统虽稳定但稳定裕度不足且同时其相频 $\phi_{\mathrm{kq}}(\omega)$ 的曲线在剪切频率 ω_{c} 附近下降得很快。

在这第一种情况下,由于未校正系统不稳定,所以超前装置就必须提供很大的相位超前角 φ_{m},为此就必须选很小的分度系数 a。而当 a 值很小时,由于校正装置的比例系数 K_{c} 不能选得过小(否则会严重影响系统稳态性能),所以校正装置的高频增益就非常大,这必然导致校正后系统剪切频率过大,从而造成系统带宽过大。过大的系统带宽,必然导致系统抑制高频噪声干扰的能力过弱。而强烈的高频噪声会导致系统失控。

在第二种情况下,其值为负的相频特性 $\phi_{\mathrm{k}}(\omega)$ 在 ω_{c} 附近的迅速下降会大大冲消超前装置提供的正相角,结果使相位裕度的增幅大大减小。一般来说,当未校正系统的相频特性 $\phi_{\mathrm{k}}(\omega)$ 在 ω_{c} 附近迅速下降时,该系统的传递函数有不少于两个惯性环节或不少于一个振荡环节,其对数幅频 $L_{\mathrm{k}}(\omega)$ 曲线在 ω_{c} 附近的斜率为 $-60\mathrm{dB/dec}$ 或更小,其转折频率小于且邻近 ω_{c}。

还应当指出,在系统校正设计过程中,有关系统的性能指标值(尤其是剪切频率)一般是通过测量系统的近似开环频率特性曲线而确定的,故误差是难免的。就工程应用而言,一般来说,这种误差是可接受的。但当校正设计对计算精度要求很高时,在按作图法完成校正设计后,还应运用计算法勘验校正后系统的性能指标。

2)串联滞后校正的校正作用

(1)将无源滞后校正装置直接串联于系统前向通路,可提高系统的相对稳定性。这种校正作用的实现靠的是无源滞后装置的高频幅值衰减特性。其校正原理如下:

因无源滞后装置的高频幅值为 $-20\lg\beta(\mathrm{dB})$,高频相频值约等于 0,所以校正后系统的剪切频率小于未校正系统的剪切频率,即 $\omega_{\mathrm{c}} < \omega_{\mathrm{cq}}$,当滞后校正装置转折频率满足 $\omega_2 = \dfrac{1}{T} \ll \omega_{\mathrm{c}}$ 时,$\phi_{\mathrm{c}}(\omega_{\mathrm{c}}) \approx 0$。考虑到一般未校正系统的开环相频特性在频率 ω_{cq} 附近呈下降特性,当 $\omega_{\mathrm{c}} < \omega_{\mathrm{cq}}$ 时,$\phi_{\mathrm{k}}(\omega_{\mathrm{c}}) > \phi_{\mathrm{k}}(\omega_{\mathrm{cq}})$,所以有

$$\gamma_{\mathrm{c}} = 180° + \phi_{\mathrm{k}}(\omega_{\mathrm{c}}) + \phi_{\mathrm{c}}(\omega_{\mathrm{c}}) \approx 180° + \phi_{\mathrm{k}}(\omega_{\mathrm{c}}) = 180° + \phi_{\mathrm{k}}(\omega_{\mathrm{cq}}) = \gamma_{\mathrm{cq}}$$

由于剪切频率的减小会导致系统带宽减小,故这种相位裕度的增大是以响应速度变慢为代价的。

（2）用有源滞后校正装置（或无源滞后校正装置另附加放大器）实施串联滞后校正可提高系统稳态精度而不致动态品质变坏。这是滞后校正的另一校正作用，这种校正作用主要是利用校正装置低频幅频特性大于高频幅频特性这一特点来实现的。其校正原理如下：

当校正装置的高频对数幅频值为 0dB 时，校正装置的比例系数为 $K_c = \beta > 1$，校正前后系统的剪切频率就保持不变（即 $\omega_c = \omega_{cq}$），若使 $\omega_2 = \dfrac{1}{T} \ll \omega_c$，则 $\phi_c(\omega_c) \approx 0$，从而有

$$\gamma_c = 180° + \phi_k(\omega_c) + \phi_c(\omega_c) \approx 180° + \phi_k(\omega_c) = 180° + \phi_k(\omega_{cq}) = \gamma_{cq}$$

以上表明将比例系数 K_c 等于 β 的有源滞后装置（或无源滞后装置并附加增益等于 β 的放大器）串联在系统前向通路时，可在不改变系统剪切频率 ω_{cq} 和相位裕度的情况下将系统开环增益扩大 β 倍，从而实现在系统稳定性和快速性不受损失的情况下有效改善系统稳态性能的校正作用。

必须指出，以上两种滞后校正作用的实现是以其转折频率 $\omega_2 = 1/T$ 远小于校正后系统的剪切频率为前提条件的。否则，若 $\omega_2 = 1/T$ 在 ω_c 附近，那么滞后装置的相位滞后特性必然导致系统相位裕度减小，结果事与愿违，适得其反。

串联滞后校正适用于动态品质好但稳态精度差、或者稳态精度和稳定性均差但对快速性要求不高的系统校正。

（3）串联无源滞后校正的一般步骤如下：

第一步，静态计算。

①根据稳态精度指标确定系统开环增益。

②绘出未校正系统的开环 Bode 图，并从图上查取未校正系统的有关性能参数值，如剪切频率 ω_{cq}、相位裕度 γ_{cq} 和相位交界频率 ω_{gq}、增益裕度 K_{gq} 等。

第二步，动态设计。

①根据给定的频率指标 ω_c^* 预选校正后系统的剪切频率 ω_c（ω_c 应比 ω_c^* 略大）。

②确定校正装置的结构参数和传递函数。

（a）选择滞后装置转角频率 ω_2（ω_2 应比 ω_c 足够小）。

（b）由 $T = 1/\omega_2$ 确定时间常数 T。

（c）根据已定的 ω_c 从未校正系统对数幅频曲线上查取 $L_{kq}(\omega_c)$ 的值，并确定分度系数 β。

（d）由 T 和 β 确定传递函数 $G_c(s)$。

③绘制校正后系统的开环 Bode 图，从图上查取有关的系统性能指标并与给定的设计指标进行对比。若校正后系统的性能指标不满足设计指标要求，须减小转角频率 ω_2 或减小剪切频率 ω_c（但必须有 $\omega_c \geqslant \omega_c^*$）并重复进行分析，直到所定校正装置的传递函数能够使校正后系统性能指标达到设计指标为止。

④按已定的传递函数 $G_c(s)$ 选择具体的校正装置及其物理参数。

　　对比以上两校正设计方法,不难看出,尽管串联超前校正和串联滞后校正这两种校正方案都具有纠正系统稳定性差的校正作用,但纠正问题的方式是不同的。在保持系统稳态精度不变的条件下(即校正装置传递函数比例系数取为1),超前校正利用超前网络的相位超前特性直接增大了相位裕度,而滞后校正则利用滞后网络的高频幅值衰减特性通过减小系统剪切频率间接增大了相位裕度。在提高稳定性裕度的同时,超前校正因超前装置的高频幅值增益特性而导致系统的剪切频率增大,与此相反,滞后校正因滞后装置的高频幅值衰减特性而导致系统的剪切频率减小。因此,超前校正后的系统带宽高于滞后校正后的系统带宽。系统带宽的增大,就系统的快速性来说是有利的,但就抑制高频噪声来说是有害的。这个利弊得失孰轻孰重视具体的系统而定。一般来说,如果要求系统具有快速的响应特性且系统工作时无过多的高频噪声干扰,那么采用超前校正是适宜的。反之,如果系统工作时要受到较大的高频噪声干扰,就不宜采用超前校正,否则会使系统信噪比严重下降。

　　3)滞后-超前校正的校正作用

　　滞后-超前校正兼有滞后校正和超前校正的优点。利用超前部分的相位超前特性可直接使系统相位裕度增大,从而使系统相对稳定性提高。利用滞后部分低频和高频幅值差可使系统开环增益和剪切频率增大,从而使系统稳态精度和响应速度提高。因此,滞后-超前校正可同时改善系统稳态精度和动态品质。当设计任务对响应速度、相位裕度、稳态精度等方面同时要求较高而未校正系统又不稳定时,采用这种校正是适宜的。

　　串联滞后-超前校正的动态计算可分两步进行,即:

　　第一步,利用滞后部分低频和高频幅值之间存在差值这一特性设法使稳态精度达到设计指标,同时使剪切频率略低于设计指标要求值。

　　第二步,利用超前部分的相位超前特性设法使相位裕度和剪切频率同时达到给定的设计指标。

　　串联滞后-超前校正的具体步骤如下:

　　第一步,静态计算。

　　(1)根据稳态精度指标确定系统开环增益。

　　(2)绘出未校正系统的开环 Bode 图,并从图上查取未校正系统的有关性能参数值,如剪切频率 ω_{cq}、相位裕度 γ_{cq} 和相位交界频率 ω_{gq}、增益裕度 K_{gq} 等。

　　第二步,动态设计。

　　(1)滞后部分校正设计。

　　①预选经滞后部分校正后系统的剪切频率 ω'_c(ω'_c 应比 ω^*_c 略小)。

　　②选择滞后部分的第二个转角频率 ω_{12}(ω_{12} 应比 ω'_c 足够小)。

　　③确定滞后部分的时间常数 $T_1 = 1/\omega_{12}$。

④根据未校正系统对数幅频曲线查取 $L_{kq}(\omega'_c)$ 的值,并由 $L_{kq}(\omega'_c) = 20\lg\alpha$ 确定分度系数 α。

(2)超前部分校正设计。

在分度系数 β 确定之后,超前部分的未知参数只有时间常数 T_2。T_2 可如下确定:绘制经滞后部分校正后系统的开环 Bode 图。

经滞后部分校正后,系统的中频段对数幅频曲线斜率应为 $-40\mathrm{dB/dec}$。否则,若小于 $-40\mathrm{dB/dec}$,则超前部分无法将其纠正到 $-20\mathrm{dB/dec}$;反之,若等于 $-20\mathrm{dB/dec}$,则一般来说本校正任务只需采用合适的滞后校正即可完成,无需采用滞后-超前校正。据此,超前部分的第一个转角频率 $\omega_{21} = 1/T_2$ 应以将中频段对数幅频斜率由 $-40\mathrm{dB/dec}$ 纠正到 $-20\mathrm{dB/dec}$ 为准则来确定。

ω_{21} 确定后,时间常数 T_2 随即确定。

(3)绘制经滞后-超前校正后系统的开环 Bode 图,从图上查取有关的系统性能指标并与给定的设计指标进行对比。若校正后系统的性能指标不满足设计指标要求,须在查明原因的基础上重选 ω'_c 并重复进行校正设计,直到所定校正装置的传递函数能够使校正后系统性能指标达到设计指标为止。

(4)按已定的传递函数 $G_c(s)$ 选择具体的校正装置及其物理参数。

(六)控制器类型

在自动控制系统中,给定信号与反馈信号比较所得的误差信号是最基本的控制信号。为了提高系统性能,总是先让误差信号通过一个控制器进行某种控制运算,其输出的控制信号可以更有效地控制系统。

实际模拟控制系统中的控制器常是由电阻、电容与运算放大器构成的网络,其中,运算放大器是有源的,所以由它构成的校正装置常称为有源校正装置。工业中常采用的控制器有比例控制器(P)、比例积分控制器(PI)、比例微分控制器(PD)和比例积分微分控制器(PID),如表 8.4 所示,它们都属于有源校正装置。

表 8.4 常用有源校正装置

控制器类型	校正网络	传递函数	作 用
比例控制器(P)		$G_c(s) = K_p$ $K_p = -\dfrac{R_2}{R_1}$	提高系统的开环增益,且不影响相位。减小稳态误差,提高系统响应的快速性,降低其稳定性,很少单独使用

控制器类型	校正网络	传递函数	作　用
比例积分控制器(PI)		$G_c(s) = \dfrac{T_i K_p s + 1}{T_i s}$ $K_p = -\dfrac{R_2}{R_1}$ $T_i = -R_1 C$	增大系统开环增益，提高系统型次，改善系统稳态性能，校正后相位裕度下降，稳定性变差
比例微分控制器(PD)		$G_c(s) = K_p + T_d s$ $K_p = -\dfrac{R_2}{R_1}$ $T_d = -R_2 C$	提高系统相位裕度、稳定性；增大幅值穿越频率，提高响应的快速性。系统高频增益上升，抗干扰能力下降，常配以高频噪声滤波环节
比例积分微分控制器(PID)		$G_c(s) = K_p + \dfrac{1}{T_i s} + T_d s$ $K_p = -\dfrac{R_1 C_1 + R_2 C_2}{R_1 C_2}$ $T_i = -R_1 C_2$ $T_d = -R_2 C_1$	积分控制发生在低频段，提高稳定性，微分控制发生在中频段，改善系统动态特性。若配以高频噪音滤波环节，相当于滞后-超前校正
有源相位超前控制器		$G_c(s) = -K_0 \dfrac{T_1 s + 1}{T_2 s + 1}$ $K_0 = \dfrac{R_1 + R_2 + R_3}{R_1}$ $T_1 = (R_3 + R_4)C$ $T_2 = R_4 C$ $R_2 \gg R_3 > R_4$	
有源相位滞后控制器		$G_c(s) = -K_0 \dfrac{T_2 s + 1}{T_1 s + 1}$ $K_0 = \dfrac{R_2 + R_3}{R_1}$ $T_1 = R_3 C$ $T_2 = \dfrac{R_2 R_3}{R_2 + R_3} C$	

续表

控制器类型	校正网络	传递函数	作　用
有源相位滞后超前控制器		$G_c(s) = -K_0 \dfrac{(T_2 s + 1)(T_3 s + 1)}{(T_1 s + 1)(T_4 s + 1)}$ $K_0 = \dfrac{R_2 + R_3 + R_5}{R_1}$ $T_1 = R_3 C_1$ $T_2 = \dfrac{R_3(R_2 + R_5)}{R_2 + R_3 + R_5}$ $T_3 = R_5 C_2$ $T_4 = \dfrac{R_4 R_5 C_2}{R_4 + R_6}$ $R_2 \gg R_5 \gg R_6 > R_4$	

(七)按希望特性设计控制器

它的基本思路是:根据工程实际要求确定校正后系统应具有的希望特性(频率特性),比较原系统特性和希望特性,求出控制器的传递函数及参数。

由于控制器串联在主回路中,所以原系统、控制器和校正后的系统符合式(8.4)表示的关系。

0 型系统存在稳态误差,Ⅲ型和Ⅲ型以上的系统稳定性差,所以具有希望特性的系统为Ⅰ型和Ⅱ型系统。在工程上,分别称为典型Ⅰ型系统和典型Ⅱ型系统,常用这两种系统设计控制器,如表 8.5 所示。

表 8.5　两种典型系统

名称	典型Ⅰ型系统(二阶希望特性)	典型Ⅱ型系统(三阶希望特性)
开环传递函数	$G(s) = \dfrac{K}{s(Ts+1)}$	$G(s) = \dfrac{K(T_1 s + 1)}{s^2(T_2 s + 1)}$　　$(T_1 > T_2)$
闭环结构方框图		
Bode 图		

名称	典型 I 型系统(二阶希望特性)	典型 II 型系统(三阶希望特性)
特点分析	若适当选择系统参数,则系统一定是稳定的,且有足够的相位稳定裕度。 构成典型 I 型系统的必要条件是 $$KT < 1$$ 设 $\xi = \dfrac{1}{2\sqrt{KT}}$,当 $0.5 < \xi < 1$ 时,系统具有欠阻尼振荡特性;当 $\xi \geqslant 1$ 时,系统处于临界阻尼或过阻尼状态,动态响应无振荡,但较慢。所以在容许超调的情况下,把系统设计成欠阻尼系统;当要求系统无超调时,把系统设计成临界阻尼系统,即 $\xi = 1$。 当 $KT = 0.5$ 时,即 $\xi = 0.707$ 时,系统的稳定性、快速性都很好,此时 $1/T = 2\omega_c$,工程上称此系统为最佳二阶系统,要保证 $\xi = 0.707$ 并不容易,通常取 $0.5 \leqslant \xi \leqslant 0.8$	T_1 比 T_2 大得越多,稳定裕度越大。 典型 II 型系统有三个特征参数:$\omega_1 = 1/T_1$,$\omega_2 = 1/T_2$ 和 ω_c。为了让中频段以斜率 -20dB/dec 穿越零分贝线,应使 $\omega_1 < \omega_c < \omega_2$。 定义 h 为中频宽。 $$h = \frac{\omega_2}{\omega_1} = \frac{T_1}{T_2}$$ 按典型 II 型设计控制系统时,常采用谐振峰值最小的准则,即 $M_r = M_{r\min}$。 $$M_{r\min} = \frac{h+1}{h-1}$$ 经验表明,M_r 在 $1.2 \sim 1.5$ 之间取值,系统有较好的动态特性。h 取值越大,系统的稳定性越好,谐振峰值越小。实际设计时,常取 $h = 8$
综合分析	典型 I 型系统结构简单,超调量小,但抗干扰性能差;而典型 II 型系统超调量较大,抗干扰能力较强,系统稳态精度高。可根据工程实际对控制系统的要求,选择其中的一种	

控制器设计方法的一般步骤为:

(1)根据系统的要求,选择采用哪种系统;

(2)确定某一控制规律的串联校正装置的形式;

(3)按最优性能的要求,选择校正装置的参数;

(4)校验。

它的设计校正方法在重点与难点(4)中有所补充,其中,按希望特性设计控制器常用的有两种方法,如表 8.6 所示。

表 8.6　设计控制器的两种方法

名称	图　解　法	直　接　法
设计步骤	1. 画出未校正系统的幅频特性 Bode 图(实际上是画其渐近线); 2. 根据原系统的幅频特性渐进线和所要求的系统性能指标绘制希望特性系统渐进线; 3. 将希望特性系统渐进线减去原系统特性渐进线,画出控制器特性渐进线; 4. 根据控制器特性渐进线写出其传递函数	1. 直接根据对系统的要求选择系统类型; 2. 写出最佳系统的传递函数; 3. 与原系统的传递函数比较,得出校正装置的传递函数
特点	确定典型系统的参数以后,与原系统比较,设计系统控制器	不必绘制幅频特性图

二、基 本 要 求

(1)熟悉系统校正的基本概念。

(2)了解系统的时域性能指标和频域性能指标以及两种性能指标之间的关系。

(3)了解系统闭环零点、极点的分布与系统性能的关系。

(4)掌握相位超前校正、相位滞后校正和相位滞后-超前校正的概念、设计方法和特点。

(5)掌握控制器的特点及设计方法。

三、重点与难点

(1)对教材中介绍的各种串联校正方法的应用,两种典型希望特性的设计方法,通过本章实例全面掌握系统设计过程。

(2)掌握相位裕度和幅值稳定裕度的计算方法。

(3)复合控制的原理。

闭环反馈控制和开环顺馈控制各有所长,若将二者结合起来,形成复合控制,正好可以取长补短,实现高精度的自动控制。这是复合控制系统的优越性所在。

由于复合控制系统中的顺馈控制装置通常是为补偿控制精度之不足而引入的校正装置,所以一般将这种校正装置称为补偿装置。

①按输入补偿。用于补偿由主反馈控制回路的原理性误差引起的稳态精度之不足,结构如图 8.8 所示。

在引入顺馈补偿装置前,单位反馈系统的闭环传递函数及误差信号分别为

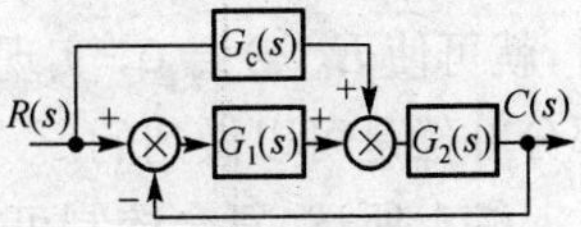

图 8.8　按输入补偿的复合控制

$$\widetilde{G}_{\mathrm{b}}(s) = \frac{C(s)}{R(s)} = \frac{G_1(s)G_2(s)}{1+G_1(s)G_2(s)} \qquad (8.5)$$

$$E(s) = \frac{1}{1+G_1(s)G_2(s)}R(s) \qquad (8.6)$$

引入顺馈补偿装置后,复合控制系统的闭环传递函数和误差信号分别为

$$G_{\mathrm{b}}(s) = \frac{C(s)}{R(s)} = \frac{G_1(s)G_2(s)+G_{\mathrm{c}}(s)G_2(s)}{1+G_1(s)G_2(s)} \qquad (8.7)$$

$$E(s) = \left[\frac{1}{1+G_1(s)G_2(s)} - \frac{G_{\mathrm{c}}(s)G_2(s)}{1+G_1(s)G_2(s)}\right]R(s) \qquad (8.8)$$

比较式(8.6)与式(8.8),容易看出,顺馈补偿装置使系统产生了一项附加误差信号分量 $-\dfrac{G_{\mathrm{c}}(s)G_2(s)}{1+G_1(s)G_2(s)}R(s)$,该误差信号分量与主反馈回路的误差信号分量 $\dfrac{1}{1+G_1(s)G_2(s)}R(s)$ 两者的方向是相反的。显然,只要 $G_{\mathrm{c}}(s)$ 选择得当,就能使这两

种误差信号分量的叠加充分小,从而实现对控制精度的补偿作用。与此同时,比较式(8.5)与式(8.7),容易看出,引入补偿装置后,系统的特征方程仍为 $1+G_1(s)G_2(s)=0$,这表明顺馈补偿装置的引入不影响系统的稳定性。

据此,引入顺馈补偿装置很容易解决反馈控制系统的稳定性和控制精度二者不能同时满足给定设计条件的问题,只需使主反馈回路满足稳定性要求,使补偿装置满足控制精度要求即可。这就很好地解决了一般反馈控制系统中存在的控制精度和稳定性二者相互制约、不能同时得到提高的问题。

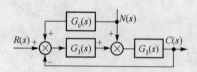

图 8.9　按扰动补偿的复合控制

②按扰动补偿。用于补偿由主反馈回路受到扰动影响而引起的稳态精度之不足,结构如图 8.9 所示。

如果扰动信号是可测量的,按输入补偿的复合控制原理,同样可导出对扰动信号误差的补偿条件。

引入顺馈装置前,由扰动信号产生的误差信号为

$$\widetilde{E}_n(s) = -\frac{G_2(s)}{1+G_1(s)G_2(s)}N(s) \tag{8.9}$$

引入顺馈补偿装置后,由扰动信号产生的误差信号为

$$E_n(s) = \left[G_c(s) - \frac{G_2(s)}{1+G_1(s)G_2(s)}\right]N(s) \tag{8.10}$$

显然,当补偿装置传递函数取

$$G_c = \frac{G_2(s)}{1+G_1(s)G_2(s)} \tag{8.11}$$

时,就可使 $E_n(s)=0$,实现对扰动信号误差的全补偿。通常实现全补偿是困难的,但部分补偿是可以做到的。

综上所述,复合控制可在不改变系统稳定性的条件下有效提高控制精度。因此,在设计复合控制系统时,应以满足动态性能(稳定性和快速性)为原则设计主反馈回路,以满足稳态性能为原则设计补偿装置。

(4)两种校正设计的方法。

①分析法。分析法是一种试探法,具体做法是:首先根据给定的设计指标和静态设计确定的系统不可变部分的特性,凭分析和经验选取一种校正装置,并将其按某种校正方式加入到系统中,然后计算校正后系统的性能参数并与设计指标进行对比,如能满足设计指标要求,那么该校正装置和校正方式就是一个可行的校正方案,校正设计工作随即完成;反之,若校正系统的性能参数不满足设计指标要求,则需重选校正装置并重新计算。如法炮制,反复试探直到所选校正方案能使校正后系统的性能指标达到设计指标为止。这一过程可用工作程序框图 8.10 来描述。

②综合法。在系统开环传递函数为最小相位的情况下,根据开环频率特性可完

全确定系统的性能参数,反之,根据系统的性能参数也可估计出系统的开环频率特性。因此,在给定所设计系统性能参数的设计指标后,完全可以根据这些设计指标构造出校正后系统应当具有的开环频率特性。这样的开环频率特性成为希望频率特性。另一方面,一个需要校正的系统,其性能指标必然达不到设计指标要求,因而其频率特性也必然与希望频率特性不相符。这种未校正系统的频率特性与希望频率特性两者间的差异,提供了寻求校正装置频率特性的依据。这便是用综合法选择校正装置的基本思想。具体步骤如图 8.11 所示。

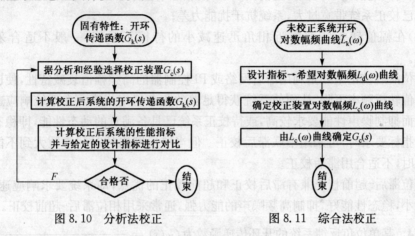

图 8.10　分析法校正　　　　　　　　　图 8.11　综合法校正

四、习题与解答

8.1 什么是控制系统的校正?

解:所谓控制系统的校正,是指当系统的性能指标(时域指标或频域指标)不满足期望的指标时,在系统中加入一些其参数可以根据需要而改变的机构或装置,使系统整个特性发生变化,从而满足给定的各项性能指标。

8.2 在系统校正中,常用的性能指标有哪些?

解:在系统校正中,常用的性能指标按其类型可分为:

(1)时域性能指标,它包括瞬态性能指标(即延迟时间、上升时间、峰值时间、最大超调量、调整时间等)和稳态性能指标(即稳态误差)。

(2)频域性能指标,它包括相位裕度 γ、幅值稳定裕度 K_g、零频值 $A(0)$、复现频率 ω_m 与复现带宽 $0 \sim \omega_m$、谐振频率 ω_r 及相对谐振峰值 M_r、截止频率 ω_b 和截止带宽 $0 \sim \omega_b$ 等。

(3)综合性能指标,包括误差积分性能指标和误差平方积分性能指标及广义误差平方积分性能指标等。

8.3 如何确定串联校正网络的类型?

解:串联校正主要有相位超前校正、相位滞后校正和相位超前——滞后校正。

　　相位超前校正主要是利用相位超前网络或 PD 控制器的相角超前特性。只要正确地将相位超前网络的转折频率 $1/(\alpha T)$ 和 $1/T$ 选在待校正系统幅值转折频率的两边，并适当选择参数 α 和 T，就可以使已校正系统的幅值转折频率和相角稳定裕度满足性能指标的要求，从而改善系统的动态性能。当控制系统对动态性能指标的要求较高时，可采用相位超前校正。但以下两种情况不宜采用超前校正：

　　(1)需要超前网络提供的超前角大于 60°。此时超前网络的 α 值必须选得很小，从而造成已校正系统带宽过大，系统抗干扰能力差；

　　(2)在幅值转折频率附近相角迅速减小的待校正系统，一般不适合采用超前校正。

　　相位滞后校正主要是利用滞后网络或 PI 控制器的高频幅值衰减特性，使已校正系统幅值转折频率下降，从而使系统获得足够的相角稳定裕度。在系统响应速度要求不高而抑制噪声性能要求较高，或待校正系统已具备满意的动态性能，即稳态性能不满足指标要求时，可采用串联滞后校正。但当滞后网络的时间常数大到不能实现的情况时，不适合用滞后校正。

　　相位滞后-超前校正兼有滞后校正和超前校正的优点，即系统要求响应速度快，超调量小，稳态性能好，抑制高频噪声的能力强，通常采用相位滞后-超前校正。

　　8.4　某单位负反馈系统的开环传递函数为 $G_k(s) = \dfrac{1}{\left(\dfrac{1}{3.6}s+1\right)\left(\dfrac{1}{100}s+1\right)}$，要使

系统的速度误差系数 $K_v = 10$，相位裕度 $\gamma \geqslant 25°$。试设计一个最简单形式的校正装置。

　　解：由 $K_v = 10$ 可知，校正后系统的开环增益 $K = K_v = 10$，且为 Ⅰ 型系统，因此在原系统中应串联的校正装置具有如下形式

$$G_c(s) = \frac{10}{s}$$

校正后系统的开环传递函数为

$$G_{kh}(s) = G_k(s)G_c(s) = \frac{10}{s\left(\dfrac{s}{3.6}+1\right)\left(\dfrac{s}{100}+1\right)}$$

幅值剪切频率　　　　　　　　　　$\omega_c = 6$

相角稳定裕度

$$\gamma(\omega_c) = 180° - 90° - \arctan\frac{\omega_c}{3.6} - \arctan\frac{\omega_c}{100} = 90° - 59° - 3.4° = 27.6° > 25°$$

满足要求。

　　8.5　为满足要求的稳态性能指标，一单位负反馈伺服系统的开环传递函数为

$$G_k(s) = \frac{200}{s(0.1s+1)}$$

试设计一个无源校正网络,使已校正系统的相位裕度不小于 $45°$,剪切频率不低于 50rad/s。

解:
$$L(\omega) = \begin{cases} 20\lg \dfrac{200}{\omega} & \omega < 10 \\ 20\lg \dfrac{200}{\omega \times 0.1\omega} & \omega > 10 \end{cases} \qquad \omega_c = 44.7$$

校正前相位裕度 $\gamma_q = 180° - 90° - \arctan(0.1\omega_c) = 12.6° < \gamma$

不满足性能要求,需串联一超前校正网络。

(1)求 φ_{cm}: $\qquad \varphi_{cm} \geqslant \gamma - \gamma_q + 10° = 42.4°$

(2)求 a: $\qquad \dfrac{1-a}{2\sqrt{a}} = 0.91, \quad a = 0.2$

(3)解 ω_{cm}: $20\lg \sqrt{\dfrac{1+\omega_{cm}^2 T^2}{1+a^2\omega_{cm}^2 T^2}} + 20\lg \dfrac{200}{\omega_{cm}\sqrt{0.01\omega_{cm}^2+1}} = 0$

将 $\omega_{cm} = \dfrac{1}{\sqrt{a}T}$ 代入上式左边第一项,得

$$20\lg \dfrac{200}{\omega_{cm}\sqrt{0.01\omega_{cm}^2+1}} = -6.99$$

解出
$$\omega_{cm}^2 = 4422.42, \quad \omega_{cm} = 66.5$$
$$T = 1/(\omega_{cm}\sqrt{a}) = 0.034$$

故校正网络
$$G_c(s) = \dfrac{0.034s+1}{0.007s+1}$$

校正后的开环传递函数为
$$G_{kh}(s) = \dfrac{200(0.034s+1)}{s(0.1s+1)(0.007s+1)}$$

8.6 单位负反馈系统开环传递函数为
$$G_k(s) = \dfrac{200}{s(0.1s+1)}$$

试设计一串联校正网络,使系统的相位稳定裕度 $\gamma \geqslant 45°$,幅值剪切频率 $\omega_c = 8$。

解:由题知
$$L(\omega) = 20\lg 200 - 20\lg\omega - 20\sqrt{\left(\dfrac{1}{10}\omega\right)^2+1}$$
$$= 40 + 20\lg 2 - 20\lg\omega - 20\lg\sqrt{\left(\dfrac{1}{10}\omega\right)^2+1}$$

当 $\omega < 10$ 时,$L(\omega) = 40 + 20\lg 2 - 20\lg\omega = 20\lg 200 - 20\lg\omega$;

当 $\omega > 10$ 时,$L(\omega) = 40 + 20\lg 2 - 20\lg\omega + 20 = 20\lg 2000 - 40\lg\omega$。

于是有 $20\lg 2000 = 40\lg\omega_c = 20\lg\omega_c^2$

可得
$$\omega_c = 44.7$$

$$\gamma = 180° - 90° - \arctan(0.1\omega_c) = 90° - \arctan 4.47 = 90° - 77.4° = 12.6°$$

首先采用超前的算法：

$$\varphi_m = 45° - 12.6° + 10° = 42.4°$$

$$\varphi_m = \arctan\frac{1-\alpha}{2\sqrt{\alpha}} = 42.4° \Rightarrow \frac{1-\alpha}{2\sqrt{\alpha}} = 0.913$$

$$\alpha = \frac{5.3 \pm \sqrt{5.3^2 - 4}}{2}, \text{取}\ \alpha = 0.2$$

$$20\lg\frac{200}{\omega_{cm}\sqrt{(0.1\omega_{cm})^2 + 1}} = -6.99$$

$$\omega_{cm} = 56$$

$$\omega_{cm} = \frac{1}{\sqrt{\alpha}T}, T = \frac{1}{\sqrt{\alpha}\omega_{cm}} = \frac{1}{\sqrt{0.2 \times 56}} = 0.04$$

$$G_c(s) = \frac{0.04s + 1}{0.008s + 1}$$

$$\frac{1}{T} = 25, \frac{1}{\alpha T} = \frac{1}{0.008} = 125$$

相位超前校正保证了相位稳定裕度的情况，但提高了剪切频率 $\omega_{cm} = 56$，如题图 8.1(a)所示。

$$G_{kh}(s) = \frac{200}{s(0.1s + 1)} \cdot \frac{0.04s + 1}{0.008s + 1}$$

采用相位滞后校正：

设
$$G_c(s) = \frac{Ts + 1}{\beta Ts + 1}, \beta > 1$$

当 $\omega < 10$ 时

$$L(\omega) = 20\lg 200 - 20\lg\omega = 20\lg\frac{200}{\omega}$$

取 $\omega_c = 8$ 时

$$L(8) = 20\lg\frac{200}{8} = 30$$

即

$$20\left(\lg\frac{1}{T} - \lg\frac{1}{\beta T}\right) = 30, \lg\beta = 1.5, \beta = 31.6$$

$$G_{kh}(s) = \frac{200}{s(0.1s + 1)} \cdot \frac{Ts + 1}{31.6Ts + 1}$$

通过保证 γ 来确定 T：

$$\gamma = 180° - 90° - \arctan 0.1 \times 8 + \arctan 8T - \arctan 31.6 \times 8T \geqslant 45°$$

$$6.3 + \arctan 8T - \arctan 252.8T \geqslant 0$$

$$\arctan 252.8T - \arctan 8T \geqslant 6.3$$

$$\frac{252.8T - 8T}{1 + 252.8 \times 8T^2} = 0.11$$

$$T = 1.1$$

如题图 8.1(b)所示。

所以，$G_c(s) = \dfrac{1.1s + 1}{35s + 1}$。

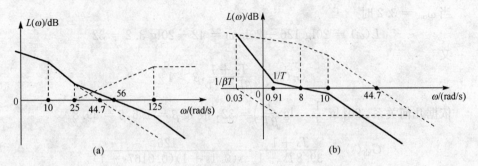

题图 8.1

8.7　单位反馈系统的开环传递函数为 $G_k(s) = \dfrac{4K}{s(s+2)}$，若要使系统在单位速度输入下的稳态误差 $e_{ss} = 0.05$，相位稳定裕度 $\gamma \geqslant 50°$，幅值稳定裕度 $K_g \geqslant 10\text{dB}$，试设计系统的校正装置。

解：
$$G_c(s) = \frac{0.221s + 1}{0.054s + 1}$$

8.8　单位负反馈系统开环传递函数为

$$G_k(s) = \frac{126}{s(0.1s + 1)(0.0167s + 1)}$$

试设计一串联校正网络，在放大器增益不变的情况下使系统满足如下，性能指标：输入速度为 1 时，稳态速度误差不大于 1/126；系统的相位稳定裕度 $\gamma \geqslant 30°$，幅值剪切频率 $\omega_c = 3.2$。

解： $x_o(t) = 1t = t$，单位速度输入。

对于一型系统，在单位速度输入下

$$e_{ss} = \frac{1}{K_v} = \frac{1}{K} = \frac{1}{126}$$

可以采用相位超前、滞后、滞后-超前校正。

$$L(\omega) = 20\lg 126 - 20\lg \omega - 20\lg \sqrt{(0.1\omega)^2 + 1} - 20\lg \sqrt{(0.0167\omega)^2 + 1}$$

(1)当 $\omega < \dfrac{1}{0.1} = 10$ 时，有

$$L(\omega) = 20\lg 126 - 20\lg \omega = 42 - 20\lg \omega$$

(2)当 $10 < \omega < \dfrac{1}{0.0167} = 60$ 时,有

$$L(\omega) = 20\lg 126 - 40\lg \omega + 20 = 62 - 40\lg \omega$$

(3) 当 $\omega > 60$ 时,有

$$L(\omega) = 62 - 40\lg \omega - 20\lg \frac{\omega}{60} = 97.6 - 60\lg \omega$$

校正前,$\omega_c = 35.5$,要求校正后剪切频率变为 3.2,故只能采用相位滞后校正。当 $\omega_{cm} = 3.2$ 时

$$L(\omega) = 20\lg 126 - 20\lg \omega = 42 - 20\lg 3.2 = 32$$

又

$$G_c(s) = \frac{Ts + 1}{\beta Ts + 1}, \beta > 1$$

依据几何关系,$20\left(\lg \dfrac{1}{T} - \lg \dfrac{1}{\beta T}\right) = 32$,故 $\lg \beta = 1.6, \beta = 39.8$。

$$G_{kh}(s) = \frac{Ts + 1}{39.8Ts + 1} \cdot \frac{126}{s(0.1s + 1)(0.0167s + 1)}$$

$\gamma = 180° + \arctan 3.2T - \arctan 127.4T - 90° - \arctan 0.32 - \arctan 0.0534$

$= 90° - 17.7° - 3.1° + \arctan 3.2T - \arctan 127.4T$

$= 69.2° + \arctan 3.2T - \arctan 127.4T \geqslant 30°$

$$\arctan 127.4T - \arctan 3.2T \leqslant 39.2°$$

$$\frac{127.4T - 3.2T}{1 + 127.4 \times 3.2T^2} = 0.82$$

解之得

$$T_1 = 0.36, T_2 = 0.0067, \frac{1}{T_1} = 2.8, \frac{1}{T_2} = 149, 取 T = 0.36$$

$$\beta T = 39.8 \times 0.36 = 14.3, \frac{1}{\beta T} = 0.07$$

如题图 8.2 所示,所以得 $G_c(s) = \dfrac{0.36s + 1}{14.3s + 1}$。

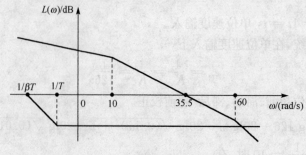

题图 8.2

8.9 已知系统校正前后的 Bode 图如题图 8.3 所示,其中,$\overline{ABCD}$ 是系统校正前

的 Bode 图,$\overline{ABEFG}$是系统引入某种串联校正后的 Bode 图,试说明该系统采用的串联校正方法,并写出校正装置的传递函数。

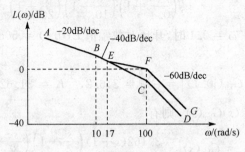

题图 8.3

解：
$$G_c(s) = \frac{\dfrac{s}{17}+1}{\dfrac{s}{100}+1}$$

8.10　单位负反馈最小相位系统校正前、后的开环对数幅频特性如题图 8.4 所示。

(1)求串联校正装置的传递函数 $G_c(s)$。

(2)求串联校正后,使闭环系统稳定的开环增益 K 的值。

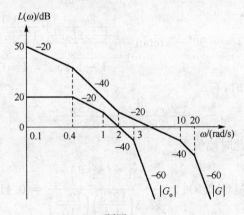

题图 8.4

解：(1)求串联校正装置的传递函数 $G_c(s)$。

由题图 8.4 知,校正前系统的开环传递函数为

$$G_{kq}(s) = \frac{K_0}{\left(\dfrac{s}{0.4}+1\right)(s+1)\left(\dfrac{s}{3}+1\right)}$$

式中,K_0 可由低频段求出。

$$20\lg K_0 = 20, \quad K_0 = 10$$

校正后系统的开环传递函数为

$$G_{kh}(s) = \frac{K\left(\dfrac{s}{2}+1\right)}{s\left(\dfrac{s}{0.4}+1\right)\left(\dfrac{s}{10}+1\right)\left(\dfrac{s}{20}+1\right)}$$

由题图 8.4 知,在 $\omega = 0.1$ 时,开环对数幅值 $L(0.1) = 50\mathrm{dB}$, 即 $|G_{kh}(j0.1)| = 316.2$, 故

$$|G_{kh}(j0.1)| = \frac{K}{0.1} = 316.2, \quad K = 31.62$$

根据 $G_{kh}(s) = G_c(s)G_{kq}(s)$, 则有

$$G_c(s) = \frac{G_{kh}(s)}{G_{kq}(s)} = \frac{3.162(s+1)\left(\dfrac{s}{2}+1\right)\left(\dfrac{s}{3}+1\right)}{s\left(\dfrac{s}{10}+1\right)\left(\dfrac{s}{20}+1\right)}$$

(2)求串联校正后,使闭环系统稳定的开环增益 K 的值。

根据校正后系统的开环传递函数,其相频特性为

$$\angle G_{kh}(j\omega) = -90° - \arctan\frac{\omega}{0.4} + \arctan\frac{\omega}{2} - \arctan\frac{\omega}{10} - \arctan\frac{\omega}{20}$$

运用三角公式 $\arctan\alpha \pm \arctan\beta = \arctan\dfrac{\alpha \pm \beta}{1 \mp \alpha\beta}$ 并整理,得

$$\angle G_{kh}(j\omega) = -90° - \arctan\frac{\dfrac{2\omega}{1+1.25\omega^2} + \dfrac{0.15\omega}{1-0.005\omega^2}}{1 - \dfrac{2\omega}{1+1.25\omega^2} \cdot \dfrac{0.15\omega}{1-0.005\omega^2}}$$

当相角为 $-180°$ 时,有

$$1 - \frac{2\omega}{1+1.25\omega^2} \cdot \frac{0.15\omega}{1-0.005\omega^2} = 0$$

解得 $\omega = 12.3$。此时幅值为

$$|G_{kh}(j12.3)| = \frac{31.6\left(\dfrac{12.3}{2}\right)}{12.3\left(\dfrac{12.3}{0.4}\right)\left(\dfrac{12.3}{10}\right)} = 0.418$$

即将开环增益增大 $1/0.418$ 倍,系统处于临界稳定状态。根据频率稳定判据,当 $0 < K < 31.6 \times 1/0.418$ 即 $0 < K < 75.6$ 时,对数频率特性曲线不穿越 $-180°$ 线,系统稳定。

8.11 题图 8.5 所示的三种串联校正网络特性,它们均由最小相角环节组成。若控制系统为单位负反馈系统,其开环传递函数

$$G_k(s) = \frac{400}{s^2(0.01s+1)}$$

(1)这些网络特性中,哪种校正程度最好?

(2)为了将 12Hz 的正弦噪声削弱 10 倍左右,应采用哪种校正网络特性?

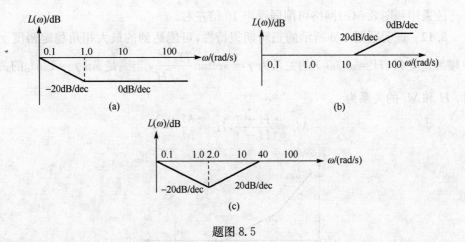

题图 8.5

解：(1)由题图 8.5 所示可得校正网络传递函数：

题图 8.5(a)：$G_c(s) = \dfrac{s+1}{10s+1}$；

题图 8.5(b)：$G_c(s) = \dfrac{0.1s+1}{0.01s+1}$；

题图 8.5(c)：$G_c(s) = \dfrac{(0.5s+1)^2}{(10s+1)(0.025s+1)}$。

以题图 8.5(a)作校正网络，即 $G_{kh}(s) = \dfrac{400}{s^2(0.01s+1)} \cdot \dfrac{s+1}{10s+1}$，可得 $\omega_c = 6.32$，

$\gamma = 180° + \arctan\omega_c - 180° - \arctan0.01\omega_c - \arctan10\omega_c = -11.7°$。

以题图 8.5(b)作校正网络，即 $G_{kh}(s) = \dfrac{400(0.1s+1)}{s^2(0.01s+1)(0.01s+1)}$，可得 $\omega_c = 40$，

$\gamma = 180° - 180° - \arctan0.1\omega_c - 2\arctan0.01\omega_c = 32°$。

以题图 8.5(c)作校正网络，即 $G_{kh}(s) = \dfrac{400(s/2+1)^2}{s^2(0.01s+1)(10s+1)(0.025s+1)}$，可得

$\gamma = 180° - 180° + 2\arctan0.5\omega_c - \arctan0.01\omega_c - \arctan10\omega_c - \arctan0.025\omega_c = 48°$。

可见，以题图 8.5(c)作校正环节，系统 γ 最大，稳定性最好。

(2)当 $f = 12\text{Hz}$，$\omega = 2\pi f = 75\text{rad/s}$ 时，以题图 8.5(a)作校正系统

$$20\lg\frac{400\omega}{\omega^2 \times 10\omega} = 20\lg\frac{400 \times 75}{75^3 \times 10} = -43$$

以题图 8.5(b)作校正系统

$$20\lg\frac{400 \times 0.1\omega}{\omega^2} = 20\lg\frac{40}{\omega} = -5.4$$

以题图 8.5(c)作校正系统

$$20\lg\frac{400 \times \omega^2/4}{\omega^2 \times 10\omega} = 20\lg\frac{10}{\omega} = -17.5 \approx -20\text{dB}$$

故采用题图 8.5(c)网络可削弱噪声 10 倍左右。

8.12 证明题图 8.6 所示的三阶期望特性,可能达到的最大相角稳定裕度 γ 和中频带宽度 $H(H = \omega_3/\omega_2)$ 的关系为 $\gamma = \arctan\dfrac{H-1}{2\sqrt{H}}$,当满足 $\sin\gamma = 1/M_r$ 的关系时,H 和 M_r 的关系为

$$M_r = \frac{H+1}{H-1}, H = \frac{M_r+1}{M_r-1}$$

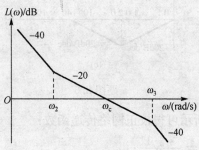

题图 8.6

解: 相角稳定裕度为

$$\gamma = 180° - 180° + \arctan\frac{\omega}{\omega_2} - \arctan\frac{\omega}{\omega_3} = \arctan\frac{\omega}{\omega_2} - \arctan\frac{\omega}{\omega_3}$$

令 $\dfrac{d\gamma}{d\omega} = 0$,得

$$\omega_m = \sqrt{\omega_2\omega_3} = \omega_2\sqrt{H}$$

代入相角稳定裕度表达式可得相角稳定裕度的最大值为

$$\gamma_m = \arctan\frac{\omega_m}{\omega_2} - \arctan\frac{\omega_m}{\omega_3} = \arctan\sqrt{H} - \arctan\frac{1}{\sqrt{H}} = \arctan\frac{H-1}{2\sqrt{H}}$$

当满足 $\sin\gamma = 1/M_r$ 的关系,即 $\gamma = \arctan\dfrac{1}{\sqrt{M_r^2-1}}$ 时,有

$$\arctan\frac{H-1}{2\sqrt{H}} = \arctan\frac{1}{\sqrt{M_r^2-1}}$$

可得

$$M_r = \frac{H+1}{H-1} \ \text{或} \ H = \frac{M_r+1}{M_r-1}$$

8.13 单位负反馈系统的开环传递函数为

$$G_k(s) = \frac{500K}{s(s+5)}$$

采用超前校正,使校正后系统速度误差系数 $K_v = 100\text{rad/s}$,相位裕度 $\gamma \geqslant 45°$。

解: 系统的开环传递函数为

$$G_k(s) = \frac{100K}{s\left(\dfrac{s}{5}+1\right)}$$

(1)确定开环增益。

$$K_v = \lim_{s \to 0} sG_k(s) = \lim_{s \to 0} s \cdot \frac{500K}{s\left(\dfrac{s}{5}+1\right)} = 100K = 100, K = 1$$

绘制待校正系统的对数幅频如题图 8.7 所示。

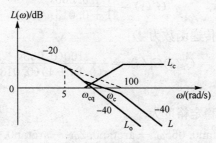

题图 8.7

开环传递函数为

$$G_k(s) = \frac{100K}{s\left(\dfrac{s}{5}+1\right)}$$

$$|G_k(j\omega)| = \begin{cases} \dfrac{100}{\omega}, & \omega < 5 \\[3mm] \dfrac{100}{\omega \cdot \dfrac{\omega}{5}}, & \omega \geqslant 5 \end{cases}$$

剪切频率为　　　　　　　$\omega_{cq} = \sqrt{500} = 22.4(\text{rad/s})$

相角稳定裕度为

$$\gamma_q = 180° + \angle G_k(j\omega_{cq}) = 180° - 90° - \arctan 0.2\omega_{cq} = 12.6° < 45°$$

设超前校正网络的传递函数为

$$G_c(s) = \frac{1 + Ts}{1 + aTs}$$

(2)确定需要补偿的相位超前角。

$$\varphi_{cm} = \gamma - \gamma_q + (5 \sim 10°) = 45° - 12.6° + 7.6° = 40°$$

(3)计算 a。

$$\varphi_{cm} = \arctan \frac{1-a}{2\sqrt{a}} = 40°$$

$$a = 0.22$$

(4)令 $\omega_c = \omega_{cm} = \dfrac{1}{T\sqrt{a}}$，确定 T 值。

$$-10\lg a = -40\lg \frac{\omega_c}{\omega_0}; \quad -10\lg 4.6 = -40\lg \frac{\omega_c}{22.4}$$

$$\omega_c = 32.8 \text{rad/s}$$

$$T = \frac{1}{\omega_c \sqrt{a}} = \frac{1}{32.8 \times \sqrt{0.22}} = 0.065$$

超前校正网络的传递函数为

$$G_c(s) = \frac{1 + 0.065s}{1 + 0.013s}$$

校正后系统的开环传递函数为

$$G_{kh}(s) = G_c(s)G_k(s) = \frac{100(0.065s+1)}{s(0.2s+1)(0.013s+1)}$$

(5)验算。

校正后系统的相角稳定裕度为

$$\gamma = 180° - 90° + \arctan 0.065\omega_c - \arctan 0.2\omega_c - \arctan 0.013\omega_c = 50.4° > 45°$$

全部性能指标均已满足。

8.14　已知某单位负反馈系统的开环传递函数

$$G_k(s) = \frac{1}{s(0.5s+1)}$$

要求系统的静态速度误差系数 $K_v = 10$，相位裕度 $\gamma > 45°$。试设计串联校正装置。

解：(1)作出校正前系统的 Bode 图，如题图 8.8 中实线所示。系统的剪切频率 ω_{cq} 为

$$\omega_{cq} = K = 1$$

相角稳定裕度为

$$\gamma_q = 180° - 90° - \arctan 0.5\omega_{cq} = 63.43° > 45°$$

校正前系统的相角稳定裕度满足要求，而静态误差系数不满足要求。

(2)考虑串联一个增益为 10 的放大器，此时系统的开环传递函数为

$$K_c G_k(s) = \frac{10}{s(0.5s+1)}$$

作出串联放大器后系统的 Bode 图，如题图 8.8 中虚线所示。此时有

$$\omega_c = \sqrt{2K_c} = \sqrt{20} = 4.47(\text{rad/s})$$

可见串入放大器后 K_v 满足要求，但 γ 不能满足要求，需进行校正。

(3)采用串联滞后校正，并选校正后系统的剪切频率等于未加入放大器之前系统的剪切频率，即

$$\omega_c = \omega_{cq} = 1\text{s}^2$$

又有

$$-20\lg b = 20\lg |G_k(j\omega_c)K_c| = 20\lg \frac{10}{\omega_c \sqrt{(0.5\omega_c)^2+1}} \approx 20\lg 10 = 20(\text{dB})$$

解得

$$b = 0.1$$

选取

$$\frac{1}{bT} = 0.2\omega_c'' = 0.2\text{rad/s}$$

则　　　　　　　　　　　　　　　$\dfrac{1}{T} = 0.2b = 0.02\text{rad/s}$

得滞后校正装置的传递函数为

$$G_c(s) = \dfrac{bTs+1}{Ts+1} = \dfrac{\dfrac{1}{0.2}s+1}{\dfrac{1}{0.02}s+1} = \dfrac{5s+1}{50s+1}$$

系统的开环传递函数为

$$G_{kh}(s) = K_c G_k(s) G_c(s) = \dfrac{10(5s+1)}{s(0.5s+1)(50s+1)}$$

校正后系统的 Bode 图,如题图 8.8 点划线所示。

(4)验算。系统的相角稳定裕度为

$$\gamma = 180° - 90° - \arctan5\omega_c - \arctan0.5\omega_c - \arctan\omega_c$$
$$= 90° + 78.69° - 26.57° - 88.85° = 53.27° > 45°$$

至此系统满足全部的要求指标。

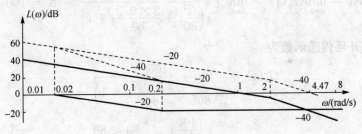

题图 8.8

8.15　某单位负反馈系统的开环传递函数为

$$G_k(s) = \dfrac{20}{s\left(\dfrac{s^2}{80^2} + \dfrac{2 \times 0.3}{80}s + 1\right)}$$

其 Bode 图如题图 8.9 所示。采用滞后校正,使系统满足 $K_v = 100\text{rad/s}$,相角稳定裕度 $\gamma = 70°$,且基本保持中高频不变,求校正装置传递函数及校正后系统开环传递函数,并画出校正后系统的 Bode 图。

解:系统的开环传递函数为

$$G_k(s) = \dfrac{20}{s\left(\dfrac{s^2}{80^2} + \dfrac{2 \times 0.3}{80}s + 1\right)}$$

系统为 Ⅰ 型。根据题图 8.9 所示系统的 Bode 图,知

$$\omega_{cq} = K = 20$$

相角稳定裕度为　　　　　　　　　　　　　$\gamma_q = 79°$

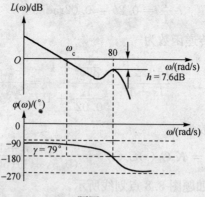

题图 8.9

相角稳定裕度满足要求,但开环增益不满足要求。

(1)取 $K_v = 100\text{rad/s}$, 则有

$$K_v = \lim_{s \to 0} sG_k(s) = \lim_{s \to 0} s \cdot \frac{K}{s\left(\dfrac{s^2}{80^2} + \dfrac{2 \times 0.3}{80}s + 1\right)} = K = 100$$

系统的开环传递函数为

$$G_k(s) = \frac{100}{s\left(\dfrac{s^2}{80^2} + \dfrac{2 \times 0.3}{80}s + 1\right)}$$

$$|G_k(j\omega)| = \begin{cases} \dfrac{100}{\omega}, & \omega < 80 \\[3mm] \dfrac{100}{\omega \cdot \dfrac{\omega^2}{80^2}}, & \omega \geqslant 80 \end{cases}$$

剪切频率为　　　　　　　　　　$\omega_{c0} = 86.2\text{rad/s}$

对数相频特性曲线与 $K=20$ 时一样。此时相角稳定裕度为

$$\gamma_0 = 180° + \angle G_k(j\omega_{c0}) = 180° - 90° - \arctan\frac{\dfrac{2 \times 0.3}{80}\omega_{c0}}{1 - \dfrac{\omega_{c0}^2}{80^2}} = -14.2°$$

(2)令串联滞后校正装置的传递函数为

$$G_c(s) = \frac{1 + bTs}{1 + Ts} \qquad (b < 1)$$

因为在 $\omega_{cq} = 20$ 时相角稳定裕度为 $\gamma = 79°$,满足要求,取 $\omega_{cq} = 20$ 为校正后的剪切频率。

(3)根据下述关系式确定滞后网络参数 b 和 T

$$L_0(\omega_c) + 20\lg b = 0$$

即
$$b = \frac{1}{|G_k(j\omega_c)|} = \frac{\omega_c}{100} = 0.2$$

选
$$\frac{1}{bT} = 0.1\omega_c = 2$$

$$T = \frac{1}{2 \times 0.2} = 2.5$$

滞后校正装置的传递函数为
$$G_c(s) = \frac{1 + 0.5s}{1 + 2.5s}$$

校正后系统的开环传递函数为
$$G_{kh}(s) = G_c(s)G_k(s) = \frac{100(1 + 0.5s)}{s\left(\dfrac{s^2}{80^2} + \dfrac{2 \times 0.3}{80}s + 1\right)(1 + 2.5s)}$$

(4)验算。

校正装置在 $\omega_c = 20$ 处的相角为
$$\gamma_c = \arctan 0.5\omega_c - \arctan 2.5\omega_c = -4.6°$$

校正后的相角稳定裕度为
$$\gamma = 79° - 4.6° = 74.4° > 70°$$

满足性能指标的要求。绘制后校正的 Bode 图如题图 8.10 所示。

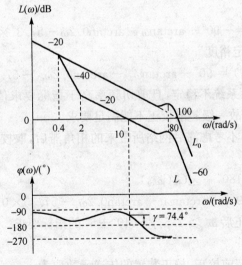

题图 8.10

8.16　某单位负反馈系统的开环传递函数为
$$G_k(s) = \frac{Ke^{-0.03s}}{s(s+1)(0.2s+1)}$$

要求系统的开环增益 $K = 30$，剪切频率 $\omega_c \geqslant 2.5$，相位裕度 $\gamma = 40° \pm 5°$。

（1）判断采用何种串联校正方式（超前校正、滞后校正和滞后-超前校正）能达到系统要求，并说明理由。

（2）若采用滞后-超前校正，校正装置的传递函数取为

$$G_c(s) = \frac{(2s+1)(s+1)}{(20s+1)(0.01s+1)}$$

求校正后系统的剪切频率 ω_c 和相位裕度 γ，检验能否满足系统要求。

解：（1）依题意，取 $K = 30$。系统的开环传函数为

$$G_k(s) = \frac{30e^{-0.03s}}{s(s+1)(0.2s+1)}$$

其开环对数幅频特性曲线与 $G_k(s) = \dfrac{30}{s(s+1)(0.2s+1)}$ 相同。绘制系统开环对数幅频特性曲线，如题图 8.11 中的 $L_0(\omega)$ 所示。

$$|G_k(j\omega)| = \begin{cases} \dfrac{30}{\omega} & \omega < 1. \\[2mm] \dfrac{30}{\omega \cdot \omega} & 1 \leqslant \omega < 5. \\[2mm] \dfrac{30}{\omega \cdot \omega \cdot 0.2\omega} & \omega \geqslant 5. \end{cases}$$

剪切频率为
$$\omega_c = \sqrt[3]{150} = 5.3\,\text{rad/s}$$

相频特性

$$\angle G_k(j\omega) = -90° - \arctan\omega - \arctan0.2\omega - 57.3° \times 0.03 \times \omega$$

校正前的相角稳定裕度

$$\gamma_0 = 180° + \angle G_k(j\omega_{c0}) = 90° - \arctan\omega_{c0} - \arctan0.2\omega_{c0} - 57.3° \times 0.03\omega_{c0} = -45°$$

由以上计算可见，系统不稳定，且剪切频率高于指标要求值。若采用超前校正，需补偿相角高达 $85°$，故一级超前校正不能满足要求。

若采用滞后校正，不考虑滞后网络所带来的相角滞后，取校正后 $\omega_c \geqslant 2.5$ 时，系统的相角稳定裕度

$$\gamma = 180° + \angle G_k(j\omega_{c0})$$
$$= 90° - \arctan\omega_c - \arctan0.2\omega_c - 57.3° \times 0.03\omega_c = -9.1°$$

不能同时满足校正后 $\omega_c \geqslant 2.5, \gamma = 40° \pm 5°$ 的指标要求。因此系统应采用串联滞后-超前校正。

（2）若采用滞后-超前校正，校正装置的传递函数取为

$$G_c(s) = \frac{(2s+1)(s+1)}{(20s+1)(0.01s+1)}$$

校正后系统的开环传递函数为

$$G_{kh}(s) = G_c(s)G_k(s) = \frac{30(2s+1)e^{-0.03s}}{s(20s+1)(0.2s+1)(0.01s+1)}$$

绘制系统校正后的开环对数幅频特性曲线,如题图 8.11 中的 $L(\omega)$ 所示。

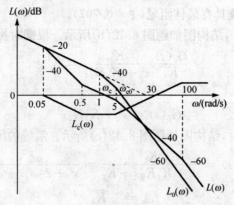

题图 8.11

根据题图 8.11,有

$$20\lg\frac{30}{0.05} = 20\lg\frac{\omega_c}{0.5} + 40\lg\frac{0.5}{0.05}$$

解得

$$\omega_c = 3 > 2.5$$

$$\angle G_k(j\omega) = -90° - \arctan20\omega + \arctan2\omega - \arctan0.2\omega - \arctan0.01\omega - 57.3° \times \omega$$

$$\gamma = 180° + \angle G_{kh}(j\omega_c)$$

$$= 90° - \arctan20\omega_c + \arctan2\omega_c - \arctan0.2\omega_c - \arctan0.01\omega_c - 57.3° \times \omega_c$$

$$= 43.7°$$

满足系统各项性能指标要求。

8.17 已知系统如题图 8.12(a)所示。

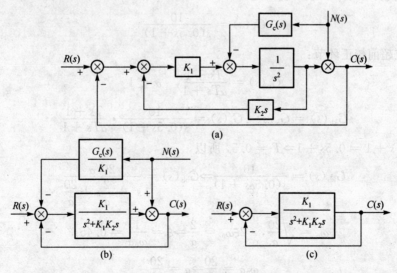

题图 8.12

(1)选择 $G_c(s)$ 使干扰 $n(t)$ 对系统无影响；

(2)选择 K_2 使系统具有最佳阻尼($\xi = 0.707$)。

解:(1)令 $R(s) = 0$,结构图如题图 8.12(b)所示。根据对扰动的误差全补偿条件

$$\frac{G_c(s)}{K_1} \frac{K_1}{s^2 + K_1 K_2 s} = 1$$

可得

$$G_c(s) = s^2 + K_1 K_2 s$$

(2)当 $N(s) = 0$ 时,结构图如题图 8.12(c)所示。系统的闭环传递函数为

$$G_b(s) = \frac{K_1}{s^2 + K_1 K_2 s + K_1} = \frac{\omega_n^2}{s^2 + 2\xi\omega_n s + \omega_n^2}$$

解得

$$\omega_n = \sqrt{K_1}$$

若

$$\xi = \frac{K_1 K_2}{2\omega_n} = \frac{K_2}{2}\sqrt{K_1} = 0.707$$

则

$$K_2 = \frac{2\xi}{\sqrt{K_1}} = \frac{2 \times 0.707}{\sqrt{K_1}} = \sqrt{\frac{2}{K_1}}$$

8.18 单位负反馈系统开环传递函数为

$$G_k(s) = \frac{K}{s(s+2)}$$

试用串联装置校正此系统。使 $\xi = 0.45, t_s = 4s, K_v = 10$。

解:由题知, $G_k(s) = \frac{K}{s(s+2)} = \frac{0.5K}{s(0.5s+1)}$,

故 $0.5K = K_v = 10 \Rightarrow K = 20$

$$G_k(s) = \frac{10}{s(0.5s+1)}$$

相位超前校正环节:

$$G_c(s) = \frac{Ts+1}{\alpha Ts+1}, \quad \alpha < 1$$

$$G_{kh}(s) = G_k(s) \cdot G_c(s) = \frac{10}{s(0.5s+1)} \cdot \frac{Ts+1}{\alpha Ts+1}$$

令 $Ts+1 = 0.5s+1 \Rightarrow T = 0.5$, 所以

$$G_{kh}(s) = \frac{10}{s(0.5\alpha s+1)} \Rightarrow G_{bh}(s) = \frac{20/\alpha}{s^2 + \frac{2}{\alpha}s + \frac{20}{\alpha}}$$

$$\omega_n = \sqrt{\frac{20}{\alpha}}, \quad 2\xi\omega_n = \frac{2}{\alpha} \Rightarrow \xi = \frac{1}{\omega_n \alpha} = 0.45$$

$$\omega_n \alpha = \frac{20}{9} \Rightarrow \alpha = \frac{20}{81}$$

所以

$$G_c(s) = \frac{0.5s+1}{\frac{10}{81}s+1}$$

8.19 单位负反馈系统开环传递函数为

$$G_k(s) = \frac{25}{s^2(0.025s+1)}$$

试按希望特性对此系统进行校正,达到如下性能指标:静态加速度误差系数 $K_a = 25$;超调量 $M_p \leqslant 28\%$;调节时间 $t_s \leqslant 1.2\text{s}$。

解: 系统为 II 型系统,开环增益 $K = 25$,符合 $K_a = 25$ 的要求,所以校正环节的增益为 1。

按 II 型校正,即

$$G(s) = \frac{K(T_1 s+1)}{s^2(T_2 s+1)}, \quad (T_1 > T_2)$$

根据 $M_p \leqslant 28\%$, $t_s \leqslant 1.2\text{s}$, 取 $h = 8$, $M_p = 27.8\%$, $t_s = 12.25 T_2$。

$$G_{kq}(s) = \frac{25}{s^2(0.025s+1)}$$

因为 $0.025 \times 12.25 = 0.31$,所以可将此因式作为高频段。

另选
$$T_2 = \frac{1.2}{12.25} = 0.098 \approx 0.1$$

因 $h = \dfrac{T_1}{T_2}$,故 $T_1 = hT_2 = 8 \times 0.1 = 0.8$。

$$G_c(s) = \frac{0.8s+1}{0.1s+1}$$

为一相位超前环节。

校正后如题图 8.13 所示,所以 $G_{kh}(s) = \dfrac{25(0.8s+1)}{s^2(0.1s+1)(0.025s+1)}$。

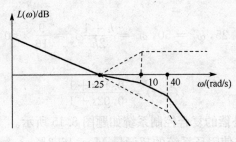

题图 8.13

8.20 某单位负反馈系统开环传递函数为

$$G_k(s) = \frac{1}{s(0.9s+1)(0.007s+1)}$$

　　试设计串联校正网络 $G_c(s)$，使满足如下要求:速度误差系数 $K_v = 360$；超调量 $M_p \leqslant 30\%$；调节时间 $t_s \leqslant 0.25s$。

解:因 $G_k(s) = \dfrac{1}{s(0.9s+1)(0.007s+1)}$，首先要满足 $K_v = 360$，取 $K = 360$。

$G_k(s) = \dfrac{360}{s(0.9s+1)(0.007s+1)}$，画 Bode 图如题图 8.14(虚线)所示。

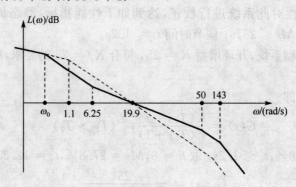

题图 8.14

当 $\omega < 1.1$ 时

$$L(\omega) = 20\lg 360° - 20\lg \omega$$

当 $1.1 < \omega < 143$ 时

$$L(\omega) = 20\lg 360° - 20\lg \omega - 20\lg \sqrt{(0.9\omega)^2 + 1}$$

$$h = \frac{T_1}{T_2} = 8$$

故

$$T_2 = \frac{0.25}{12.25} = 0.02$$

故

$$T_1 = hT_2 = 8 \times 0.02 = 0.16$$

$$\omega_1 = 6.25, \quad \omega_2 = 50, \quad \omega_c = \frac{h+1}{2h}\omega_2 = \frac{9}{16} \times 50 = 28$$

所以

$$G_c(s) = \frac{0.16s+1}{0.02s+1}$$

8.21　设按输入补偿的复合控制系统如题图 8.15 所示。

　　(1)当 $G_c(s) = 0$，使闭环系统的超调量 $M_p = 16.3\%$，$t_s = 0.7s(\Delta = 0.05)$，确定 K_1、K_c 之值。

　　(2)若要该系统为 Ⅱ 型系统(斜坡输入时稳态误差为零)，$G_c(s) = \lambda_1 s + \lambda_0$，确定 λ_0、λ_1 之值。

　　解:(1)系统闭环传递函数 $G_b(s)$ 为 $(G_c(s) = 0)$:

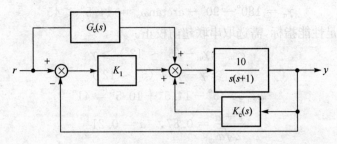

题图 8.15

$$G_b(s) = \frac{10K_1}{s^2 + (1 + 10K_c)s + 10K_1} = \frac{\omega_n^2}{s^2 + 2\xi\omega_n s + \omega_n^2}$$

因为
$$\begin{cases} M_p = 16.3\% \\ t_s = 0.7 \end{cases}$$

所以
$$\begin{cases} \xi = 0.5 \\ \omega_n = 8.6 \end{cases}$$

因此
$$\begin{cases} K_c = 0.76 \\ K_1 = 7.4 \end{cases}$$

(2) 此时 $G_c(s) = \lambda_1 s + \lambda_0$，系统传递函数 $G_b(s)$ 为

$$G_b(s) = \frac{Y(s)}{R(s)} = \frac{\dfrac{10\lambda_1 s + 10(K_1 + \lambda_0)}{s^2}}{1 + \dfrac{(10K_c + 1)s + 10K_1}{s^2}}$$

所以
$$\begin{cases} 10\lambda_1 = 10K_c + 1 \\ K_1 + \lambda_0 = K_1 \end{cases} \Rightarrow \begin{cases} \lambda_1 = \dfrac{10K_c + 1}{10} \\ \lambda_0 = 0 \end{cases}$$

8.22　设单位反馈系统开环传递函数 $G_k(s) = \dfrac{K}{s(s+1)}$。试设计串联超前校正装置，满足：

(1) $\gamma > 45°$；

(2) 在单位斜坡作用下 $e_{ss} < 1/15$。

解：(1) 对于校正前的系统

$$e_{ss} = 1/K < 15$$

所以
$$K = 15$$

$$L(\omega) = \begin{cases} 20\lg \dfrac{15}{\omega} & \omega < 1 \\[2mm] 20\lg \dfrac{15}{\omega^2} & \omega > 1 \end{cases} \qquad \omega_{cq} = 3.9$$

可得　　　　　　$\gamma_q = 180° - 90° - \arctan\omega_{cq} = 14.5° < 45°$

(2)不满足性能指标,需选取串联超前校正。

设　　　　　　　　　$\varphi_{cm} + \gamma_q - (5° \sim 12°) \geqslant \gamma$

即　　　　　　　　　$\varphi_{cm} \geqslant \gamma - \gamma_q + (5° \sim 12°)$

$$\varphi_{cm} \geqslant 45° - 14.5° + 10.5° = 41°$$

$$\frac{1-a}{2\sqrt{a}} = 0.87, \quad a = 0.21$$

$$20\lg\sqrt{\frac{1+\omega_{cm}^2 T^2}{1+a^2\omega_{cm}^2 T^2}} + 20\lg\frac{15}{\omega_{cm}\sqrt{\omega_{cm}^2+1}} = 0$$

将 $\omega_{cm} = \dfrac{1}{\sqrt{a}T}$ 代入上式左边第一项,得

$$20\lg\frac{15}{\omega_{cm}\sqrt{\omega_{cm}^2+1}} = -6.78$$

解出　　　　　　　$\omega_{cm}^2 = 32.24, \quad \omega_{cm} = 5.68$

$$T = 1/(\omega_{cm}\sqrt{a}) = 0.38$$

故校正网络

$$G_c(s) = \frac{0.38s+1}{0.08s+1}$$

验算

$$\gamma = 180° + \varphi_{cm} + \varphi(j\omega_{cm}) = 180° + 41° - 90° - \arctan\omega_{cm} = 51°$$

故选用的串联超前网络为

$$G_c(s) = \frac{0.38s+1}{0.08s+1}$$

校正后的开环传递函数为

$$G_{kh}(s) = \frac{15(0.38s+1)}{s(s+1)(0.08s+1)}$$

参 考 文 献

陈来好,彭康. 2004. 自动控制原理学习指导与精选题型详解. 广州:华南理工大学出版社

韩致信,袁朗,姚运萍. 2004. 机械自动控制工程. 北京:科学出版社

胡寿松. 2003. 自动控制原理习题集. 北京:国防工业出版社

孔慧芳. 2004. 自动控制原理学·练·考. 北京:清华大学出版社

刘明俊等. 2002. 自动控制原理典型题库解析与实战模拟. 长沙:国防科技大学出版社

柳洪义,郝丽娜,罗忠. 2010. 机械设计手册——第五卷第26篇(机电系统控制). 北京:机械工业出版社

柳洪义,宋伟刚,原所先等. 2006. 机械工程控制基础. 北京:科学出版社

卢京潮,刘慧英. 2003. 自动控制原理典型题解析及自测试题. 西安:西北工业大学出版社

屈胜利,千博,朱欣志. 2003. 自动控制原理辅导. 西安:西安电子科技大学出版社

沈越,铁维麟. 1999. 机械工程控制基础学习指导与习题详解. 北京:机械工业出版社

王积伟,吴振顺. 2003. 控制工程基础. 北京:高等教育出版社

王诗宓,杜继宏等. 2002. 自动控制理论例题习题集. 北京:清华大学出版社

王彤. 2000. 自动控制原理试题精选与答题技巧. 哈尔滨:哈尔滨工业大学出版社

熊良才,杨克冲等. 2002. 机械工程控制基础学习辅导与题解. 武汉:华中科技大学出版社

周春晖,厉玉鸣. 2001. 控制原理例题习题集. 北京:化学工业出版社

Benjamin C Kuo, Farid Golnaraghi. 2004. 自动控制系统. 8版. 汪小帆,李翔译. 北京:高等教育出版社

Katsuhiko Ogata. 2003. 现代控制工程. 4版. 卢伯英,于海勋等译. 北京:电子工业出版社